光尘
LUXOPUS

LEGENDARIUM
幻境传奇

[英] 詹妮弗·贝尔 著

向丽娟 译

畅想幻境，成就传奇。

北京联合出版公司
Beijing United Publishing Co.,Ltd.

图书在版编目（CIP）数据

幻境传奇 / （英）詹妮弗·贝尔著；向丽娟译 . --
北京：北京联合出版公司，2023.9
ISBN 978-7-5596-7037-3

Ⅰ.①幻… Ⅱ.①詹… ②向… Ⅲ.①儿童小说—长
篇小说—英国—现代 Ⅳ.① I561.84

中国国家版本馆 CIP 数据核字（2023）第 117969 号

北京市版权局著作权合同登记　图字：01-2023-3166
Text © 2022 Jennifer Bell

幻境传奇
Legendarium

作　　者：［英］詹妮弗·贝尔
译　　者：向丽娟
出 品 人：赵红仕
责任编辑：李艳芬
策划编辑：李秋玥
特约监制：上官小倍
出版统筹：马海宽　慕云五

北京联合出版公司出版
（北京市西城区德外大街 83 号楼 9 层　100088）
北京联合天畅文化传播公司发行
北京盛通印刷股份有限公司　新华书店经销
字数 172 千字　880 毫米 ×1230 毫米　1/32　9.625 印张
2023 年 9 月第 1 版　2023 年 9 月第 1 次印刷
ISBN 978-7-5596-7037-3
定价：39.80 元

献给未来的英雄

目 录

第一章

再入幻境

热狗大胃王比赛仍在如火如荼地进行着。

"不好玩，"亚瑟抱着胀得像皮球的肚子嘀咕道，"我感觉肚皮快炸了。"

他的朋友任得意地笑着，又从野餐桌上滑过来一碟热狗。"准备好认输了吗？"

她个头比他小很多，身穿破洞牛仔裤、连帽无袖T恤和一双厚实的军靴，一副要上战场的模样。她顺滑的黑发扎成了高高的马尾辫，厚厚的刘海儿遮住了半张脸。亚瑟怀疑自己宽松的短裤和"曼达洛人"①T恤根本唬不了人，于是摆出血战到底的表情，把碟子拉过来。"门儿都没有。"

他们打了个赌，如果那天下午任吃的热狗更多，那么在暑假剩下的时间里，只要她去攀岩，亚瑟就得去当她的保护

---

① The Mandalorian，以星球大战为背景的科幻连续剧。——译者注

员；如果亚瑟吃得最多，任就输给他一张最新的 Xbox 蜘蛛侠游戏盘——不然他得送五个星期的报纸才能买得起。

"拜托，你们谁先吃吐了得了！越来越没劲了。"他们的朋友塞西莉在旁边抱怨道。如果说任是一副要打仗的装扮，塞西莉则是要给时尚杂志拍照片的样子。她把紫水晶色的头发编成辫子，在头顶上盘成一个非常复杂的发髻，身穿一件老款牛仔夹克和拖到脚踝的飘逸连衣裙。她腿上趴着一条毛发杂乱的白色㹴犬，她把狗绳从红色项圈上解下来，它便兴奋地汪汪叫，然后就蹦蹦跳跳地往任家花园尽头的池塘跑去。"看见没，连小云都受够了。"

"只要亚瑟认输，我们就能结束了。"任一边向她保证，一边把热狗举到嘴边。

但她刚想张嘴咬一口，花园尽头就传来了水花泼溅的声音。亚瑟往任家池塘那边望了一眼，看到一条又短又粗的白色尾巴消失在水面之下，而且此时水面怪异地弥漫着雾气……

"小云？"塞西莉一下站了起来，"小心点儿，小云！你可能不会游泳！"她飞快地朝花园尽头跑去，狗绳随着她的手甩来甩去。

亚瑟吃得太撑了，觉得自己一步也跑不动，但塞西莉的担忧是对的。尽管小云看起来是一条典型的西高地小猎犬，有着毛茸茸的白色被毛、圆圆的脸和尖尖的耳朵，但实际上，它是一条来自400年后的十分先进的机器狗，也叫作"仿生狗"。它是由一位名叫米洛·赫兹的25世纪发明家托付给他们的，而关于它，他们还有很多东西需要去了解……包括它会不会游泳。

亚瑟看了一眼后门，想确认他们的爸爸、妈妈是不是都还在屋里，然后起身，急匆匆地跟着任和塞西莉过去了。等他们都来到池塘边时，雾气已经消散，水面也恢复了平静。一只蜻蜓掠过水面，小云却不见踪影。

"我搞不懂，"塞西莉说，"我明明看见它掉下去的。"

亚瑟跪下去，把手伸到水里，水淹到了他的肘部。但捞来捞去，他只摸到一些黏糊糊的水草。"也许它跳上岸了，但我们没看见？"

"不可能，"任说着，用靴子拨着水边的鹅卵石，"这些地方都是干的。"

塞西莉把花园其他地方仔细找了一遍。"那它去哪儿了？小云！"她喊道，"回来呀，好孩子！"

亚瑟等待着一团兴奋的毛球从灌木丛里蹦出来，但它并没有出现。他紧张地将目光移向了任家花园后面那座废弃的小屋。去年，就在那个地方，他们三人意外地跟着小云穿过时光传送门，去了2473年，然后被困在一个叫作"幻境逃生"的实景冒险游戏里，差点儿没能活着逃出来。

他越来越着急，又在池塘里找了一遍。他看到池底的淤泥里有东西在闪闪发亮，于是伸手过去……

"亚瑟，小心！"任从后面抓住了他的 T 恤，就在这时，一股雾气啸叫着从水里喷了出来，险些击中亚瑟的头。

"怎么回事？"塞西莉大喊道。

亚瑟爬了起来，他的心开始猛跳。他看见大片雾气打着旋儿升腾而起，将他们包裹在一股转动的旋风里，让他连任家的花园都看不见了。他抓住朋友们的胳膊，把大家围拢在一起。"我们千万别分开！"

随着"轰隆隆"一声巨响，旋风猛烈地转动起来，亚瑟感到脑袋里一阵冰冷的刺痛，紧接着就像坐在快速上升的电梯里一样往上蹿，速度快得他五脏六腑都快被颠了出去。"哇呀呀——！"他伸开双手、双腿保持平衡，喉咙里涌上来一股炸洋葱的味道，他还没来得及把它压下去，就往前一俯身，吐了出来。一时间，他希望旋风不会像陀螺一样转，把他刚吐出去的东西再甩回来。"任？"他一边嗓音嘶哑地说，一边看着雾气缠绕着他的脚趾，"塞西莉？"

有个东西拂过他的手臂，他往后一缩。

这时响起了一声尖锐的狗叫，塞西莉喊道："小云！"

亚瑟盯着自己的运动鞋，试着让呼吸平缓下来。旋风旋转的速度变慢了，雾也在变薄。差不多能看清地面了，他用 T 恤袖子把嘴擦干净，抬起了头……然后轻轻地喊了一声"哎呀"。

任家的花园消失了。他们正站在一个巨大的水泥仓库里，这里放满了工业用品尺寸的货架。天花板上悬挂着昏暗的聚光灯，照着几百个彩色金属货箱，这些箱子按照蓝绿红分类排列。他们旁边的几个箱子倒在地上，一条煤烟黑的脚印从箱子边走开，最后消失在阴影中。当最后的一点儿雾气也在亚瑟脚边散开时，他揉了揉脸，认为自己一定是产生幻觉了。这不可能是真的。

"这是怎么回事？"塞西莉把小云紧紧地抱在胸前，着急地问。狗儿潮湿的皮毛上粘着几根水草，但它还是开心地摇着尾巴。"我们在哪里？"

亚瑟摇摇头，什么也说不出来。他把这间房子四下扫视了一圈，寻找留下脚印的人。在仓库的一端有楼梯，可以通到上面的楼厅。楼厅里有几扇门，通往几个房间，但都不见有什么动静。他逐渐感觉到这里的寒意，手臂上起了鸡皮疙瘩。这里肯定是个储藏库，但墙上和箱子上都没有线索可以表明它属于谁。

塞西莉冷得发抖，她把小云的狗绳系在项圈上，把它放到地上。"喂？"她大声说，"有人吗？"她的声音回荡了好几次，但没人应答。

"别管我们在哪儿了，"任喃喃道，在 T 恤的肩部擦了擦嘴（亚瑟猜她也"品尝"了热狗大餐的后果），"我更关心的是我们在什么时空。我的头冷得生疼。你们呢？"

亚瑟愣住了。有时你吃冰激凌吃得太快，冷得头隐隐作痛的这种感觉也是时空旅行的副作用。"只疼了那么一会儿，"他说，"但我们刚才不可能穿越时空。"

"不。"塞西莉说，"我的意思是——是的，我的头也冷得疼了一下——但我们不可能穿越时空了。"

他们都没了主意，你看看我，我看看你。

"也许我们应该看看手机。"亚瑟提议道，"以前我们时间旅行的时候，手机都失灵了。"他从口袋里掏出手机，这下，他感觉全身发冷，手机屏幕一片漆黑。

塞西莉疯狂地按着她的苹果手机电源按钮，却毫无反应。"这说不通呀！我们都没走'幻境通道'。"

她说得很有道理。去年他们穿越时空时，是用一个叫作时间密钥的小小的黑曜石棱柱才打开了幻境通道，这次在任家的花园里，这两样东西亚瑟都没看到。他把刚才发生的一切在脑海中回放了一遍，想找出一个合理的解释。"小云掉进池塘的时候，水上有薄雾。"他回忆道，"也许那就是围着我们转的雾。也许当我们以为看见它沉入水里的时候，实际上我们看到的是它和我们当初一样，进入了一个传送门？"

"那么，这就不是幻境通道，"任说，"这是一个……迷雾传送门？"

"你只能通过幻境通道才能进入《幻境逃生》游戏，"塞西莉一边来回踱步，一边分析，"也就是说，如果我们通过这个……这个迷雾传送门……来到了这里，我们就一定来到了未来的某个地方。"

亚瑟紧张地环视了一圈仓库，心想这里可能是任何地方——另一个行星、太阳系、星系……这种处境给他带来了真切的恐惧感，他觉得胸口一阵发紧。

我们迷失在了未知的空间和时间中。

"太好了，我们又要面临被变成黏液的危险了。"任气呼呼地嘟囔着，把手机塞回口袋里。

亚瑟一惊，他明白了任的话。之前时空旅行时，他们打破了宇宙的平衡，触发了某种天体物理学的自动修复机制，所以，如果他们不能及时回家，他们的身体就会被分解成一种叫作原生质的黏液。"哦，不……"他在卡西欧手表上设置秒表，紧张得笨手笨脚，"不知道分解会从什么时候开始。"

正在踱步的塞西莉停下了。"你说我们不知道是什么意思？上次我们有 57 个小时赶回家。"

"是的，但可能每次都有不同的变量，导致这次跟上次不一样。"亚瑟真希望他当时能多留意一下艾萨克·牛顿爵士用来计算的公式。他们在《幻境逃生》中遇到了几位现实生活中的英雄，这位著名的科学家就是其中之一。"我们能计算的只有我们到这儿以后已经过去了多长时间，所以我设置了一个秒表。"

"所以……分解随时都有可能发生。"塞西莉意识到，"前一分钟我们还站在这里，下一分钟我们就会变成'你们知道的那个东西'。"

亚瑟尽力想说些鼓励人心的话，但在这个噩梦里，他看不到一丝希望。他不知道他们在哪里，怎么来到这里的，也不知道怎么才能回家。实际上，只有一件事是明明白白的：

倒计时已经开始。

第二章

危机四伏

种种折磨人的回忆在亚瑟的脑海中浮现——机器人杀手、阴森的迷宫、邪恶的坏人和撼动大地的雪崩——所有他们上次在未来时逃脱的一切。他不知道自己是否有力量再经历一次。

"我们要集中注意力。"他听到塞西莉说，但他脑子里一片混乱。

如果他们不能及时赶回家，他就再也见不到爸爸了。在他还小的时候，妈妈就去世了，只剩下他们父子俩。亚瑟回想到之前爸爸在任家花园里的样子，不由得一阵揪心。爸爸穿着一件夏日短袖衬衫，戴着火烈鸟造型的太阳镜，讲些不好笑还老掉牙的笑话来逗大家。

"亚瑟？"塞西莉捏了捏他的肩膀。

"抱歉，我只是——"

"我知道。"她大大的绿色眼睛里流露出焦虑的神情，让他觉得也许她也想起了那些苦难，"但我们没时间去胡思乱想，好吗？要想回家，我们就得做个计划。"

"速度要快，"任皱着眉头补充道，"我在烧烤前和我妈吵了一架，我不希望那是我们最后一次说话。不可以。"

亚瑟心中涌起一股感激之情，至少还有朋友和他在一起。他试着整理思绪。他们无法控制自己什么时候会被变成原生质，所以应该专注于能改变的事情。"我们要多了解一下把我们带到这里的迷雾传送门。"他说，"如果我们能弄清它是如何生成的，也许我们就能造一个新的，把我们送回 21世纪。"

任蹲下去，马尾辫跟着甩了一下。"也许这些烧焦的痕迹是一条线索？"

亚瑟仔细地查看了一下水泥地。他们三人站着的地面上覆盖了一层粉状的黑色星尘。那些脚印大概是有人走过后留下的。他看到他的运动鞋旁边有一个黑色的小东西，就捡了起来。它的形状和冰球一样，但表面光滑、闪亮，像是玻璃做的。

"那是什么？"塞西莉问道。

亚瑟把这个东西在短裤上擦了擦，才发现它有一个斜面，上面有一些很小的凹痕，就像厨房计时器的刻度盘。他把它顺时针扭动时，欣慰地听到了"咔嗒"声……

……这个东西的中心化为气体，然后出现了一个洞。

"哇！"他摇摇晃晃地后退了一步，差点把它掉在地上。固体物质不会有这样的变化，至少按他知道的物理原理来说不会这样。

"我们肯定是在未来。"任不高兴地咕哝道，"你觉得这个甜甜圈和迷雾传送门有关系吗？"

"有可能。"为了进一步了解，亚瑟逆时针转动了表盘。这一次，这个东西的中心又恢复了原样。他飞快地考虑过多试验几次——把表盘转向不同的方向，看能不能制造出雾气——但他不知道这样做会把他们移动到什么地方——太危险了。

塞西莉望着亚瑟身后的地方，说："看——有出口！"

他转过身去，看见后面的墙上有两扇金属大门。门高至少3米，上面有一套复杂的门闩锁。

任跑过去，抓住门上横着的杆子又推又拉。"门是锁着的。这个地方的主人显然不想让任何人进来——这是银行保险库里的那种门。"

亚瑟警觉地看着阴森森的仓库。现在看来，这里的水泥墙的确散发着一种末日地堡的气息，这里的冷空气可能表明没有人在这里待过太长时间。"但这些脚印证明有人最近来过这里。"他一边说，一边靠近查看。看起来，留下这些脚印的人大概穿着任那样沉重的军靴。他和任跟着脚印走了几步，之后脚印就没了。

"我真搞不懂,"她说着,伸长了脖子抬头看,"这些脚印去了哪里?就好像留下脚印的人就这么凭空不见了。"

亚瑟研究了一下倒掉的箱子和烧焦的痕迹,试着把这些线索联系起来。把他们召唤到这里的人,是不是这些脚印的主人?如果是的话,会是出于怎样的目的?在未来,认识他们的人并不多⋯⋯

"喂,我发现了一些东西!"塞西莉兴奋地喊道,"看货箱的盖子!"

亚瑟踮起脚尖,仔细看了看离他最近的一个红色货箱的顶部,发现盖子上镶了一支小小的金箭。他刚伸手过去,就听到一阵轻轻的"嘶——",然后一团闪闪发亮的灰色颗粒迸发而出。它们迅速聚集在一起,变成一块薄得像纸,又像玻璃一样反光的屏幕,有图像投射在屏幕上。

他眨了眨眼睛。纳米技术。他们以前就在《幻境逃生》里见过。他用手指在屏幕上滑动,储存在箱子里的物品清单就开始滚动。上面写的文字是他不懂的一种语言,但当他浏览画面时,那些字母和单词就变成了英语。他在惊奇之余,也想弄明白这是什么原理。看起来这更像是魔术,而不是科技。他扫视着储存清单,不禁打了个寒战。

尖叫忍者镖

岩石爆破枪

霸王龙爪

伽马手榴弹

尖叫忍者镖是一种剃刀般锋利的星形飞镖；岩石爆破枪像是装了瞄准镜的灰色钟乳石；霸王龙爪是恐龙爪造型握柄的匕首；而伽马手榴弹的照片则显示，这是一个小玻璃球，球里舞动着蓝色火焰。他迅速地查看了下一个货箱里的内容，然后紧张地咽了一口唾沫。"坏消息。我想，红色箱子里都是武器。"他告诉其他人。

任从一个架子边上探出头来。"绿色的箱子里是各种小玩意——奇怪的护目镜、护甲夹克、会变大的盾牌——甚至还有一双鞋底装了悬浮引擎的靴子。"她在屏幕上划了几下，"然后还有这些'躲避石'，但我不知道它们是用来做什么的。"

亚瑟眯着眼睛看着屏幕上的图像。"躲避石"看起来像很大的银色鹅卵石，和镜子一样会反光。武器、盔甲、盾牌——他只能想到一个会使用这些东西的组织。"也许这里是个军事建筑？迷雾传送门可能是最高机密的军事技术。"

"我不太确定，"在几个蓝色箱子旁边的塞西莉说，"这些箱子里面有贵金属条，还有宝石和矿物。士兵要这些做什么？哦，这个很有意思。"她拍了拍距离他们刚来时站的地方最近的一个倒掉的箱子，"这个被烧了一个洞。"

亚瑟和任好奇地走过去看。

"我看不到里面有什么，"塞西莉一边从那个拳头大的开口费力地往里看，一边告诉他们，"纳米屏幕坏了。"她演示了一下，用手划过盖子上的箭头，果然没一点儿反应。

亚瑟用手指沿着洞口融化的边缘摸了一圈，结果手指沾上了一道炭灰。为了证实自己的猜想，他把那个冰球甜甜圈对着洞口放了上去。

两者大小完全相符。

"这个冰球原先肯定是放在箱子里的，"他兴奋地分析，"如果我们能让纳米屏幕正常工作，也许就能弄清楚它是什么，该怎么用。"

就在这时，小云发出奇怪的呜呜声，然后身体变得僵硬。它看起来就像玩具店里那些会做后空翻的毛绒玩具狗一样。

"不，别这会儿出问题！"塞西莉恳求地说着，拉了拉狗绳，"它之前的几个星期总是这样突然僵住，我一直找不出原因。"

小云的右耳朵突然竖了起来，耳中射出一道光，光点聚成一幅三维全息图。全息图上出现一个高大魁梧、头发乱蓬蓬的男人。他身穿白大褂，伏在一张桌子上，桌上散乱地放着很多或嗡嗡作响，或冒着泡泡，或悬停在半空的仪器。他往前凑过来，脖子上的一个吊坠就掉了出来，颜色和小云的红项圈完全一样。"亚瑟？"那人惊讶地喊道，自己还差点儿从凳子上摔了下去，"塞西莉！任！"

亚瑟转过头来。"米洛·赫兹?"这位发明家比上次亚瑟看到他的时候多了一些皱纹,但亚瑟一眼就能认出米洛善良的灰色眼睛和大猩猩一样的体形。亚瑟过去几分钟里紧张的心情轻松了一些。不管他们在哪里,遇上了什么难题,米洛都能帮他们解决。就是他设计了小云和《幻境逃生》。他是一个天才。

"我的艾萨克·牛顿爵士老天爷呀,你们在这里做什么?"米洛一边小声地问,一边回头看看,以防有人在偷听,"你们应该在 21 世纪!"

塞西莉开口道:"你不知道吗?这不就是你和我们说话的原因吗?"

米洛皱着眉头,把脖子上的吊坠提了起来。亚瑟透过吊坠表面,看到里面有点点光斑飕飕地飞过。"小云和我戴的这个装置相连,我给它设定了程序,如果它再次穿越时空,就会直接给我发送信号。这就是此刻我和你们说话的原因——是小云联系了我。"

亚瑟看了看小云,它还是保持着僵住的样子。"那么,你不知道我们为什么在这里?"他心里一紧,焦虑感又回来了。

"你们得告诉我具体都发生了些什么。"米洛说着,拿起了手边的铅笔和记事本。

塞西莉把过去半个小时的经历从头说了一遍,米洛把细节记录了下来。"如果你们真的在高安全级别的军事建筑里,定位就更难了。"他警告道，然后在全息键盘上敲下几个命令，"但我会尽力的。现在，给我看看你们找到的这个神秘装置。"

亚瑟把手伸进口袋，掏出了他在地板上捡到的冰球甜甜圈。米洛从桌上抓起来一副黑色太阳镜戴上。"让我看一下它的里面。"他喃喃地说着，调整了一下镜框一侧的控制盘。黑乎乎的镜片变成了透亮的绿色，上面还有闪烁的红点。米洛透过眼镜看到了什么？亚瑟只能靠猜想。

米洛才查看了几分钟，就张大了嘴巴。

"怎么了？"任问。

"我搞不懂……"米洛的声音在颤抖，"你拿着的，是一把时间密钥。"

"什么？"亚瑟脑海中萦绕着一千个问题，让他觉得头晕目眩。他靠着离他最近的箱子才站稳，然后把这个装置放在箱子上。"但这东西看起来怎么都不像时间密钥！而且，我们以为时间密钥都被摧毁了。"

"它们的确都被摧毁了，"米洛担忧地告诉他们，"而且不仅仅是装置本身，还包括我发明它们的时候做的所有设计、笔记和录音。你们三个比大多数人都清楚，拥有时空旅行的能力，对于任何人来说都是一件十分危险的事，这就是我尽全力把时间密钥摧毁得一干二净的原因。"他用颤抖的手扶了扶太阳镜，"你们找到的这个装置是时间密钥的精准复制品，还有几处升级。所以它的外形和工作方式和你们用过的钥匙不一样。"

"这就解释了为什么会有迷雾传送门。"亚瑟心想。

塞西莉揉了揉太阳穴。"那么，它就相当于时间密钥2.0 版？"

"没错。"米洛说，他担忧地皱起了眉头，"问题是：这是谁改造的？我很难想象有人可以不参照我的旧设计就把它制造出来，因为它里面有一种十分独特的时间压缩线圈，那是我秘密研发的。我怎么都想不通，有人竟能掌握我的秘密。其他人都不知道有时间密钥，也不知道你们三个是时空旅行者。"

"也许你哥哥和这件事有关？"任把手抱在胸前，不高兴地咕哝道，"也许他把时间密钥的事拿去跟狱友吹嘘了。"

亚瑟想起蒂伯龙，米洛那个铁石心肠的哥哥，打了一个冷战。蒂伯龙不仅好多次想要杀掉他们，还偷了米洛的一把时间密钥。他想穿越历史时空，把英雄的思维意识进行数码拷贝。后来，他将这些英雄重塑为仿生人，并残酷地为他所用，逼着英雄们在《幻境逃生》中扮演角色。

"我觉得不是他。"米洛说，"蒂伯龙把这些事说出去对他没好处。他还在因为绑架了我而服刑，一旦他把自己真实的罪行泄露出去，刑期就会延长。不，这一定是我的原因。一定是我在摧毁密钥的时候出了什么差错……"他懊悔地叹了一口气，"我很抱歉你们又被卷了进来。大家先别轻举妄动。一旦我确定了你们的位置，我就来找你们，设置好新的时间密钥，把你们送回 21 世纪。"

亚瑟勉强地对其他人笑了笑。是呀，也许他们已经找到了回家的方法，但当你知道在已知宇宙中，某人可能很快拥有重塑历史进程的能力时，你很难放松下来。"你会去寻找制造新时间密钥的工程师吗？"他忧心忡忡地问，"你不知道他们造了多少装置，也不知道他们给了哪些人。"

"这个问题最让我头疼。"米洛承认道，"我必须弄清楚他们是怎么知道我的设计的。不管发生什么，我都有责任让一切恢复正常。发明时间密钥是我犯下的错误。"

塞西莉又开始踱步。"也许这个工程师是《幻境逃生》里为你工作的人？你可以审问一下你所有的员工——"

"《幻境逃生》已经关闭了，"米洛打断了她的话，"现在是 2493 年，距离你上次来这里已经过了 20 年。"

2493 年！怪不得米洛多了那么多皱纹。

仓库里响起了"吱呀"的一声。"这是什么声音？"任问道。

塞西莉转着头四处看。"我觉得是那几扇门……"

"吱呀"的声音再次响起，然后是一阵长长的"嘎——"，像是一个很重的东西被拖过水泥地面的声音。

"站到边上，我好看一看。"米洛一边建议，一边把太阳镜从头上拉下去。

　　他一下子紧张起来。"不，这不可能。"他敲敲吊坠，全息影像开始消失，他告诉他们，"是特攻队。"他的声音里充满了恐惧，"快躲起来！要是被他们看见，他们就会杀了你们！"

第三章

丢失的时间密钥

仓库门开启时，一道光柱扫过地板。门越开越大，逐渐显现出门那边的几个人影。

"这边！"任拉了拉亚瑟的 T 恤，从牙缝里低声说道。她把他拉到一排红箱子后面，塞西莉已经蹲在那里，怀里抱着不停扭动的小云。

亚瑟夹在两个货箱中间，调整了好几次姿势后终于藏好。他从货箱中间的缝隙往外看，心越跳越快。仓库外面，跳跃的火光照着一面粗糙的砂墙，墙上的壁龛里有一座太阳形状的金色雕塑。这座建筑里有电灯，仓库外面却点着火把，真奇怪。

"亚瑟，脚趾！"塞西莉小声地说着，推了一下亚瑟的腿。他猛然意识到自己的脚暴露在外面，赶紧把脚缩回到阴影中。

随着一阵颤抖的轰隆声，仓库门停了下来，沉重的脚步声开始在墙壁之间回荡。亚瑟看到三个身穿脏兮兮褐色风衣、脚蹬高筒皮靴的人大步走到空地上。当聚光灯照在他们脸上时，他看到这几个人可能只比他大几岁。走在最前面的是一个体格壮实的男孩，他剃着光头，黑色的眼睛十分冷酷。在他后面是一个背着鼓鼓囊囊的背包的红发女孩，还有一个高个子年轻人，右肩上挂着一个不大的桶状精密装置。

"特攻队"，米洛是这么称呼他们的。亚瑟立刻就感到他们不可信，这不仅仅因为他们有个阴暗的名字，还因为他们的风衣敞开时，他看到他们穿着配备有岩石爆破枪、尖叫忍者镖和伽马手榴弹的战术背心。

"昨晚的工作干得怎么样，沃鲁？"那个红发女孩笑着问道。她有一种不同寻常的、轻快的口音，亚瑟听不出来自哪里。"我听说你遇上了一点阻力。"

那个高个子年轻人拍了拍他肩上奇特的装置，亚瑟开始怀疑这是一种武器。"没遇上什么我解决不了的问题。这一切都是值得的。12只霸王龙爪和两大桶火酿酒——到了黑市上能给死锁卖个好价钱。"男孩挠脖子的时候，亚瑟瞄见他的衣领下露出一个刺青，有点像骷髅和交叉的骨头，但骨头其实是一对锈迹斑斑的扳手。他发现女孩的手腕上也有相同的图案，心想这可能是帮派的象征和特攻队的标志。

"运气好的话，死锁会给你个新模块，"女孩说着，拍了拍沃鲁没扛装置的那一边肩膀，"没准再给你一门肩扛大炮，甚至一条新腿？"

沃鲁脸色发白。"可是……我喜欢我的腿。我不想要新的！"他转向那个黑眼睛的男孩，走了过去，"鲁尔坦，你听见了吗？蒂德觉得死锁要给我换一条腿！"

蒂德大笑起来，把沃鲁羞得脸又变红了。当他们靠近亚瑟和其他人的藏身处时，亚瑟才反应过来蒂德说的"模块"是什么意思。沃鲁肩炮的底座和他外衣袖筒里的一截肢体连接在一起——这件武器和他的身体结合在一起了。"模块"指的肯定是某种人造机械装置。

而且进行过改装的不止沃鲁。蒂德转身以后，亚瑟看到她的背包其实是"长"在她背上的被烟熏黑了的喷气飞行器。

"别像个小孩一样，沃鲁。"鲁尔坦吼了一声。他用靴子尖蹭了蹭地上的煤灰脚印，又眯起眼睛盯着那个曾装过时间密钥的蓝色货箱，"你们两个，碰到这些东西的时候要小心。看起来，这里存储了某种不稳定的东西，有人触发了它，然后溜走了。他们肯定刚跑掉没多久。"

蒂德看到这个洞时，眼睛里燃起了怒火。"啊，死锁会生气的。我打赌是另一队里那个小混球——有骷髅发射器的那个，她总是把东西打翻。"

任推了推亚瑟的膝盖，小声说道："这么说我们到这里是个意外？"

亚瑟耸耸肩，但他明白她是什么意思：如果时间密钥是被一个笨手笨脚的特攻队员触发的，那么他们被吸入迷雾传送门只是因为运气不好。不过，传送门在他们所在的特定的时间和地点打开，肯定是有原因的——不可能是巧合。在某个地方有一个人，这个人知道他们的一切，设置好时间密钥把他们找出来，这让亚瑟非常恐惧。

鲁尔坦对着箱子上破了的洞往里看了看。"你们俩最好把这个地方搜一遍，这里面的东西都没了。"

"我们要找哪些东西？"蒂德问。

当她的目光扫过他们躲藏的地方时，亚瑟屏住了呼吸。米洛说过，如果特攻队看见他们，就会把他们杀掉……

"我还不知道呢。"鲁尔坦用手在货箱盖上的箭头上方挥了一下，纳米屏幕没出现，于是他把袖子卷起来，露出手臂上镶的一个东西。

亚瑟尽力忍住不干呕。鲁尔坦的桡骨和尺骨之间的空隙里塞进了一把看起来像大号瑞士军刀的东西。鲁尔坦轻松熟练地解下来一个圆柱形的银色零件，用它点了一下箭头。一团闪烁的灰尘从里面飘了出来，在空中凝结为一块透明的屏幕。鲁尔坦饶有兴趣地看了看储存清单。

"嗯，很好。"他从门牙缝里"嘶——"地吐了一口气，"这肯定是死锁秘密研发的东西，因为我以前从来没听说过。上面说这东西独此一个。可惜我们不能一睹它的真容——没有图片。"

这么说，时间密钥只有一把？亚瑟感到片刻的轻松，他知道这下米洛只需要摧毁他们的那一把就行了。他把手伸进口袋，摸索着找那个表面光滑的装置……

没摸着。

他拍拍另一个口袋，感觉全身的血液噌地冲到头顶。

那里面也是空的。

不！他怎么能那么粗心！他把时间密钥放在货箱上了！

塞西莉捅了一下他的胳膊，他小心翼翼地让她看他的空口袋。

什么？她做出了这句话的口形。

任肯定一直在关注他俩无声的交流，因为这时她开始疯狂地打手势。

亚瑟抬了抬双手。我知道，我知道！必须把时间密钥拿回来，除非他们想这辈子就这样结束，最后变成仓库地板上的几摊黏液。时间密钥是他们回家的唯一途径。

特攻队员越走越近，他们已经没多少时间来布署作战计划了。亚瑟从缝隙里瞥了一眼，看到时间密钥就在下一排货架上的一个绿箱子上，就是那个装着奇怪的银色鹅卵石——躲避石的箱子。"拿得到吗？"他小声地问距离最近的任。

鲁尔坦的脚步声突然停下了。"什么声音？我好像听见有人说话。"

亚瑟吓得一动不动。

"大概是沃鲁在哼哼。"蒂德嘟囔着，在更远处检查完又一条货架间的通道，"这边没什么看着很重要的装置。会不会是被偷了？"

鲁尔坦嗤笑了一声。"从死锁这里偷东西？即使沃鲁也没那么笨。"他皱着眉头把那些箱子扫了一眼，"我们把来这儿的事办了，就快走吧。我们已经迟到了，我不想挨骂。"他摆弄了一下自己的机械手臂，手臂里射出一块操作面板的投影。上面有文字，但亚瑟离得太远，看不清写的是什么。"我们的工作是给参加'铁浪争霸赛'的实景运动游戏选手送去一块躲避石。去绿箱子里找找，某个箱子里肯定放了不少。"

沃鲁迈着沉重的脚步往最近的绿箱子走去，肩炮发出"咔嗒、咔嗒"的声音，"再告诉我一遍，躲避石长什么样？"

"很小、很闪、很智能，"蒂德不客气地答道，"和你恰恰相反，你这个大笨蛋。"

那俩人开始看纳米屏幕，亚瑟则紧张得胸口一阵发紧。时间密钥离他们只有三个箱子的距离！

"我们得做点儿什么！"塞西莉小声说。她转了一下小云的项圈，把挂在项圈下方的银色铭牌转到上方。牌子上写着"小云。西高地小猎犬。雄性"。

它不一定一直是狗。

小云有一个秘密能力。它的铭牌两边各有一颗圆球形按钮，拨动按钮，就能把它变成中国十二生肖里的任意一种动物。这个变身术曾多次帮他们在《幻境逃生》里摆脱危险。

塞西莉拨动右边的球形按钮，改变铭牌上的字：

小云。玉米锦蛇。雄性。

小云。布列塔尼马。雄性。

小云。卷尾猴。雌性。

亚瑟对这个选项点了点头，猴子能帮上大忙，小云可以在货架之间荡来荡去，荡到仓库那一边，把东西撞翻，转移特攻队员的注意力，这样亚瑟就能有足够的时间冲出去，拿回时间密钥。

但塞西莉还没来得及激活小云的变身，任就捏了一下亚瑟的膝盖，指指货架间的通道口。原来，沃鲁已经走到了装躲避石的箱子前面。看着这个特攻队员伸出肉乎乎的手指去拿时间密钥，亚瑟感到一阵恐惧涌上心头……

"很小、很闪、很智能。"沃鲁咕哝着，把手里的装置翻转过来。他看了一眼箱子上的纳米屏幕，傻乎乎地笑了起来，"鲁尔坦，我找到了一个躲避石！"

亚瑟在心里暗暗叫苦。这下不用"小云猴"去制造干扰了。时间密钥已经落入沃鲁手中，他以为这是躲避石，所以不会把它放回去。

"干得好！"鲁尔坦在另一条货架通道里喊道，"我们走，必须把东西送到地方。我们得从这里直接过去，不然就要迟到了。"

直到仓库门开始滑动着关上，亚瑟才明白鲁尔坦的话是什么意思。特攻队全都退了回去，鲁尔坦在他那瑞士军刀一样的多功能手臂上输入了几条命令，仓库门旁的地板上就冒出来一道 3 米高的红色光柱。

蒂德用靴子敲打着水泥地面。"又是红灯。去亚特兰蒂斯的交通怎么老是那么拥堵？"等到光柱变绿，她才露出满意的笑容，走上前去……然后就消失了。

塞西莉强忍住了尖叫的冲动。

"这肯定是另一种传送门。"任小声地说着，把身体重心换到另一只脚上，"要是把时间密钥弄丢了，我们就完了。我们必须跟上他们。"

亚瑟不知道走进那道光后会发生什么。他们 21 世纪的身体很有可能撑不过去。但他看着沃鲁和时间密钥在绿色薄雾中逐渐分解消失，他知道他没有选择。他们没有其他离开仓库的办法，如果留在这里，不等他们找回时间密钥，就会变成一摊摊黏液。

鲁尔坦跟着他的队友走进传送门后，塞西莉把小云往胳膊下面一夹，就好像它是一个橄榄球，说："快走！机不可失！"

她猛地站起来，从藏身之处跑了出去。亚瑟和任紧紧跟在后面。

"快！"任喊道，她的靴子重重地踩在水泥地上，"传送门要关闭了！"

光柱开始渐渐变暗，亚瑟希望双脚能跑得再快一些。塞西莉和小云最先进入传送门，刚碰到光柱就消失了。

下一个就是亚瑟。但他到了面前，却犹豫了。

"走啊！"任说着，在后面推了他一把，"你不会有事的。尽量活下去就行。"

第四章

铁浪争霸赛

光线亮得让亚瑟睁不开眼。有那么一瞬间，他感觉身体轻得好像飘在空中。他动了动手指和脚趾，发现做这些动作只需要用很小的力气。

任的话又回到了他的耳边：尽量活下去就行……

等等，也许他已经死了？

"任！"他惊慌地大喊道，"塞西莉！"

一股强风刮在亚瑟脸上，紧接着他感觉身体一震，又恢复了重力的感觉。当他视线清晰后，只觉得胃里一阵翻江倒海，他踉跄着往前走了几步，大口呼吸着带咸味的空气。他的运动鞋踩着小碎石，四周都是喧闹声——有大叫大笑的声音，水泼溅的声音，还有"啪啪啪"的脚步声——不知他们身处何方，但周围肯定全是人。

一只手抓住了他的胳膊，他转过去，原来是任弯着腰站在他身旁。"下次进传送门之前，记得提醒我不要一口气吃四个热狗。"

"我也一样。"亚瑟表示同意。看到任，他松了一口气，但等他直起身子，却又被吓得一口气上不来。

他们现身在一个巨大的广场中央，这里人山人海，还有五颜六色的建筑物，形状好像大鹦鹉螺的壳，边上隐隐约约有些爬满藤壶的珠宝箱或古老的沉船，每面墙上都闪烁着全息广告，吸引人们的注意：

美人鱼海湾

100% 官方商品！

敬请关注

黑胡子旅店，提供床位与早餐！

"沉没奇迹"纪念品

服装、盔甲、武器以及更多商品！

亚瑟使劲眨着眼睛，眼里终于不冒金星了。他愣愣地盯着眼前的景象："这地方太神奇了！"

尽管阳光明媚，这儿的一切却像在海底——从分叉多节的珊瑚街灯、浮木路标，到通过全息投影，在地上摇曳着"长"出来的海草叶子，都给人一种站在海床上的感觉。人们或走来走去，啜饮冒着泡、彩虹般多彩的饮料，或聊着天，人推人、人挤人地进出商店。亚瑟没看到有模控机械改装的

人，但很多人都穿着宽松的衣服，布料很奇怪，似乎能发光，
还能随意改变图案。

"这里人太多了，"任一边说，一边仔细地扫视着人群，
"你们看见特攻队了吗？"

亚瑟试着在人群中找出蒂德、沃鲁或鲁尔坦，但这就像
大海捞针。"没。我想我们把他们跟丢了。"

塞西莉拉着小云的绳子，揉了揉眉心。"唉，忽上忽下弄
得我头疼。"她靠在旁边长凳的扶手上站稳，然后发现长凳的
造型是一条巨大的鳗鱼，又跳开了。"哦，不。我们在哪里？"

小云嗅了嗅空气，耳朵警觉地竖着。

"有一个特攻队员把这里叫作亚特兰蒂斯。"亚瑟回忆道。
由于这里是海底的主题，所以他想，它的设计灵感也许来源
于消失的亚特兰蒂斯。他和爸爸曾经看过一部相关的纪录片。
传说中，亚特兰蒂斯是一个沉入大西洋的古希腊岛屿。

塞西莉凝视着这个世界，才意识到："这里……真炫酷。
但我们必须找出那些特攻队拿着钥匙去了哪里。"

"他们被派去给'铁浪争霸赛'的实景运动游戏冠军送一
块躲避石。"任在表述时十分认真，就好像听到这句话以后，
她就一直在心里重复。

亚瑟很想分析一下他们在仓库的发现——让人心里发毛
的死锁和米洛告诉他们的那些话——但当务之急是把时间密
钥找回来。"在我们那个时代有电子竞技，就是电子游戏比

赛。也许实景运动游戏也差不多，只不过是实景冒险游戏的比赛？"

"也就是说'铁浪争霸赛'可能是实景冒险游戏比赛。"塞西莉推论道。她警惕地收回自己凝视的目光，"你们觉得我们是不是在实景冒险游戏里？"

这很难判断。亚瑟发现一些人穿着坚固的战斗装备，背着沉重的背包走来走去，背包上还挂着工具和绳索——也许他们就是实景游戏的玩家——但其他人都像在度假一样闲逛。亚特兰蒂斯不像是那种危机四伏的地方。"我不知道，但我们必须弄清楚，动作要快。"

任把这片区域扫视了一番。"那边有一个书店。如果我们是在游戏里，它也许能提供更多线索。《幻境逃生》里就是那样。"

这家书店的店面是绿色的，门头上有条纹遮阳篷，还有全息投影店招牌在闪闪发光："传说中的书店"。"好主意，但我们走动的时候要尽量保持低调。"塞西莉说着，把夹克领竖了起来，"秘密行动，切勿声张——咱们可不想招些人来问我们是谁、在这里干什么。不能让别人知道时空旅行这事儿。"

亚瑟希望自己也有夹克做伪装，他T恤前胸印的尤达宝宝①说明他来自不同的年代，立刻就能让他露馅。穿过广场

---

①　The Child，以星球大战为背景的科幻连续剧《曼达洛人》中的角色。

时，他的神经一直都是紧绷的。自从他们上次进入实景游戏后已经过了 20 年，在这些年里，时尚发生了很大的变化，现在很多人都戴着全息首饰，在眼周和前额化着色彩明亮的条纹式妆容，发型短而精干，几个小孩的头发看起来光亮顺滑，湿漉漉的，就像刚游完泳一样。亚瑟听到几段零碎的对话，其中包含了几门不同的语言，大多数他连听都没听到过。

"你们有没有觉得几个大人在用很奇怪的眼神看着我们，还是只有我这么想？"任从牙缝里轻轻地挤出了这句话。

亚瑟看到一个男人的脸让他一时间有种似曾相识的感觉，但他告诉自己，这只是他的焦虑感在作怪。"大概没事吧。继续走就行了。"

他们很幸运，走过去以后，没人在书店周围转悠。在书店窗户边，他们看到各种图书在半空中上下浮动，就像游乐场射击游戏里面的鸭子。一本名叫"猎户座星云上的幽灵船"的书的封面是一艘被烧得只剩金属残骸的宇宙飞船；另一本书《霍达尔星球传奇》的封面是一只毛茸茸的棕色动物，长着长长的胡须和扁平的尾巴，活脱脱一只巨型河狸。书的下方印着以"尘币"为货币单位的价格，即"动态星系间法定货币"，和《幻境逃生》里的一样。

在这些图书中间飘着一张皱巴巴的、画在羊皮纸上的旧地图，上面还染了茶水渍。图上画了漂浮在黑色海面上的几百个小岛。处在正中的一个岛屿标注着"亚特兰蒂斯"，而且以虚线和其他岛屿相连。地图顶部用大大的金字写着"幻境传奇"。

"嗯，果然如此，"塞西莉说，"没错，我们就是在实景冒险游戏里。这肯定是游戏的地图。'幻境传奇'，看起来，这个游戏的主题是各种传奇故事。"

任把脸贴在玻璃窗上。"其他的岛屿也都有名字——狩猎之地、许愿之地、影动之地——但没一个和'铁浪争霸赛'有关。"

"从地图示例来看，其他岛屿都叫作'探险之地'"，亚瑟一边说，一边研究着地图右上角的图表，"上面说虚线代表门户航线。"

"也许探险之地是《幻境传奇》里不同的层级，玩家可以从亚特兰蒂斯过去？"任推测道，说完耸了耸肩，"游戏里一般都设有安全区，你可以去那里升级角色的盔甲、疗伤或买补给。亚特兰蒂斯的设置应该也差不多。"

亚瑟浏览着其他书名，看到两本书，叫作《如何成为一位成功的探险家》和《探险家应该知道的十件事》。"我想，玩家在这里都叫作探险家。也许我们应该进去，在'铁'的条目下搜索'铁浪'？"

小云把鼻子贴在了窗玻璃上，塞西莉蹲下去用袖子把窗上湿乎乎的鼻印擦掉。"米洛能帮我们解答这些问题，他怎么还不和我们联系？"她让小云转过来面对着她，"你能再联系上他吗，好孩子？请你帮我们一下？"

小云歪着脑袋，眨了眨眼。

塞西莉失望地呻吟了一声。"我就当你拒绝了吧。"

亚瑟看了看手表。他们在未来已经待了一个多小时，谁都不知道距离他们变成原生质还有多少时间。"米洛会找到我们的。我知道他会的。我们只要集中精力寻找时间密钥就行了。"

就在这时，书店门随着一阵铃响打开了。亚瑟假装津津有味地盯着《猎户座星云上的幽灵船》看。店里走出一个十多岁、身穿迷彩 T 恤和褪色牛仔裤的男孩。"谢谢你帮了我的忙，塔尔！"他一边大声说，一边对里面的店员挥挥手。

"没事儿，"一个温柔的声音回应道，"祝你在真伪之地走好运，比赛顺利！"

亚瑟仔细地听着。见男孩往广场走去，他便对任和塞西莉示意道："你们听见没？买书的人提到'比赛'。"

"快，我们跟上他。"任说，"只要能找到'铁浪争霸赛'举行的地点，我们就能找到那些参赛者。特攻队员现在大概已经把时间密钥送到了，并给了不知哪一个选手，我们要从这个选手那里把它偷回来。"

亚瑟一行人紧盯着穿迷彩 T 恤的男孩，一路东躲西藏穿过广场，来到相接的一条街上。亚特兰蒂斯从天上到地下都很热闹，海鸥在空中尖叫着俯冲下来，音乐家们在阳台上演奏着水手号子，还有形状像大螃蟹的货车在街上飞驰而过。亚瑟发现一栋大楼上的时钟显示现在是上午 11 点 10 分，也就是说，亚特兰蒂斯比 21 世纪的时间要晚四个小时。

人行道上越来越拥挤，越来越吵闹。塞西莉指向高处："看！"屋顶之间飘动着一条全息横幅，上面用大大的希腊字体写着"2493 年铁浪争霸赛"。文字下方投影了一段循环播放的视频剪辑，内容包括几个人和虚幻的影子怪物搏斗、在逐渐塌陷的石道上奔跑、躲避火球，以及用滑翔伞从悬崖上飞下去。

"就是这个！"亚瑟感到了一丝希望。他们的逃生计划终于有了进展，"这肯定是一种年度竞技比赛，就像职业探险家的世界杯一样。"

当他们走到大街尽头时，队伍中又加入了许多穿黄、黑、红、蓝和白色衣服的人，最后根本分辨不出哪个是他们一直在跟踪的男孩。亚瑟仔细地听着路人的谈话，试着收集更多关于他们要去的这个地方的情况。他听得很辛苦，因为讲英语的人很少。

"跟紧我。"一位老妇人捏了捏她牵着的两个小孩的手，"我不希望你们在'克拉肯'走丢。"

两个十多岁的男孩从人群间穿过，大声喊着："格里芬·拉姆齐！"

他们身后有人在大声地说："这一个赛季就看耶塞妮

娅·科尔特的了，这姑娘赢定了！"

"我们本来应该去'神秘体育场'的，"一个男人不耐烦地咕哝道，"那儿从来都不像'克拉肯'那么挤。"

亚瑟猜"克拉肯"是观看比赛的体育场之一。在地球上，克拉肯是传说中的一个章鱼海怪……"仔细看、用心听所有和比赛选手有关的信息。"他对任和塞西莉说。

他们先是听见章鱼怪的声音，然后才看见了它。他们听到空中响起一阵轰隆声，把街上的建筑物震得颤抖起来。然后他们拐了个弯，人群的吵闹声更大了，亚瑟却感到无法呼吸。

章鱼怪名副其实，果然是一个巨大的油亮油亮的蓝色海怪，有巨大的脑袋和发光的琥珀色眼睛。它体形庞大，亚瑟得把头往后仰，才能看到它的脑袋。在它弯曲的触角下，只见体育场内一排排高高的座位，观众们则从巨大的银色安检门蜂拥而入。

"不是吧！"看得目瞪口呆的任说道，"我们那个时代的体育场为什么不能像这个一样？"

体育场四周有宽阔的人行道，有几个卖油炸海草的摊位和手推车。路面的一些厚石板上镶嵌了金色的五腕海星，一旦有人踩上去，地上就会出现一个全息雕像，下面还有不停旋转的底座。

"这让我想起了好莱坞星光大道，"塞西莉一边用脚敲打

离她最近的一块海星石板，一边评论道。她身旁出现了一个
健壮的年轻男性的投影，他的棕色头发梳成了长辫子，表情
隐藏在深色太阳镜之下。他肌肉发达，身上绑了轻量级护身
甲，一只手挥舞着一根发出蓝色能量火花的短棍。他的底座
上滚动着一圈文字：

格里芬·拉姆齐——铁浪争霸赛——2491

亚瑟光是看着他就被震慑得矮了一截。

忽然，一阵警报声划破天际，把他们都吓了一跳。章鱼
怪周围落下一圈巨大的全息屏幕，每一面屏幕上都闪烁着同
样的信息：

克拉肯体育场直播倒计时 10……9……8……

人群还在不断涌入体育场，亚瑟发现一些飘在地面上，
光着膀子的保安在引导大家走进入口。

"他们是不是——"任眯起了眼睛——"人鱼？"

他们明显都是仿生人，因为他们的双脚都是分岔的鱼尾。
亚瑟不知道他们怎么能飘起来——他们仿佛能在空中游来游去。

……3……2……1

屏幕上的倒计时消失了，取而代之的是克拉肯体育场内部的实时画面。里面没有绿茵场，而是一个泛着涟漪、盛着银色液体的湖。高得让人头昏的看台上挤满了运动迷，他们欢呼着，挥舞着彩旗。亚瑟以前去过容量很大的足球场，但和克拉肯体育场相比不可同日而语。亚瑟只能想象被那样的喧闹和热气包围着是什么感觉。

随着一声洪亮、久久回荡的锣声，人群安静了下来。亚瑟惊奇地看着湖水波浪起伏，湖面升起一个名字：

拉扎勒斯·斯隆

银波翻腾，掀起一股浪花，塑成一个身材修长、衣着时尚的男性，他的皮肤是绿色鳞片，长着一双大大的黄色眼睛。虽然亚瑟在《幻境逃生》里见过长蜥蜴头的人，但这次还是猝不及防地退了一步。

"下午好，实景运动游戏的粉丝们！"蜥蜴头男人说道。亚瑟试着把注意力集中在他说的话里，不被他嘴里抖动的黑色细长舌头分了心，"我是拉扎勒斯·斯隆，很荣幸由我为大家主持这档最精彩的全息运动游戏节目:《拉扎勒斯秀》。从今天开始，我们将为您献上'2493年铁浪争霸赛'的全程不间断直播！"

屏幕右上方出现一个倒计时时钟，人群发出了雷鸣般的喝彩声。在外面的亚瑟觉得大地都在颤抖。

"现在距离开幕式只有45分钟了，克拉肯体育场气氛热烈。"拉扎勒斯继续说道，"这个赛季的规则有些不同，探险家们现在能以个人或最多四人组队的方式参赛。到目前为止，我们有五组参赛者。"

在他讲话时，湖水分成了五种不同颜色的方块——红、黑、白、黄和蓝色。方块上出现了三支参赛队伍和两位个人参赛者，他们都摆出了准备战斗的架势，看起来更像电子游戏里的人物，而不是真正的人。他们中的几个要么故作凶状，要么露出了志在必得的微笑。

"嗯，这群人看起来都很'友好'。"塞西莉垂头丧气地说，"我们要从其中一个人的手里把时间密钥偷回来……"

亚瑟认出站在黑色方块上的就是格里芬·拉姆齐。他的辫子高高地扎在脑袋一侧，穿着全息雕像上的那身黑色护身甲。黄色方块上站的是另一位个人参赛者，一个气势凌人、浅金色头发的年轻女人。她身穿贴了各种公司商标的亮黄色紧身衣，手握一支奇怪的泡泡形状的枪，枪身侧边写着"岩浆-3000"。她的名字叫耶塞妮娅·科尔特。红队由三个穿时尚猩红色服装，挥舞着长矛的男人组成。他们的头发上有烈火图案，胸前印了队伍的名字——野蛮出击。蓝队名为跨音速，由两个年纪大一些的青年组成，他俩全副武装，穿着剪裁讲究的海军服。白队叫幽灵联盟，队员是四个仿佛临时拼凑起来的成年冒险家，穿着统一的白色羽绒服。

　　拉扎勒斯清了清他那覆盖着鳞片的嗓子。"很久以前，《幻境传奇》的设计者皮埃尔·铁浪创造了一套具有非凡力量的游戏盔甲。盔甲由 5 个部件组成——头盔、靴子、护手甲、束腰短袍和盾牌。盔甲组件的复制品如今被藏在 5 个《幻境传奇》的探险之地，参赛选手在探险之地完成各不相同的挑战后，就能赢得盔甲的一个组件。最快集齐全套装备的，就是冠军，可以用装备换取我们的大奖——30 亿尘币！"他竖起利爪的一根手指，"请记住：大家可以在《拉扎勒斯秀》上观看全天候现场直播、独家采访和赛事分析。现在，请欣赏一则精彩的赞助广告。"

　　拉扎勒斯消失了，湖改变形状，变成了一个巨大的饮料罐，瓶身上写着"新星能量饮料"。饮料拉环被拉开，滋滋冒泡的橙色液体倾倒出来，体育场上空随即升起了烟花。

　　"看那边，"塞西莉看着另一块全息屏幕说，"我觉得那是一个新闻频道。"

　　亚瑟看到屏幕下方滚动出现几行标题：

　　　　YIM 星球动乱仍在持续……

　　　　特攻队在 ROZT 系统中袭击补给运输舰队……

　　　　24 号银河高速公路因贸易纠纷关闭……

　　他想知道特攻队的袭击与蒂德、沃鲁和鲁尔坦有没有关系。在屏幕的中央，一位衣着靓丽的主持人出现在一座宏伟的大楼外，从那里可以看到几个"铁浪争霸赛"的选手走进旋转门。墙上的铜牌刻着几个字：尼斯湖酒店。

　　"……按照传统，所有探险家下榻同一家酒店，并已在两天前登记入住，开始准备工作，"主持人说道，"不知道今年比赛花落谁家，但目前选手中人气最旺的是往届的两位冠军：格里芬·拉姆齐和耶塞妮娅·科尔特。"

　　"特攻队员会把时间密钥交给一位实景运动游戏的冠军，"任回忆道，"所以，如果只有格里芬·拉姆齐和耶塞妮娅·科尔特两人进行卫冕之战，钥匙必会交到他们其中一人的手里。我们得弄清是哪一个。"

　　塞西莉看起来陷入了沉思。"我有个办法，但很冒险。"

　　"继续说……"亚瑟说。

　　"我们自己也可以尝试参加'铁浪争霸赛'。成为选手后，我们就能不受阻挡地进入那家酒店，还能有更多的机会接触格里芬和耶塞妮娅，好找出到底谁拿着时间密钥。"

　　任对她眨了眨眼睛。"其实，这可能行得通。如果他们把时间密钥放在房间里，闯进去把它偷回来就更容易了。"

　　一想到要和格里芬·拉姆齐这样的人竞争，亚瑟的胃就紧张得缩成了核桃大小。他知道参加"铁浪争霸赛"这个计划十分危险，但这似乎是找到时间密钥的最快方法。由于他们随时可能变成原生质，速度就变得至关重要。"好吧，"他说着，做了一个深呼吸，"就这么干。"

"我们要弄清楚怎么参赛，"任说着，把体育场四周仔细观察了一下，"塞西莉，要不你去问问那几个人鱼？他们看起来很像工作人员。"

塞西莉指着自己："为什么要我去问？"

"因为在我们三个人里，你最有说服力。"任回答，"我肯定不能去。我连劝你参加吃热狗比赛都失败了。"

"那是因为那个比赛太弱智了，"塞西莉直截了当地说，"还浪费食物。"

亚瑟揉了揉后脖颈，觉得很尴尬。"任说得没错——就得你去。另外，你的头发是紫色的，仿生人鱼和你会有共鸣。"

"好吧，行。"塞西莉整了整外套，大步走向离她最近的人鱼，这位人鱼把海草绿的头发做成了带扇贝裙边的莫西干造型，"打扰了，您能不能告诉我如何才能参加'铁浪争霸赛'？"

人鱼俯视着她。"你是什么人？"他隆隆的声音就像海浪在撞击岩石。

塞西莉吓得往后缩。有那么一会儿，亚瑟以为她已经失去了勇气，但她后来清了清嗓子，说："我和我朋友刚到这里，我们以前没来过《幻境传奇》。"

"那么说，你们都是些无名小卒。"人鱼给他们下了定论，

"我不知道拉扎勒斯·斯隆愿不愿意让你们参赛，因为你们没有粉丝。有粉丝才有收视率，有收视率才有广告。但是，在过拉扎勒斯这一关之前，你们还得有宇宙游戏警察颁发的实景运动游戏许可证才行。"

"宇宙游戏警察？"塞西莉重复了一遍。

人鱼把他粗壮的胳膊抱在胸前。"你是说你从来没听说过宇宙游戏警察？你们是从哪儿来的，纳瓦古尔的外星环吗？宇宙游戏警察监管着已知宇宙里的每一场运动游戏比赛。只要有职业玩家的地方，就有宇宙游戏警察。他们负责防止参赛者使用非法设备，并阻止作弊行为。"

"我明白了，"塞西莉咬着嘴唇，思考着，"你知道尼斯湖酒店在哪里吗？"

人鱼用尾巴指着章鱼怪脑袋的方向。"往那边走两个街区，在拐角那里。"从安检门传来一阵叫声，他的鱼鳍就竖了起来，"失陪了。"他一甩尾巴，游走了。

"哇，真恶心，"塞西莉回来以后抱怨连连，"他的体臭太难闻了——就像金枪鱼一样。"

亚瑟皱了皱鼻子。这是他不需要知道的事实。

"我猜，你们都听见他的话了，"她继续道，"我们需要宇宙游戏警察颁发的实景运动游戏许可证。既然有职业玩家的地方就有游戏警察，尼斯湖酒店里肯定也驻守了一个。"

亚瑟往章鱼怪脑袋的方向看了过去。"有道理。"

就在他们出发时,任踏过人行道上的一个五腕海星,又一个全息投影从地上冒了出来。"这是什——"她惊叫着,差点儿摔倒了。

三个人在他们前方的空中旋转。亚瑟不用看滚动的文字也能认出他们是谁,因为这就像在照镜子。

这是他们的全息全身像。

第五章

重出江湖

亚瑟看着他们的全息全身像，感到很不是滋味。那上面的他们好像定格在一场争吵之中，塞西莉在嚷嚷，任指着她，亚瑟则高举双手，好像在求她们别吵了。他们脚边的小云用爪子遮住脸，仿佛觉得很丢人。和格里芬·拉姆齐的全息全身像相比差了一大截。

"这一定是我们第一次到《幻境逃生》的时候拍的，"任说着，脸都红了，"那时候我们还不是朋友。"

塞西莉心不在焉地摸了摸后脖颈——那时候，她还留着垂到肩膀的长辫子。"可是，怎么会有这么一张照片？米洛说过这个世纪没人认识我们。"

"他说没人知道我们是'时间旅行者'。"亚瑟纠正道。这下他怀疑广场上那些怪异的目光会不会是因为有人已经认出他们了。"我想，肯定有很多人知道我们是玩家了——我们在《幻境逃生》里大获成功，上了新闻头版。"他看了看全息全身像下面的字幕：

　　　　神秘小屁孩——2473 年幻境逃生

　　由于一次意外，他们被人称作"小屁孩"，从此再也没能摆脱这个名号，亚瑟一直耿耿于怀。"我们回家以后，就像从 25 世纪消失了一样。也许这就是人们在我们的名字里加了'神秘'的原因吧？"

　　"你们知道这意味着什么，对吧？"塞西莉说，"我们有名气，甚至可能有粉丝。拉扎勒斯·斯隆绝对会让我们参赛！"

　　"我们 20 年都没变老，你不觉得他会起疑心吗？"任指着底座上的日期说。她飞快地用手指算了一下，"我们得假装是'小屁孩'的孩子，至少在长相上是说得过去的。"

　　"你要让我们假装是我们自己的孩子？"光是这么想想，亚瑟都觉得脑子转不过弯来。但他觉得，如果这能让拉扎勒斯·斯隆同意他们参加争霸赛，那就值得了。"走，我们去那家酒店。每分每秒都很宝贵。"

　　他们跟随人鱼的指示，穿过依然待在体育场周围的人群，然后拐进了一条安静的街道，街上有很多商店，亚瑟觉得是冰激凌店。店里不停旋转的银碗里盛着海洋蜂蜜和亚特兰蒂斯甜海带等口味奇怪的冰激凌，上面点缀了水果块和五颜六色的糖粉。打扮入时的服务员把冰激凌舀进牡蛎壳形状的银色华夫饼筒里。如果不是在赶时间，亚瑟真想去尝尝。

"在那儿，"任指着这条路远处一栋优雅的建筑物说，"尼斯湖酒店。"

和邻近的那些花里胡哨的建筑物相比，这家酒店显得很朴素。酒店有5层楼高，四周围着黑色铁栏杆，整洁的窗台花箱里，茂盛的石楠花长得溢了出来。一群穿黑衣的男女在楼外抢夺位置。亚瑟看到他们中的几个抬着有大镜头的设备，觉得他们可能是狗仔队。

"我以为墙面上会有一条游来游去的海蛇，"塞西莉打量着他们正步步走近的建筑，"这是一个传说，对不对？据说湖里有一个海怪？"

"对，但我有次见过海怪的照片，看着很像用纸板剪出来的。"任失望地告诉她。她用下巴指了指两个穿蓝色苏格兰裙、守候在旋转门两侧的礼宾，"我们要怎么从他们这里过去？"

塞西莉得意地笑着说："哈，看我的。"

他们绕开狗仔队，进入铁栏杆大门。就在塞西莉大步走近旋转门时，一位礼宾挡住了她的去路。"对不起，小姐，粉丝不得入内。"

"粉丝？！"塞西莉摇晃着往后退，好像被这个词给伤害了，"我不是粉丝，你这个白痴。"

礼宾没了刚才高高在上的劲儿。"这……"

"我是你们的贵宾。"她生气地说，"贵宾也只不过说着好听而已。你们的总经理向我保证过，这家酒店专门接待名人，但我和我的朋友从入住后就一直受到你们员工的骚扰！"她回头瞥了一眼等在那里的狗仔队，"现在趁他们还没发现我是谁，快让我们进去。"

"对不起，小姐，"礼宾红着脸说，"当然。"他赶紧让开，请他们四位进去。

"这招太聪明了。"亚瑟小声地说着，跟在塞西莉后面急急忙忙穿过旋转门。小云昂着头，小跑着跟在他们旁边。

塞西莉不好意思地笑了笑。"我以前和爸妈住过这种高级酒店，很不幸，那里的客人很多都没礼貌。"

尼斯湖酒店的大堂里飘浮着一盏从天花板上高高地垂下来、绚丽得让人眼花的枝形吊灯。大堂一侧，一位赤褐色头发、穿着笔挺格子呢西服的酒店前台在接待台后忙碌着，对面是舞台，上面放着一架精致光亮的三角钢琴。地板上铺着毛茸茸的羊毛地毯，所有的扶手椅和沙发上都有青松绿色的靠垫，空气中弥漫着木柴和威士忌的味道。客人在悠闲地聊天，壁炉上方巨大的全息屏幕正在播放《拉扎勒斯秀》。

亚瑟发现有一个细长的身影溜过地板，爬上墙壁，又滑过天花板。他环顾四周，想看看那到底是什么，然后发现那是一个体形很长、背部隆起的生物，还长着鱼鳍和尾巴。"那就是你的尼斯湖怪。"他对塞西莉说，心想客人怎么都没觉得这种特效很倒胃口，"我一个铁浪参赛者都没看到，也没看到宇宙游戏警察。不过，我也不知道游戏警察是什么样子。"

"也许我们应该去前台问问？"任建议道。

亚瑟正要表示赞同，就看到远处墙上有一扇门，门上有一盏很大的银色油灯作为装饰。这盏油灯看起来很像一个官方标志，他凭直觉带着其他人走了过去。到了门口，他们听到门里有说话声，就停了下来。

"……除非他们没意识到这样做是犯法的。"有人在恳求。

"没关系，"一个声音沙哑的人说，"他们违反了规定。你把这件事告诉我是对的。"

"是的，但是——"

"听我说，小缎带。你只有 16 岁。关于我们这一行，你还有很多要学的。你的天分没的说，但你一个见习学员要想出师，成为有史以来最年轻的宇宙游戏警察，还需要证明你有能力发现作弊行为。"

里面安静了下来。亚瑟想接着听，但大堂里肯定会有人注意到他们在偷听，于是他做了一个深呼吸，抬手叩门。

"进来。"那个沙哑的声音说。

塞西莉一把将小云抱在怀里，一行人就挤进了这间小办公室。这里的墙上贴了很多动作片中常见场景的海报：一个男人跑过一座正在倒塌的大桥、一个身影正逃离暴怒恐龙的追杀、一个女人在屋顶之间跳跃。在每张海报的某个地方——或挂在树上，或夹在两块岩石之间，或静静地放在草丛中——都有一盏银色的油灯，和办公室门口那个一样。每张海报的底部都写着："宇宙游戏警察：正义之光"。

一个戴眼镜、留着铁灰色波波头发型的女人坐在桌子后面，监视着几块全息屏幕。桌上一块锃亮的黄铜牌子上写着：多夫顿督察长。她身后站着一个脸蛋红润、梳着飞机头的黑发女孩。两人穿着差不多的制服：紧身的深蓝色连体衣，胸前绣着银色的油灯图案，还有同样的斜挎包。唯一的区别就是她们肩章上的彩色穗带。督察长的是金色，那个女孩的是白色。

"报告违规行为应该打热线电话。"督察长不满地嘟哝道。她指着一张海报，上面写着：

　　　　您是否发现了非法的游戏活动？请致电 880-909-4*4，对宇宙游戏警察进行匿名举报。

"实际上，我们想来领运动游戏许可证，这样我们就能参加'铁浪争霸赛'了，"亚瑟说，"您能帮助我们吗？"

督察长无精打采地从眼镜后面打量着他。"我认识你吗？拉扎勒斯没有通知我临近开赛还有人加入。"

"那是因为拉扎勒斯还不知道我们。"塞西莉巧妙地措辞道，"但我们能肯定，他会同意的。我们的父母都是著名的实景游戏玩家，他们就是'小屁孩'。"

在房间里靠后站的见习警员把一声惊叹憋了回去。

"'小屁孩'？"督察长扬起了眉毛，"你们就是在70年代消失了的《幻境逃生》玩家的孩子？"

"没错，25世纪70年代，"塞西莉说道，就好像她在提醒自己。她抱着小云给督察长看了看，"我们还有我们父母的仿生狗，他们把它送给了我们。"

小云高兴地汪汪叫了几声，但督察长做了一个"嘘"的手势。"好吧。我来告诉拉扎勒斯。"她点了一下前面的一个屏幕，"你们这会儿站着别动。"她拉开一个抽屉，拿出一个和海报上一样的银色小油灯。她拨弄了一下灯顶上的什么东西，一道强光亮起，亚瑟不禁一缩。他低头一看，一道淡淡的光线正在掠过自己的身体。

督察长似乎注意到了他的异样。"你以前从没做过生物扫描吗？"

"没有，呃……"《幻境逃生》里没有生物扫描。亚瑟想起人鱼对塞西莉提到的一件事，就大着胆子说："我们来自纳瓦古尔的外星环。"

"哦，这就说得通了，"督察长看着油灯顶部说，"生物扫描就是把一个大活人复制下来，并显示你之前有没有游戏作弊行为。实际上……你的记录里什么也没有。你以前没玩过实景冒险游戏吗？”

亚瑟紧张地笑了笑。

“运动游戏比赛是十分危险的。”督察长警告他，“在‘铁浪争霸赛’期间，《幻境传奇》的安全功能会关闭。也就是说，在比赛期间，你们有可能受重伤——甚至更糟糕。你们的父母真的同意你们到这里来吗？”

“其实这就是他们的主意，”塞西莉解释道，“你看，我们很想参赛。我们已经训练好几个月了。”

房间里侧的那个见习警官清了清嗓子。“我能说句话吗，长官？我知道他们没有经验，但他们的父母当年也一样。‘小屁孩’之前从来没参加过实景冒险游戏，但事实证明，他们是《幻境逃生》里最令人生畏的选手。”她对亚瑟露出了鼓励的笑容，亚瑟想起了他们在门外听到的，说她决心成为有史以来最年轻的宇宙游戏警察的对话。也许她能体会到做无名小卒的滋味。

“嗯。”督察长揉着下巴，这时屏幕上闪过一个东西。“好吧，看来你们对拉扎勒斯的预测是正确的——他的确想要你们参赛。他决定，你们队的颜色是绿色。”她若有所思地看着他们，“很好。我将给你们每人一张运动游戏许可证。但记住我的警告：在探险之地，你们可能遇上生命危险。”

塞西莉对着亚瑟和任露出了笑脸。“接下来该做什么？”她问，“我们登记入住吧？”

督察长回头示意："我的这位见习警官会给你们的定向越野比赛做指导，但必须简短。'铁浪争霸赛'20分钟后开始。你们运气不错，再晚半个小时来就赶不上了。"

女孩领着他们走出办公室，完成了第一步计划，亚瑟觉得仿佛压在胸口的一块大石头被搬走了。现在他们要做的就是弄清楚时间密钥是在格里芬·拉姆齐手里，还是在耶塞妮娅·科尔特手里，然后把它偷回来。"是不是所有'铁浪争霸赛'的参赛者都住在酒店的同一片区域？"他问见习警官，想套些话出来。

"是的。参赛者都住在二楼，教练在一楼。"她转向他，问，"你们有教练吗？如果有的话，他也能分到一个房间。"

亚瑟心想，等米洛找到他们，就能冒充他们的教练。"是的，他可能晚点到。"

走进装了镜子的电梯时，他对其他人耸了耸肩。他看到镜子里的影子，立刻感觉脸上发烫。他的T恤上沾着番茄酱，小腿上还有炭灰的污渍。任和塞西莉也好不到哪儿去。塞西莉的裙摆破了，任的辫子上插着海草。不过，考虑到他们穿越了四百多年的时间，亚瑟觉得情况还有可能更糟。

宇宙游戏见习警察从斜挎包上取下来3个银手镯。亚瑟注意到她手腕上就戴着一个。"把手环戴上。"她说着，给他们一人一个，"我想，你们在纳瓦古尔外星环不用这个，但在幻境里，它们是无价之宝。我给它们导入了你们的运动游戏许可证和传送门通行证，还有比赛指南。"她用手指在手环上顺时针划了一下，一块半透明的光板就在她齐胸高的地方显现出来。女孩用手指在上面划来划去，亚瑟猜这块光板就是未来的某种记事本。"手环里还有其他应用软件——自动翻译机、导航仪、全息影像查看器、信息目录和存储尘币的空间。另外，如果你们有问题，或者安全方面的顾虑，还可以用手环联系宇宙游戏警察。在探险之地，不是所有软件都能运行，只有在亚特兰蒂斯才行。"

电梯颤动着升了起来，亚瑟把手环套上手腕，学着见习警官用手指在上面划动，一块浮在空中的金色长方形光板就在他面前出现了。他把头抬起来，光板也跟着浮起来，保持在他的平行视线内。

他想做个实验，在显示屏上划了一下，一份顶部带有宇宙游戏警察标志的文件就出现了。标题是：小小屁孩——铁浪争霸赛指南。

他灰心丧气地发现："我们的队名是'小小屁孩'……"他从没想到还有比"小屁孩"更糟糕的队名，在它前面再加上一个"小"，听着像是在装可爱。

见习警官咯咯地笑起来。"这个问题，恐怕我帮不了你们。这是拉扎勒斯·斯隆取的。但指南里有些有用的内容可以看看。"

电梯平稳地停了下来。门开了，露出一条装潢精美的走廊。尼斯湖怪的影子末端正慢慢在远处松绿色的地毯上移动。

"请看第 4 页关于赞助的规定，还有第 16 页的非法物品目录。"见习警官一边领着他们走过一扇扇有编号的门，一边建议道。

亚瑟翻到第 16 页，看到一长串他知道的东西，都是死锁的仓库里的，比如岩石爆破枪、尖叫忍者镖和躲避石。"你怀疑一些参赛者在用这些东西吗？"他问，希望能从见习警官那儿问出来格里芬和耶塞妮娅之间，哪一个更有可能拿着时间密钥。他们中的一个肯定想用躲避石来作弊。

"这就是我要留意的。"她认真地说，"但我可以向你保证，所有参赛者的许可证都显示他们没有违过规。"

任在手环的显示屏上翻看着指南，皱起了眉头。"我们看其他选手拿着的武器不在这里。耶塞妮娅·科尔特有岩浆 –3000。"

"不是所有武器都是非法的，只有那些在黑市买来的才是，"见习警官解释道，"非法武器没有注册，也就是说，仿生人不一定有正确的技能来治愈他们造成的创伤。过去的 6 年里，所有运动游戏的死亡事件都是因为使用非法武器造成的。"

亚瑟打了个寒战，为这些武器被用在游戏里感到害怕。那个死锁干的交易真可怕。

见习警官在一扇闪着红色封印的门前停住，门把上闪烁着 235 这个数字。"这就是你们的套房。你们要用手环敲一下门把才能进去。"

亚瑟把这句话听进去了。这就是说，他们得搞到格里芬或耶塞妮娅的手环，才能进入他们的房间。任把手腕靠近把手，封印就变成了绿光，然后"咔嗒"一声，门朝里开了。

亚瑟大着胆子走进去的时候，心里有些希望他们真的是来这里度假的。这儿绝对是他看到过的最高档的酒店房间。欢迎区有石雕壁炉，周围摆着一圈豪华的天鹅绒沙发和扶手椅。壁炉台上方的墙上有一个闪烁的全息屏幕，抛过光的木餐桌上，放着一篮奇怪的果冻状水果。

任瞄了一眼隔壁的房间。"不是吧！四帷柱大床！"

"如果你们需要我，就用手环联系宇宙游戏警察，或者敲我的房门，"见习警官告诉他们，"我在教练层的 167 号房。"

"谢谢你的帮助。"亚瑟说。

见习警官点了点头。转身往门口走时，她停住了。"你们父母打出名气来的时候，我还没出生。但我爸爸告诉过我有关他们的故事。"她的声音有些颤抖，"他……几年前去世了。但这是他讲的故事里，我最爱听的一个。"

亚瑟感到一阵同情。"请节哀，"他真诚地说，"很高兴能认识你。对了，我叫亚瑟，这是任和塞西莉。"他一说完就紧张起来，他不知道这个见习警官知不知道最早的"小屁孩"队员的名字。

但她不知道，因为她只是笑着说："我叫小缎带·雷克斯，就叫我小缎带吧。大家都这么叫我。"

"小缎带。好吧，我们最好开始为'铁浪争霸赛'的第一个任务做准备……"亚瑟不想表现得无礼，但他们必须继续寻找时间密钥。

"是的，那当然，"小缎带回应道，"你们可不想半夜最先被淘汰。"

"最先被淘汰？"亚瑟说，"这是什么意思？"

小缎带眨了眨眼。"你是知道淘汰的事的吧？你们必须在接下来的 12 个小时内的某个时间点开始第一个探险任务。一旦开始，计时器也开始计时，只有当你完成任务，赢得第一个铁浪盔甲组件的时候，计时器才会停下。这 12 个小时结束时，也就是今晚午夜，速度最慢的队伍会在《拉扎勒斯秀》的直播上被淘汰。这样每 12 个小时重复一轮，直到最后剩下一个冠军。"

"我们必须马上开始第一个探险任务吗？"塞西莉慌了。

"这取决于你们的策略，"小缎带说，"每队参赛者都有不同的探险任务，所以你们的时间是分开计算的。如果你选择在对手完成任务后再开始，你就能更清楚自己要战胜的时间，但你完成任务的时间也就更短了。探险家一般都会尽早开始第一个任务。我想，其他人已经到达亚历山大图书馆，准备开始比赛了。"

"图书馆？"亚瑟听得满头雾水。

"好了，祝你们好运！"

小缎带走出去，房门在她身后关上。亚瑟看着大家。"我们该怎么办？如果被淘汰，我们连寻找时间密钥的机会都没有，就要被赶出酒店。"

"我们只能完成第一个探险任务了。"塞西莉做出了决定。她打开手环，"而且我们要赶在其他队前面。小缎带不是说手环有导航仪吗？我们得找到去亚历山大图书馆的路。"

第六章

亡命徒之地

又一个闪烁的三角形出现在亚瑟前方，指向左边。"这边。"他说着，小跑着转了一个弯。

他们手环上的导航规划了一条去亚历山大图书馆的路，在地上投射出一连串箭头指路。亚瑟感觉有些怪异，好像走进了电子地图里，但只要能到达目的地，他并不介意。

"亚历山大图书馆听起来很耳熟，"快步跟在他身边的任说，"你听说过吗？"

"是的。我以前那套《古代奇迹王牌游戏》里就有，"亚瑟试着回忆牌上的信息，"关于亚历山大图书馆有一个传说。据说里面收藏了有史以来所有的书，但我想它在大火里烧毁了，书全都没了。"

塞西莉加速超过他们，往右转了过去。"这边！"

小云在她身旁奔跑，粉色的舌头伸出来，耷拉在嘴边，一副小狗单纯、开心的表情。

"至少我们中间有一个享受这次探险的。"亚瑟心想。

转到下一条街上，亚历山大图书馆便出现在前方，他一看，意外得差点儿摔倒。在《古代奇迹王牌游戏》的插图里，亚历山大图书馆是一座大型建筑，但在这里，它是一片纵横连接的建筑群。高高的赤陶土斜角屋顶、带柱廊的走道和从雄伟的石城墙里探出头的穹顶塔楼。入口很明显，是一道石灰石门廊，两侧各一根红杉树那么粗的古希腊爱奥尼式样的柱子，柱头两端有涡卷形装饰。

"不是吧，"任说着，摇摇晃晃地在入口外停下，"大概你真能把所有的书都收藏在里面。"

探险家们络绎不绝地从门廊进出，他们浑身上下都是各种很实用的徒步装备，一边走着，一边在手环上交谈和分享信息。

亚瑟一行人冲了进去，来到一个明亮、通风的房间，这里有高高的拱形天花板和光秃秃的石墙，屋顶有用于采光的开口。探险家们在闪耀的马赛克地板上走来走去，手里抱着各种书和卷轴。亚瑟断定他们参赛的消息还没公布，因为没人注意他们。"其他的铁浪选手在哪里？"他问。

"我们去问问。"塞西莉用下巴指指旁边长凳上坐着的一个男人，那人拿着一个印着"优美的圆周率"的马克杯在喝东西。他头顶的头发快掉光了，下巴留着卷曲的白胡子，额头上布满了皱纹。他身穿舒适的针织上衣，宽松的棕色灯芯绒裤子和磨损了的平底便鞋，一看就和探险家们不一样。"那人怎么样？他看起来不像探险家，也许是图书管理员？"

他们急忙走过去。"抱歉打扰您，"亚瑟说，"您是图书管理员吗？"

"是的，但现在是我的休息时间。"这人回答道，语气有些恼火。当他抬起头时，他想说的话仿佛卡在了喉咙里，"我……我的天啊，"他结结巴巴地说，"亚瑟·吉莱斯皮、任·威廉姆斯、塞西莉·玛达基？"

亚瑟愣住了。"你怎么知道我们的名字？"

"因为是你们救了我。"图书管理员答道，露出了灿烂的笑容。他把咖啡杯放在长凳上，站了起来，"我们从没见过面，但我从别人那里听到过你们所有的故事。旺加里还给我看了照片。"

"旺加里？"亚瑟想了一会儿才明白他的话。旺加里·马塔伊是他们在《幻境逃生》里遇见的英雄。她是获得诺贝尔和平奖的环保主义者。"等等……你是《幻境逃生》里的一位英雄？"

"来自锡拉库扎的阿基米德，"这个人说着，伸出手来，"很高兴认识你们。"

亚瑟晕晕乎乎地握着阿基米德的手，无法相信自己在和谁说话。他在春季学期还做过一个关于阿基米德的历史专题项目。阿基米德是生活在两千多年前的一位著名的发明家、工程师和数学家。

任惊讶地张大了嘴巴。"你是阿基米德？就是，那个阿基米德？你发明了投石器和螺旋抽水机，而且，希腊语的'我发现了'①，还因为你成了流行语！"

显然，任也做了相同的项目。

阿基米德和任、塞西莉握手时，他的耳朵尖都涨红了。"是的，没错。但我的事聊得够多了——你们在这里干什么？你们不是应该在 21 世纪吗？"

亚瑟警惕地扫视了一下大厅，确认其他探险家不会听到。"阿基米德，我们有麻烦了，"他小声地说，"我们和米洛·赫兹失去了联系。为了回家，我们必须从'铁浪争霸赛'的一位选手那里偷走时间密钥。"

"我们也是参赛选手，"任闷闷不乐地说，"要想不在午夜时被淘汰，我们必须以最快的速度完成第一个任务。"

老学者浓密的白眉毛挑了一下。"哦，亲爱的，你们最好跟我来。"

他带着他们走出大厅，通过一条狭窄的走道。走道里摆满桌子，探险家们坐在那里研究成堆的书、卷轴，还有全息图。亚瑟凝视着阿基米德的背影，开始思考。这位阿基米德就和《幻境逃生》里所有的模拟英雄一样，是一位仿生人，

---

① 即 eureka。——译者注

但被植入了来自锡拉库扎的阿基米德的思想。米洛·赫兹承诺过，如果英雄们愿意，就让他们以仿生人的身份在 25 世纪拥有"第二次"生命。在这个已知宇宙里，阿基米德想做什么都可以……那他为什么还选择到《幻境传奇》里生活呢？

他们走进一间圆形的画廊，这里的书架沿墙壁摆放，一直堆叠到天花板。空气中弥漫着灰尘和旧皮革的味道。阿基米德深深地吸了一口气，笑了。"我过去经常去真正的亚历山大图书馆，"他告诉他们，"离开《幻境逃生》后，在这里工作最能给我家的感觉。"

亚瑟盯着书架，上面塞满了各种手稿和卷轴，其中一些十分古老，书页已经散落。房间四周的壁龛里矗立着九座优雅的女性大理石雕像。她们手里拿着不同的乐器、戏剧面具、天球或卷轴。她们让亚瑟想起了他在死锁仓库外看见的金色太阳雕塑。

"她们是希腊神话里的九位缪斯，"阿基米德解释道，"图书馆就是为她们而建的。你在这里看到的一切都是我记忆中的图书馆的忠实重现。当然，也有一些不同——二楼的咖啡机是新添加的。"他叹了一口气，"在古希腊，我们没有咖啡，真是太遗憾了。我的朋友埃拉托色尼①一定会喜欢的。"

亚瑟能肯定古希腊人也没有全息卷轴，但图书馆现在成

---

① 希腊学者、地理学家和天文学家，计算出了地球的周长。——编者注

了实景冒险游戏的一部分，他们就也能享受这些功能。

　　"我花了很多时间帮助探险家做研究，"阿基米德愉快地继续说道，"这里大多数书籍的内容是关于已知宇宙里的各种传说。我一直在管理图书馆的藏书。你们能相信吗，现在已经有超过一百万种智慧生命的文字了！"

　　亚瑟想知道阿基米德在业余时间还做不做数学和工程学的研究。他有很多关于这位老学者的新生活，还有其他英雄的生活的问题想问他，但没时间。"我们觉得，我们到这里来纯属意外。"他说，然后把过去几个小时发生在他们身上的事情飞快地叙述了一遍。

　　阿基米德捻着胡子，看上去既感兴趣，又显担忧。"嗯。我虽然和米洛没有直接联系，但我知道和他有联系的英雄。我会让他们给他捎个信。同时，你们必须赢得你们的第一个铁浪盔甲的组件。我没有关注这一季的选手，但我听说过耶塞妮娅·科尔特和格里芬·拉姆齐这两个名字。他们名气都很大。你们要小心。"他推开一扇沉重的门，带领他们走进一条长长的过道。

　　"我猜你们已经了解过《幻境传奇》是怎么一回事了，"阿基米德继续说道，"但你们对传说了解多少呢？'传说'这个词其实有好几种不同的含义。在比赛中，你们的知识也许能决定你们的生死。"

　　亚瑟紧张地咽了一口唾液。他想起来督察长警告过他们，

《幻境传奇》的安全功能会在比赛中关闭。"传说就是故事,"他一边回忆和爸爸一起看的亚特兰蒂斯纪录片,一边说,"是神秘的故事,没人确切地知道它们的真假。"

"比如尼斯湖怪,"任说,"有人说看见过,但没人能肯定水底下是不是真有这么一头怪兽。"

阿基米德点了点头。"没错。据传说,图书馆和里面的珍宝都在一场无情的大火中被烧毁了。事实上,的确有过一场不大的火灾,损失也不大。"他摇了摇头,又接着讲,"要点在于,尽管大多数传说里都埋藏了真实的种子,随着时间的推移,故事都会被美化。在《幻境传奇》里,这些故事活了过来。在探险之地,你们会遇上传说中的人和野兽,你们会去探索传奇发生的地方。真真假假,难以分辨。所以我的建议是做好面对各种离奇事件的准备。"

亚瑟摆弄着短裤上的一根线,想知道他们会遇上什么样的挑战。"《幻境传奇》里的仿生人和你一样真实吗?"

阿基米德眨了眨眼,拍着脑袋说:"他们的头脑里没有真人的意识,这一点和我,还有其他英雄都不一样,也许这就是你说的'真实'。但他们大多数人并不自知。《幻境传奇》里的仿生人是《幻境逃生》里的升级版,他们能独立思考和行动。他们被编入了和他们代表的传奇人物一样的性格、技能和记忆的程序。"他口气谨慎地补充道,"这就意味着他们和《幻境逃生》里的英雄不一样,他们并不总是善良的。"

阿基米德带他们走进又一扇门时，亚瑟、任和塞西莉警惕地对视了一眼。《幻境逃生》里的英雄曾是他们的盟友。很明显，在《幻境传奇》里，他们无法再依靠那些帮手。

他们走进一座灯火通明的大厅，里面已是人头攒动。大理石地板的正中是一根约30米高的光柱，下面有三角形底座，顶端直通到天花板。大厅四面八方都有探险家进进出出，间隔一段距离就有一个游戏警察，他们把房间包围起来，举着油灯进行密切的观察。能俯瞰大厅的包厢里挤满了穿深色衣服的狗仔队和穿T恤的摄影师，他们的T恤前面印着一种黄色爬虫的眼睛。

"那个，信不信由你，就是百慕大三角。"阿基米德的话里带着一丝讽刺，"那是一个传送门，探险家能通过它在亚特兰蒂斯和探险之地间来回穿梭。"

亚瑟能肯定，真正的百慕大三角是大西洋上一个笼罩在层层传奇面纱之下的区域，在那里，舰船和飞机都会神秘地消失……

"当你们距离百慕大三角很近的时候，就会出现一张探索地图，"阿基米德解释道，"仔细看地图。从地图上能看出你们要去哪个探险之地，以及如何赢得你们的第一个铁浪盔甲组件。在同一个探险之地，参赛者们要完成各自的任务，并收集自己的一套盔甲。探险之地对其他玩家关闭，所以你们能看到的都是对手或游戏中的角色。你们的计时从进入百慕大三角开始，在探险成功或失败时结束，然后你们会自动回到这里。"

亚瑟把这些慢慢地默念了一遍，试着把所有建议都记在心里。他瞥了一眼媒体人员的包厢，想知道黄色爬虫眼睛是不是《拉扎勒斯秀》的标志。"我们的一举一动都会被《拉扎勒斯秀》跟拍下来吗？"

阿基米德不以为然地咕哝了一声。"他们的摄像机会对你全程拍摄，但为了不把你的战术泄露给其他选手和教练，他们不会录制声音。这就意味着你能放心大胆地说话。只要别让行为暴露你的意图就行。"

"好的，"亚瑟咽了一口唾沫，"感谢你的帮助，阿基米德。"

老学者点了点头。"祝你们好运，我的朋友们。"

他们穿过房间，走向百慕大三角时，亚瑟注意到其他探险家玩得兴高采烈，他们大多有说有笑，有的在互相检查装备，有的在分享故事。

但他们没有死亡的威胁。他不知道其他"铁浪争霸赛"的参赛者看起来是不是也那么快活。"如果我们的对手就和电子竞技的玩家一样，他们肯定已经训练了好几个月，"他苦恼地对任和塞西莉说，"我无法想象我们怎么才能比他们更快。"

"我们的态度必须乐观，"塞西莉坚定地说，"我们在《幻境逃生》里取得了胜利，你也没少玩游戏，只不过是在另一个世纪玩的罢了。"

亚瑟试着重拾信心，但自己很难相信他们不会被淘汰。他们能做的只有尽力尝试，期待幸运女神的眷顾。

就在距离百慕大三角只有几米远的时候，一块色彩明亮的织物显现在半空中，然后飘飘荡荡地落在亚瑟脚边。他伸手下去捡时，看到一团逐渐消散的微粒，他就知道这一定是用纳米科技生成的。

亚瑟把它在他们中间铺开，任就看出来了："这是一幅挂毯。"

亚瑟只在中世纪城堡的墙上见过巨幅的挂毯，上面通常会描绘一些策马的骑士或中世纪的日常生活场景。

然而，这幅挂毯是地图，上面有一片广阔的橡树林，一条小路贯穿林中。北面有一座城堡，城墙里面绣着一双金战靴。地图的边上缝着几个字：

LEGENDARIΩM

幻境传奇

如果你想要看到明天，
聪明点跟对人不要走偏。

— 亡命徒之地 —

"亡命徒？"塞西莉担心地读道，"莫非就是说，这里全是土匪和罪犯？为什么这里不能是小猫咪之地？"

　　亚瑟尽量把亡命徒这事抛到脑后。"铁浪战靴一定在城堡里。我们进去以后，必定要去那个地方。"他仍然不知道距离他们变成黏液还剩多长时间，但他们必须尽快赢得这双金靴，才有回家的机会，"走吧，行动起来。"

　　他把探险地图塞进口袋，鼓起勇气，走进光柱。

第七章

初遇亡命徒

进入百慕大三角的感觉和穿越特攻队的光传送门差不多，只是速度更快。只一秒钟，亚瑟就被耀眼的白光包围住，他失重的身体就像水里的软木塞一样上下浮动……

下一秒钟，他就站在了一片树木稀疏、枝条缠绕的森林中，脚下泥土湿润。

他伸手扶着树干，让感官适应新的场景。这里四处都长着树干粗壮、布满青苔、枝干回旋盘绕的橡树，凉爽的空气里是新翻过的土地的气味。拂晓时的太阳白蒙蒙的，说明亡命徒之地和亚特兰蒂斯处在不同的时区，甚至可能在不同的星球上。

"大家都还好吧？"塞西莉一边问，一边解开小云的狗绳。这只小狗扭动着屁股，准备纵身跃入一堆树叶。

"如果不把有点冷算进去的话，我很好。"任一边搓着手臂，一边回答。

亚瑟也感觉到了寒意。他的短裤和 T 恤是最适合烧烤的打扮，但现在气温变了，他急需连帽衫和牛仔裤。

他在树林里找寻地标。在他们前方有一条宽阔的泥巴路从矮树丛里斜穿过去。"我们肯定在探险地图上的某个地方，"他一边说，一边把地图从口袋里掏出来，"我们要辨认方位，才能确定城堡在哪个方向。太阳从东边升起，但如果在另一个星球上，这条规律就不管用了。"

查看地图时，他脖子后面的汗毛竖了起来，还感觉肩上有风。他转过身去，看到几米外悬浮着一架表面反光的小型无人机。它的一侧有一个很大的镜头，上方印着黄色爬虫的一只眼睛。无人机在空中盘旋了一会儿，它镜面似的外壳似乎荡起了涟漪，然后就看不见了。

"我想，这说明节目开始了，"他警告其他人，语气里带着不祥的意味，"别忘了：我们是被监视的。"

任迈着沉重的脚步走到路边一棵树旁，折弯一根树枝来测试强度。"如果能爬上树，我们就能更好地观察这片区域。"她踩着树干的一个结疤，够到上面的一根树枝，攀了上去。

"我就在下面等吧……"塞西莉抱着胳膊肘说。

亚瑟对她淡淡一笑。她一到高处就头昏。"你能再看看这个吗？"他把探险地图递给她，"阿基米德让我们认真看地图，免得有遗漏。"

往上爬时，他想起自己第一次在家那边的公园里爬树的情形。那时爸爸大声的指导犹在耳边："找牢靠的立足点！腿甩上去！用双手抓住树干！"一想到如果这次探险失败，就可能再也听不到爸爸的声音了，他心里顿感一阵刺痛。

"我觉得我已经够高了。"任对着下面喊道。她小心地转过身来，背靠树干，在树枝上站稳，"亚瑟，你能看见这个吗？"

亚瑟走到合适的位置，往远处望。这片树林往外延伸几公里，最后连通一片广阔的灌木丛生的荒原。就在这个方向，挨着树林的地方有一座宏伟的石头城堡，城外环绕着黑色的护城河，角楼上飘扬着带皇冠图案的红旗，城垛上穿钢甲的卫士在上上下下地巡逻。中心主楼为四方形，上有四座白塔。亚瑟觉得这种设计有些眼熟，但想不起来为什么。

他发现四个白色的人影在荒野中乱窜，后面追着一头豹身蛇首的骇人怪物。

"我想我看见幽灵联盟队了，"他告诉任，同时很庆幸这头"豹蛇"离他们很远，"但还没看见其他对手。"

"有东西朝这边来了！"任脱口而出，"塞西莉，快躲起来！"

亚瑟和任顺着树干爬了下去，路上传来马蹄声。他们跳到地上，发现小云和塞西莉缩在灌木丛后面，自己也赶紧躲到一片矮树丛后。

亚瑟的心怦怦直跳，不知道会发生什么。先是一辆四匹棕色母马拉的老式马车辚辚驶来，这辆车有 4 个木头轮子，涂了有光泽的鲜红色和黑色的漆。车顶上坐的是身穿气派的红色与金色制服的马车夫，还有一个穿制服的人坐在后面，抬着一把大猎枪对着他们后方。两人满脸是汗，浑身发抖。很快，亚瑟就明白了其中的原因。

树木沙沙作响，地面颤动，一只坦克大小的可怕的大黑狗追了上来。狗咆哮着，嘴里和鼻孔里喷出腐臭的黄色气息。亚瑟闻到臭味，赶紧捂住了鼻子。他以前从未听说过巨型黑狗的传说，也许这是另一个星球上的。那头野兽经过时，他怕得一动不动，绝望地祈求不要被它发现。最后，马蹄声渐渐消失，气味也消失了。大家都等到再也看不见那个怪物才站起来。

任出来，走到路上，问："那是什么？"

亚瑟心惊胆战地望了一眼树丛，想着传说中那些野兽此刻很有可能就潜伏在他们周围。"我不知道。我们快拿到铁浪战靴，尽早离开这里吧。"

塞西莉把泥土从裙子上拍掉。"你们从上面看见城堡没有？"

"等一下……"任仔细地看着路那边的树丛，"你们俩应该来看看这个。"

亚瑟和塞西莉皱着眉头，跟着任走过去，看到树上钉了几张羊皮纸。纸的上端用又粗又黑的字体写着"通缉令：不论生死",下部分用炭笔画着一个人的脸。

　　亚瑟意识到,这些人就是"亡命之徒"。第一张纸上是一个名叫"快刀尼克"约翰·内维森的男人。他一头乱糟糟的黑发,身穿破烂的衬衫,小而冷酷的眼睛盯着亚瑟,让他感到惊慌。海报底部有一段简短的文字叙述了内维森的罪行:

　　悬赏10000尘币缉拿"快刀尼克"约翰·内维森。此人为臭名昭著的恶棍、拦路抢劫犯,被指控抢劫12辆行驶于约克与伦敦之间的大北路上的公共马车。

　　"怪不得那个马车夫带着枪,"亚瑟说,"他们除了要防怪兽,还要防抢劫。"他又仔细地看了看下一张海报,上面画着一个面容肮脏、穿着破旧西服的男人。

　　克劳德·杜瓦尔,一介大盗,蛊惑人心。现悬赏15000尘币将此贼交送国王卫队,死活不论。

　　任指着之后的一排海报:"全世界的通缉犯都有——墨西哥、印度、古巴、澳大利亚,还有一帮来自北美莽荒西部的持枪歹徒呢。"

　　亚瑟想起阿基米德告诉他们的话——《幻境传奇》融合了各种传说。"也许亡命徒之地包含了所有留下故事的传奇人物？"他快速地浏览了其他的几张海报。那些人的名字他都不熟悉，但从他们不同的服装和头饰上能看出，他们生活在不同的历史时期。女性占少数，所以很显眼，尤其是"邪恶夫人"凯瑟琳·费勒斯，她用一条华丽的黑围巾遮住了嘴巴。这些人的罪行从小偷小摸、火车抢劫到冷血谋杀都有，不一而足。

"希望我们去城堡的路上不要遇到这些人，"塞西莉说着，扬起头、用鼻尖指了指离她最近的一张海报，"也许我们应该避免走大路？那些拦路抢劫的人就是在主干道上拦大车的。"

"好主意，"亚瑟说着，把探险地图从她手里拿了回来，"我们就钻树林，只要小心别碰上传说中那些不友好的野兽就行。"

任站在那边看另一张海报。"事实上，我不能确定我们最大的麻烦是不是亡命徒和野兽……"

亚瑟朝着任正在看的海报走过去的时候，心在渐渐地往下沉：海报上不只有一张脸。

而是三张。

"别又来一次。"塞西莉呻吟道。

就和体育场外面的全息人像一样，这里的海报上也有他们三个人。任和亚瑟在怒吼，塞西莉头往后仰，邪恶地笑着。

"'小小屁孩'招摇撞骗，偷盗劫掠，无业流窜，"塞西莉读道，"抓获有特殊奖励。"她抱起双臂，"呀，真是恶语中伤。"

"这肯定是游戏里的内容，"任一边说，一边轻敲着另一张通缉令，上面画着野蛮出击队那三个火焰形头发的男人，"也许探险之地就像 RPG？"

"RPG？"塞西莉重复道。

"角色扮演游戏。"亚瑟解释道。他脑海中浮现出家中卧室里堆成山的电子游戏的盒子，其中至少有一半是 RPG，玩家要扮演游戏故事里的角色……只不过现在是他们变成了游戏里的角色。"一般在 RPG 里，你会和其他角色互动，得到各种选项，做出正确的选择，最后就能达到你的目的。"

塞西莉盯着他们的海报，思索着。"这些赏金都由国王卫队颁发，如果我们扮演的是亡命徒的角色，他们找到我们，就会把我们逮捕。"

"那样的话进入城堡就更难了，"任说，"城堡上有带皇冠的旗子，那就是国王陛下的城堡。"

亚瑟想起自己看到城垛上有巡逻的卫兵，城堡里肯定会有更多。"我们必须在路上制订出计划，先活着到达城堡，别被捕或被吃掉，然后再想办法进去，找到铁浪战靴。"

他们保持高度警惕，大着胆子回到森林，朝城堡的方向走去。小云鼻子贴近地面，嗅探前方危险。亚瑟认为那架有蜥蜴眼睛的隐形无人机就跟在他们后面，这个想法让他心神不宁。

"你们觉得谁更有可能拿着时间密钥？"跋涉在树林中时任问，"是耶塞妮娅·科尔特，还是格里芬·拉姆齐？"

塞西莉打开手环，敲了一下屏幕。"我不知道。但小缎带说那个信息目录能打开，我看看能不能挖掘出他们的秘密。"

亚瑟脑海中浮现出那两个运动游戏冠军的形象——潇洒霸气的格里芬和目光逼人的耶塞妮娅。他几乎想掐自己一把，好确定自己真的在和他们比赛。"你只有在万不得已的情况下才会和死锁那种人做交易，但他俩那么成功，不至于这样做。他们为什么要冒这个险？"

"也许他们有维护成功形象的压力？"塞西莉说，"这里面说，耶塞妮娅在运动游戏职业生涯中赢得了 13 次冠军，而格里芬赢得过 8 次冠军、6 次亚军。站得越高，摔得越惨。"她遗憾地撇了撇嘴，继续读下去，"在耶塞妮娅最近的一次比赛中，她陷害对手，将他们推入蛇坑。格里芬似乎也一样心狠手辣，他的粉丝都叫他'孤狼'，因为他喜欢把对手追捕到底。看来，为了胜出，他们可以不择手段。"

他们往城堡的方向又走了几分钟，小云跟着地上的味道向左来了个急转弯。亚瑟发现泥土地上有印记。从大小来看，他推测有一辆车刚刚驶过，但凹印太光滑，不像是轮胎留下的。"小心，"他低下头，小声地说，"这里可能有其他人。"

他们轻手轻脚地走到一片宽阔、植物茂盛的林间空地边上。一辆颜色漆得十分鲜艳的马车停在空地中央，一匹带花斑的灰色小马站在一旁啃草。

"他们是国王卫队的人，还是亡命徒？"塞西莉低声问道。

亚瑟将四周扫视了一圈，但没看到有人，只见树梢之上露出了城堡的四座白色角楼。"不知道。但这就是我们要走的方向。保持警惕。"

他们大着胆子走上空地。亚瑟四处张望，探查是否有危险。他们蹑手蹑脚地走过马车时，他发现马车周围的地面上布满了脚印。

忽然，一个欢快的声音喊道："好样的，探险家们！"

一团发亮的微粒从马车下面飞了出来，把亚瑟吓得魂飞魄散。微粒汇集起来，组成了一个大个头的男人，他长着凌乱飞舞的深色眉毛，友好地笑着。他身穿天鹅绒长袍，脚蹬高筒皮靴，头戴红褐色软帽。

"说真格儿的，今天我的货可好了！"这人语气笃定，神色兴奋。他拉开马车上的帆布，露出好几篮子面包、水果和蔬菜，一摞家里自制的乡村馅饼，还有一个大木桶。这些货物中间升起一张全息菜单，列出了其他物品的价格。"食物、饮品、武器、盔甲、能量强化和线索包——想要什么就说，我全都有！"

"你是商人啊，"亚瑟反应过来，紧绷的身体这才放松了。这个人不是来杀他们的，而是来卖东西给他们的。这就是电子游戏和实景冒险游戏的共同点：里面都有商店。

"也许他有工具能帮我们混进城堡？"塞西莉充满希望地说。但她刚想看看有些什么可买的，一个影子就从她耳尖掠过。她一边摇摇晃晃地后退，一边用两只手在耳边拍打着，"那是什么？"

小云身上的毛竖了起来。几个深色的东西嗖嗖地从他们周围飞过，小云对它们发出了警告的叫声。

"卧倒！"任喊道。

身后一个声音在喊："快！"亚瑟就把头一缩。

只见一片模糊的颜色在晃动，那是三个陌生人从树上跳下来，朝着亚瑟他们冲了过来。他们脸上都罩着华丽精致的威尼斯风格化妆舞会面具，头戴三角帽，脚蹬锃亮的皮靴，身穿长及大腿的外衣，衣领都翻起来竖着。其中一人背着一张弓，另外两个挥舞着老式手枪，亚瑟认出，那是一把雷铳[①]（《任天堂明星大乱斗》里他最喜欢的一个角色用的就是这种枪）。

他立刻就意识到这些人是亡命徒，这只能意味着一件事。

"这是个埋伏！"他喊道，"快跑！"

---

①一种枪管粗得像喇叭的前膛手枪，也叫喇叭枪。

第八章

深入虎穴

空地上响起"砰"的一声，亚瑟被吓得一缩。商人的小马受到惊吓，嘶叫一声就狂奔而去。

"他们在向我们开枪！"塞西莉尖叫着把小云搂到怀里。

任冲到商人的马车后面。"来这里！"

亚瑟的心在狂跳。他爬上马车，从另一边翻下去，在已经躲好的商人旁边蹲下。塞西莉和小云也过来了。"我们该怎么逃跑？"塞西莉一边大口喘着气，一边问，"我们一跑，他们就会对我们开枪！"

亚瑟从马车侧边偷看了一眼。亡命徒步步逼近，三人里最高的一个，在三角帽上插着一根鸵鸟毛。这人把枪指向了亚瑟的方向。"让我们拿走我们要的东西，就没人会受伤！"他用一种流畅的法国口音喊道。

商人冷不防地从马车上抓起一根硬面包棍就跳到空地上。"别过来，你们这些歹人！"他一边疯狂地挥舞着面包棍，一边大叫，"这些补给是给探险家的。你们不能拿走！"

那个戴鸵鸟毛的亡命徒扣动扳机，击中商人脚边的一块地，顿时火花四溅，烟雾弥漫。商人大叫一声，把面包一扔，幻化成一团纳米微粒，消失在马车下。

"这人一点忙都帮不上，"任不满地嘟囔道，"这下怎么办？"

塞西莉拨动着小云项圈上的转盘。"我们得请小云上场了。"她在转动右侧的圆钮时，亡命徒又开了一枪。塞西莉的手一滑……

……忽然，小云开始变身，速度之快，亚瑟只看到几个瞬间。小云又短又粗的口鼻变长了，身体迅速变大，毛茸茸的爪子变成了蹄子，粗糙的白色毛发变得又黑又亮。几秒钟后，一匹身体是红棕色、鬃毛是亚麻色的高头大马甩着尾巴出现在他们中间。

"啊呀，"塞西莉瞪着它，说，"我本来想变西伯利亚虎的。"

此时利箭齐发，越过马车，射到他们身边的草丛里。亚瑟、任和塞西莉爬回去躲起来，但小云太大了，没处躲。它抬起前蹄，嘶鸣一声，然后就飞跑进树林里安全的地方。

"小云，等等！"塞西莉喊道。

任气得咬牙切齿，她从身后的篮子里抓了一个大番茄。"没别的办法了，我们只能扔食物了——来呀！"她跳起来，把番茄朝一个亡命徒扔去，后者被击中后恼怒地叫了一声。在任的带领下，亚瑟和塞西莉也拿起几个有斑点的南瓜，朝亡命徒们扔了过去。

亚瑟的南瓜砸中了法国人的大腿，炸开后喷出来大片带着丝络的种子；塞西莉的瓜在那个拿弓的亡命徒的肩膀上炸开了花。

"我的朋友们，住手！住手！"法国人一边大喊，一边把粘在裤子上的南瓜肉拂下去，"如果继续扔食物，我们就没东西可抢了！"

亡命徒们放下了武器。

"我建议休战，"弓箭手说着，把弓的末端插在草地上，"把食物放在原处。举起手来，慢慢地走出来，我们就放你们走。"

塞西莉望着一边的任和亚瑟。"他们是亡命徒，"她小声地说，"休战可能有诈。阿基米德说过，这个游戏里的一些传奇人物是坏人，记得吗？"

"是的，但罗宾汉虽是个山贼，却是个好人。"任指出。

亚瑟不知该怎么办，但他觉得这是他们在游戏中的第一次重要选择。正确的选择能让他们继续走上寻找铁浪战靴的道路。"你们戴着面具，让我们怎么信任你们？"他大声说。

"有道理。"法国人表示赞同，就脱下面具，露出脸来。他有一双闪亮的蓝眼睛，两撇八字胡修得很整齐，"我自己介绍一下吧？我叫克劳德·杜瓦尔。他们是我的朋友，凯瑟琳·费勒斯和约翰·内维森。"

另外两个人摘下面具，对他们点头致意。亚瑟立刻认出，他们就是通缉令上的人，只是更干净，衣着更整洁。弓箭手凯瑟琳有着黑色的卷发、尖尖的下巴、弓形的饱满嘴唇。约翰很清瘦，头发灰白，五官小巧秀气。亚瑟试着回忆他们被指控的罪行。"你们是盗贼、抢劫犯。"他说。

"是的，盗贼。"杜瓦尔承认。他从腰带上取下来一个口袋，"但我们把补给拿走，过一个小时也总会自动补齐的。"

这好像是真的。如果《幻境传奇》就和亚瑟玩过的电子游戏一样，那么所有内容的设计都是为了让玩家能花钱反复购买。"你们会像罗宾汉一样，把赃物送给穷人吗？"

内维森哈哈大笑。"不，但我们只偷那些经受得起损失的人。我敢打赌，关于罗宾汉的传说有一半都不是真实的。故事是变化无常的，如何变化取决于讲故事的人。比如说，我们的故事，在国王卫队那里是一个样，在我们的朋友和家人那里又是另一个样。你们从后面出来吧，我们保证你们是安全的。"

"我还是不相信他们，"任轻轻地从牙缝里说道，"但我觉得我们可以冒这个险。时间很紧张，其他参赛者可能跑到我们前面去了。"

塞西莉赞同地叹了一口气。"你说得对，我们要尽快搞到那双铁浪战靴。"

他们举着手，慢慢地从马车后走出来。亚瑟紧张得胃好像缩成了一团，心里希望他们做出了正确的决定。如果这次判断错误，他们就可能再也拿不到回家的时间密钥了。

他们只离开马车几步远，费勒斯就眯起眼睛。"我见过这几张脸，"她的语气里有些惊讶，"你们也是亡命徒！"

杜瓦尔举起手枪时，亚瑟吓得全身紧绷。"大路西边是我们的地盘，"他咆哮道，"你们在这里干什么？是来刺探我们的吗？"

"不是！"亚瑟大喊，把手举得更高了。

"我们想进城堡，"塞西莉结结巴巴地说，"我们不是间谍！"

费勒斯皱起了眉头。"城堡？你们去那里干什么？那里面到处都是国王卫队。"

亚瑟盯着杜瓦尔的枪管，试着平静下来，开始思考。"那里面有我们需要的东西，"他小心翼翼地说，"是宝藏，我们打算潜入城堡，把东西偷出来。"

"你是说有宝藏？"杜瓦尔的蓝眼睛亮了起来，"这样的话，我们很愿意在行动中助你们一臂之力。"

费勒斯精明地点了点头。"我同意。公平起见，我们五五分成。回到营地以后，你们可以把计划告诉我们。"

"呃……"亚瑟并没想邀请这些亡命徒，但他觉得在这件事上也没有其他选择，手里有武器的是那几个人。

内维森把雷铳背到身后，指指森林。"我们的营地就在那个方向，我们可以在路上把你们的马也带过去。"

他们穿过空地时，任偷偷地挪到亚瑟身边。"如果你想要看到明天，聪明点跟对人不要走偏，"她低声地重复着探险地图上的那句话，"但愿我们没做错，不然永远拿不到那双战靴。"

他们找到了在灌木丛里撒欢的小云。它把长长的口鼻伸到那些它做狗的时候够不到的高处。任抓住它的项圈，牵着它走。亡命徒营地所在地的方向和城堡相反，在森林里要走15分钟。入口处有系在一棵大橡树上的几根绿白相间的丝带作为标记，往里走的空地上有一堆不太旺的篝火，四周围着长凳、帆布帐篷和几辆马车。几个戴着三角帽、穿着高筒皮靴和天鹅绒外衣的亡命徒坐在那里削箭头、磨剑和擦洗他们的雷铳。亚瑟、任和塞西莉走进来的时候，大半的亡命徒都恶狠狠地瞪着他们。

"请坐，"内维森说。他脱掉靴子，挨着杜瓦尔在一条原木长凳上坐下休息，"不用在意那几个人。他们只是对新面孔很警惕，没别的意思。"

费勒斯捅了捅火堆，火上正热着一个冒热气的水壶和一盘长方形的司康饼。"有人悬赏你的人头的时候，你谁都不能轻信，"她喃喃地说，"这是关系到生死的问题。"

"没错。"亚瑟心想。他和塞西莉、任坐在长凳上。他能肯定会有亡命徒注意到他的腿抖得厉害。他想逃跑——离这些危险的罪犯越远越好——但他知道,如果想赢得铁浪战靴,他必须保持冷静。

杜瓦尔用一根长棍在他们之间的泥地上画了一个正方形,并在三个地方画了小叉。"那么,你们打算怎么潜入城堡呢?"

"这个,嗯……"塞西莉看着地上的画,脸涨得通红,"像你们这样的《幻境传奇》亡命徒大概已经猜到答案了。"

亚瑟拿不准这些亡命徒会不会上钩,但内维森露出了一个狡黠的微笑,用脚尖指着杜瓦尔画的图上的一个叉。"这里的吊桥每三小时放下来一次,给补给车通过。我要把我们安排在那条路的远处,劫持驶来的马车,伪装成商人混进去。"

"这是行得通的。"杜瓦尔摸着胡子说,"或者,你可以躲在森林里,等东塔上的卫士换岗。没人盯梢的时候,可以让一个人爬上桥头堡,从里面把吊桥放下来。"他隔着火堆望着亚瑟、任和塞西莉,"你们选哪一个?"

又要做选择。亚瑟瞟了一眼任和塞西莉,她们都耸耸肩。"呃,第二个?"他说。他不是很想劫持马车。

亡命徒们都点了点头。

"进去以后,你就带我们去找宝藏。"费勒斯说着,分给他们一人一杯茶和抹了厚厚的黄油的司康饼,"吃吧。10分钟后出发。"

亚瑟紧张得吃不下，但他还是伸手去拿司康饼。他脑子里一团糟。在 RPG 游戏里，犯了错也没关系，你总能回到最近一次存档的地方，重新打这一关。但在这里，每一个选择都是决定性的。无论他们刚刚走上了什么样的道路，现在都已无法回头……

半个小时后，亚瑟、任和塞西莉躲在森林边，等待克劳德·杜瓦尔发出信号。

城堡赫然立在前方，和亚瑟最后一次见到它时一样戒备森严。士兵们举着锋利的长矛在城垛上巡逻，弓箭手们在垛口间摆好姿势，随时准备射击。风停了，红、金两色的旗子软绵绵地挂在旗杆上。护城河的水面十分平静。东塔的守卫刚刚离开岗位。万事俱备。

亚瑟和塞西莉蹲在灌木丛后面，大气都不敢出。在他们身后几米远的地方，任骑着小云，脸因专注而紧绷着。亚瑟不知道她会骑马，但她自告奋勇，他并不感到惊讶。内维森和费勒斯也骑着马，守候在更远的地方。如果一切按计划进行，骑马的三人将奔向东塔，用带钩锚的绳子爬上城墙，进入城堡。其他人将冲向吊桥，等待吊桥放下来。

亚瑟充满期待地望了一眼克劳德·杜瓦尔，他藏在灌木丛中，右手紧紧地握着他的雷铳。

形势千钧一发。

为了稳定情绪，亚瑟最后回顾了一次计划。一进入城堡，他们就分头去找铁浪战靴。现在很难估计他们还会遇上什么挑战，只能随机应变。

忽然，内维森大喊了一声，杜瓦尔四处张望，不知所措。亚瑟发现树林间闪过红金相间的制服，顿时紧张起来。出问题了。

"是国王卫队！"费勒斯大喊，掉转马头，"散开！"

亚瑟和塞西莉马上站了起来，士兵就从他们周围的矮树丛里跳出来，有些拿着剑或弓，其他的拿着小号和旗帜。

塞西莉发现一个缺口，大喊道："这边！"

任拉着小云的项圈，让它掉了个头。"走！我跟在你们后面！"

亚瑟和塞西莉跨过树根和荆棘，飞奔进入森林。林间鸟儿惊飞，枪声回荡，空气中弥漫着火药味。他们一时跃起，一时匍匐，又迂回躲闪，避开从四面八方扑过来的士兵。

一个卫兵从树后冲出来抓住了塞西莉，她尖叫起来。亚瑟还没来得及去帮忙，一双强壮的手就抓住了他的肩膀，把他举了起来。"放开我！"他一边吼，一边拼命地想挣脱。

另一名士兵从树上跳下来，把任从小云背上抓了下来。更多的国王卫队蜂拥而上，小云嘶鸣着，踢着前腿。但亚瑟看得出，这是没用的，他们被包围了。

一个士兵大声命令把小云带到城堡的马厩里，小云悲伤地打了一个响鼻，然后被牵走了。

"不!"塞西莉哭喊着,伸手去抓它。但那个抓住她的士兵把她的手打下去,用一根棕色的粗绳子把她的手腕绑了起来。亚瑟的双手也被绑在身前,他能感觉到刺痒的绳子在他手上收紧。

树林里慢慢地跑出来一匹披着盔甲的白马,马鞍上坐着一个身穿锃亮的银色盔甲、肩披红金相间的长披风的骑士。他"咔嗒"一声推起面罩,露出一张棱角分明的脸。他有淡褐色的皮肤,两只深棕色的眼睛。"我想,你们是'小小屁孩'吧?"这位骑士的嗓音低沉又沙哑,仿佛是长时间发号施令造成的。

"是的。"亚瑟哑着嗓子说。

骑士笑了。"你们被捕了。"

第九章

收获铁浪战靴

骑士把双手抱在脑后，往椅背上靠，盔甲发出了"咔嗒"的声音。"我有个提议，"他和气地说，"告诉我亡命徒的营地在哪儿，我就保证赦免你们所有的罪行。"

亚瑟没把握地瞥了一眼坐在他旁边的任和塞西莉。他们被押送到城堡一间没窗户的小房间里，这儿只有一张木头桌子和几把椅子，空气中弥漫着一股浓烈的煤油和火药的气味。外面的走廊上回响着脚步声。

"你真能做到吗？"塞西莉问。

骑士仔细地看着羊皮纸上的内容。"偷盗劫掠、招摇撞骗、无业流窜——我看呀，没什么不可赦免的。"

"这骑士绝对不是个正派人。"亚瑟心想。骑士应该遵守骑士的荣誉准则，但这一位似乎很乐意把他们所谓的罪行一笔勾销，前提是他们要付出代价，这让他想起了约翰·内维森之前说过的话——故事会因为讲故事的人而变化。在传说中，骑士永远是英雄，也许那些故事是骑士自己讲述的版本。

自从坐下以后，任就没动过。她把被绑着的手放在桌上，用充满仇恨的眼光盯着这个骑士，仿佛想打赢一场"谁先眨眼谁就输"的游戏。"我们不可能把自己都不知道的事情告诉你，"她斩钉截铁地说，"我们从没去过亡命徒的营地。"

值得肯定的是，任是个撒谎高手。塞西莉安然不动，亚瑟则尽力一本正经地点了点头。倒不是说他对亡命徒有多少忠诚度，但至少他们的动机很明确。而这位骑士的意图却很可疑。谁能保证他不会在他们透露了营地位置以后就倒打一耙？

骑士气得咬牙。"你们以为那些小偷是你们的朋友，但我告诉你们，他们干什么都是为了自己。我恳请你们再考虑考虑。赎罪的机会只有这一次。"

这肯定是游戏里的另一个决定性时刻。如果他们与骑士合作，他也信守了诺言，他们就能得到自由，但亡命徒们会被捉住。从另一方面来说，如果他们拒绝向骑士坦白，他们自己就得坐牢了……甚至更糟。

"怎么样？"骑士说。

"我们能……呃……私下讨论一下吗？"塞西莉问道。

骑士冷笑了一声，俯身靠过去说："不可以。我现在就要你们的答复。"

亚瑟试图征求其他人的意见。塞西莉咬着嘴唇，十分为难，任却一脸坚定。亚瑟集中精力分析他们的目标：找到铁浪战靴。恢复自由之身后，他们很可能会被赶出城堡，但铁浪战靴在城堡里面的某个地方……"任说得没错，"他立刻下定了决心。"我们不知道亡命徒的营地在哪里，即使知道也不会告诉你。"

骑士的脸血色上涌。"笨蛋！"他从座位上一跃而起，大步走到门口。

"长官？"一个卫兵从外面打开门问道。

"把他们关进地牢！"他冲进城堡，披风在身后飞扬。

地牢？！亚瑟心里一凉。他是不是做了一个错误的决定？

他还没能动一动，四个强壮的士兵就拿着锋利的长矛鱼贯而入。"你们三个，跟我们走。"其中一个士兵粗鲁地说。

亚瑟、任和塞西莉被四个守卫夹在中间，走下一道很宽的螺旋楼梯，深入城堡内部。他们走入有火把照明的通道，亚瑟打了个寒战。路上有几间上着锁的昏暗的牢房，其中一间的地板上铐着一具骷髅，冰冷的石墙上回荡着滴答、滴答的水声。亚瑟环顾四周，焦急地寻找可能存在的逃生路线。他还没反应过来，一名士兵就用力地拉开了一扇门，用长矛的木头手柄往亚瑟的肋骨上一捅。"进去，"他嚷嚷道，"快！"

亚瑟没办法，只能拖着脚，和任、塞西莉一起走进牢房。牢房里没窗户，只有火把的光透过栏杆门照进来，在墙上投下摇曳的影子。

守卫把门从外面锁上的时候，塞西莉说："等等！你们要去哪里？你们不能把我们留在这里！"

守卫们没有回答。听到他们的脚步声渐渐远去，亚瑟原地转了个身，把牢房检查了一番。这里空气潮湿，闻着就像下水道。灰色的石墙上到处都有涂写的痕迹，大多是亚瑟看不懂的语言，但他还是分辨出几个字：

死路一条

无路可逃

传奇输家

"嗯，这下好了，"任用脚在地上踢了几下，"我们不可能赶在其他队伍前面了。"

塞西莉摇了摇头。"如果你想要看到明天，聪明点跟对人不要走偏……我们一定是在什么地方做了错误的选择，否则不可能落得这个下场。"

亚瑟内疚得心口疼。也许，如果他们把自己知道的告诉骑士，现在就自由了。"这是我的错，"他自责地承认道，无力地靠在了墙上，"我不应该贸然做决定。"

"这不是任何人的错。"塞西莉冷静地说，"来到这个世纪不是我们愿意的，更别说参加这个比赛了。"她带着哭腔叹息了一声，"扑通"一下坐到了地板上。"我想在烧烤会上告诉你们的，我现在本应该在收拾行李准备去尼日利亚。我爸妈给了我一个惊喜，安排了一次旅行让我去见我爸爸的亲人。我们的飞机明天起飞。"

"飞机？"亚瑟无法掩饰他的惊讶。自从在《幻境逃生》见过旺加里·马塔伊以后，塞西莉就决心用自己的方式减少碳排放。

"是的，我知道，"她坦然地说，"我本想坐轮船，你们知道的，就像环保少女格蕾塔·桑伯格一样，但我爸妈不同意。"

"但我敢说，即使格蕾塔·桑伯格也会为你今年所做的改变而骄傲，"任鼓励道，"你劝说你爸妈让他们的生意做到碳中和①，那些十年级的学生也在用你安装在学校洗手间里的化妆品回收箱了。"

塞西莉扒拉着两块石板间的一丛苔藓。"是呀，也许吧。有时很难相信我做的这些小事真的会对环境危机产生影响。"她扫了一眼牢房的几面墙，"我猜，现在也无所谓了。我变成黏液以后什么也做不了。"

---

① 节能减排的术语，是指国家、企业、产品或个人在一定时间内直接或间接产生的二氧化碳或温室气体排放总量，通过使用低碳能源取代化石燃料、植树造林、节能减排等方式，抵消自身产生的二氧化碳或温室气体排放量，从而实现正负抵消，达到相对"零排放"。

任盘着腿坐在他们面前。"我的夏天只会过得比在地牢里还闷。我本来要去我妈妈的汽车修理厂体验工作的。"

"我都不知道你想成为一个汽修师。"亚瑟说。

任深深地叹了一口气。"我不想，但我妈妈认为这对我有好处。我想，她希望我能接她的班。但我和她不一样。我们为这件事谈不拢，已经吵了一次又一次。你们过来之前我们就是在争论这件事……"

亚瑟同情地对任笑了笑。和家人最后说的全是气话，这种感觉一定很难受。

"你呢，亚瑟？"她问，"你是不是要参加学校宣传的那个电子游戏学习班？"

即使到了现在这种时候，亚瑟想起这件事来还是有一丝失望。他在学校的布告栏里看见了传单——如梦幻般完美的学习班，为期两周，在此期间能学习游戏设计、3D 建模和动画制作，但他没有报名。其他学生都比他大得多，他担心自己从开始到结束都赶不上别人。"没，我不感兴趣。"

任挑起了一边眉毛，但没有再追问。

"我说……"塞西莉皱着眉毛看着刚才拔起来的那丛苔藓。原来，石头之间的泥土里露出了一段绿白相间的丝带。"这不就是系在亡命徒营地外面那棵橡树枝上的丝带吗？"

亚瑟跪在地上，直接用膝盖走了过去。"对，我想你是对的。也许这是杜瓦尔的人留下来的？"他小心地用被捆在一起的手抓住丝带，用力一拉，感觉到地上的一块石板松动了。

塞西莉惊叹了一声。"看呀——丝带是埋在地板下的！继续拉！"

亚瑟用力去拽。慢慢地，地板中间的一块大石板被拽了起来。任和塞西莉虽然手还绑着，但还是设法抓住石板一边，把它抬开了，下面露出一个满是泥土的洞口，通往一条铺了木板的地道。

"逃生通道！"任欢呼着，伸出脚在洞口探了探，"也许我们的选择其实是对的？如果我们没有跟着亡命徒去他们的营地，我们永远认不出那条丝带。"

地道够宽，他们可以一个接一个地爬进去，但他们的手还绑着，爬起来很困难。只过了几分钟，前面就能看见亮光了。他们别扭地爬上一架梯子，来到一个很大、很热闹的院子里。周围人太多，谁都没注意到他们的出现。一群弓箭手在一角练射箭，发出阵阵叫好声，一队工兵在另一角修理木头投石器。穿着中世纪服装的仆人们或在拍打地毯上的灰尘，或在搬运一袋袋的粮食。亚瑟认出了城堡中心的四座白色角楼。

站起来以后，他又开始琢磨，为什么这座城堡的主楼那么眼熟。他并不知道什么城堡的传奇故事，但他确信这种城堡是存在的。他见过罗马尼亚令人毛骨悚然的哥特式堡垒和法国的大城堡照片，但一座也没参观过，可他本能地觉得，自己曾走进过这座城堡……

"你觉得铁浪战靴会在哪里？"任一边警惕地四处观察，一边小声地说。

"在藏宝室吧？"塞西莉猜测，"我们要赶在别人注意到我们之前找到进去的路。"

他们冲过一个拐角，进入一个小院子，这里一侧是一个马厩。亚瑟不得不用大拇指把T恤拉到鼻子上，挡住马粪的臭味。几匹马从马厩门上探出头来，看起来半睡半醒，嘴里嚼着干草。他惊奇地发现一匹马有着油亮的红棕色皮毛和亚麻色鬃毛。"小云？"他大喊道。

小云的耳朵抽动了一下，然后把头转了过来。

一个马童也转过头来，皱起了眉头。"有事吗？"他说着，往前走了一步。

"呃……是的，"塞西莉说着，急忙把她被捆着的手藏在裙子的褶皱里。任和亚瑟也学着她的样子做了。"我们迷路了。我们是……洗锅碗的工人。我们想找回厨房的路。"

那个男孩眯起了眼睛。"你们看着不像是在厨房里干活的……"

小云打了一个响鼻，跺了跺脚，明显想和他们沟通。它用口鼻指指几只小鸟，然后昂着头走开了。那几只鸟长着焦炭色的喙和乌黑的羽毛。

渡鸦。

亚瑟猛然想起了什么。几年前，他参加了学校组织的旅游，去伦敦参观那里著名的历史地标。他们游览的景点之一是泰晤士河岸边的一个防御城堡，众所周知，里面住着六只渡鸦，那里就是——伦敦塔。

怪不得这座城堡那么眼熟！这一定是复制品。他伸长脖子去看主楼上的角楼。几座角楼都有下面圆弧形、顶部变尖的锡制屋顶，而且最重要的是，三座塔是方形，一座是圆形——和伦敦塔一模一样。"喂，"他偷偷地对着任的耳朵说，"我想我知道这是什么建筑了：伦敦塔。"

她眨了眨眼。"关于它有一个传说，那些渡鸦——"

"你们不是洗碗工！"马童大声地说着，又走近了一步，"卫兵？卫兵！这里有逃犯！"

亚瑟转身就想逃跑，但这时他想起了伦敦塔的导游对他的班级同学说过："传说，如果渡鸦离开伦敦塔，这座建筑和这个国家就会坍塌。"

在《幻境传奇》里，传说都是真的……

他身后传来脚步声，一队弓箭手从拐角猛冲而来，边跑边拉开了弓。

"快躲起来！"塞西莉喊道。

但亚瑟在她跑开之前拉住了她的手臂。"不——我们必须把渡鸦吓飞。相信我！"这样做很冒险，但如果渡鸦飞离城堡地面，就能把那些人引开，让他们三人找到进去的路而不被捉。

一支箭擦着任的肩膀飞了过去，射中附近的一堆干草。她被吓得脸色发白。"不管做什么，都得快点儿！"

亚瑟数了数，有四只渡鸦在院子里啄东西吃，两只停在城垛上。六只都在视线内。"我们把火力往鸟儿那边引，走！"

他们分散开，在院子里以"之"字形往不同的方向跑。亚瑟朝马厩狂奔过去，脚重重地踏在鹅卵石上。两支箭呼啸着飞过他的头顶，射中离渡鸦不远的地面。渡鸦惊慌地呱呱叫，飞离城堡，躲进了旁边安全的森林里。

他跨过一堆马粪，从一个桶里抓起一个苹果，两只手一起把苹果扔向城垛上的另一只渡鸦。那只鸟先是缩头躲开，但亚瑟又抓了一个苹果扔过去。这一个正中目标，把歇息着的鸟打得飞起来，从城墙的一侧消失了。

任和塞西莉飞快地向另外三只渡鸦跑去，把弓箭手的箭引到离鸟儿够近的地方，把它们吓飞。"只剩一只了！"任指着最后的渡鸦大声说。这只鸟正站在院子中央梳理羽毛。

就在这时，城墙上传来"嘭"的一声巨响，小云的马厩门被踢得掉了下来，倒在鹅卵石路上转圈。小云低着头，径直向渡鸦飞奔而去。鸟儿看了它一眼就振翅高飞，它的黑影很快就变成了天空中的一个小点。

"渡鸦飞走了！"一个仆人喊道，"快找掩护！"

大地震动起来，马厩的门嘎嘎作响。灰尘和碎石从城墙上纷纷落下，仆人们不管手里拿着什么，全部丢下四散逃跑，几个弓箭手抱头躲在干草堆后面。

"成功了！"亚瑟喊道，任和塞西莉朝他跑过来，"现在，我们进去找宝藏吧。"

话音刚落，一阵锣声响起。院子中央射出一道光，晃得亚瑟眯起了眼睛。当他的眼睛适应这道强光后，他看到一双金靴显现在空中，就像一个旋转着的奖杯。"这是不是——"

"铁浪战靴！"任喊道。她躲开一支射来的箭，横跨步避开了离她最近的一个仆人，以最快的速度朝战靴跑去。

亚瑟和塞西莉愣愣地看了看对方，俩人都惊呆了。驱逐渡鸦才是完成任务的关键。他不敢相信，但他们真的成功了。

任跑过去，把战靴抱在胸前的时候，她的手腕还被绑着。霎那间，他们周围的环境变了。摇摇欲坠的城堡连同它的臭味和盔甲哐当哐当的回声一起消失了，百慕大三角灯火通明的大厅出现在他们眼前。

几个探险家惊讶地指着小云，它就轻轻地叫了几声。媒体所在的包厢里响起一声喊叫，十几台摄像机镜头齐刷刷地对准了他们。亚瑟想起来他们的探险过程正在全息电视上直播，他的脸开始发烫。

"你觉得我们速度够快吗？"塞西莉上气不接下气地问道。她凝视着一团银色微粒从她手上原先绑着绳子的地方逐渐消失。

亚瑟看了看表。"离午夜还有两个小时。到时候就知道我们是不是被淘汰了。"他扫视了一遍大厅，寻找他们的对手。浑身是泥，看起来疲惫不堪的跨音速两人组被《拉扎勒斯秀》的几个工作人员纠缠着不放，而拉扎勒斯·斯隆本人正在大踏步走向野蛮出击小队的一个队员，这个队员无力地靠在墙上，头上缠着绷带。拉扎勒斯比在屏幕上看起来更高、更瘦，鲜绿色的鳞片和圆鼓鼓的黑眼珠都在闪闪发光。主持人没有发现他们，亚瑟松了一口气。

塞西莉去调整小云项圈上的转盘时，一个影子飘落在任的鼻尖上。她摇摇晃晃地后退，差点儿把铁浪战靴掉在地上。"那是什么？"她皱眉撇嘴地问。

亚瑟弯下腰，从地上捡起一张灰色的薄纸。

"是另一张地图吗？"塞西莉问道。

他把纸举起来。纸上除了用木炭笔潦草地写就的几个字以外，其余全是空白：

LEGENDARI◈M

幻境传奇

— 失落之地 —

第十章

与米洛·赫兹重逢

为了避开拉扎勒斯·斯隆和他的工作人员，亚瑟他们迅速地离开了亚历山大图书馆。天黑后，亚特兰蒂斯看起来更像是个水下城市了。所有建筑物上都出现了荧光珊瑚，大街上有全息水母游弋，它们的触手上拉着霓虹广告条幅。屋顶上有闪光的浮游生物成片地飘过，看起来就像遥远的星云。

来到尼斯湖酒店的黑色栏杆前，亚瑟的思绪已经飞回了家。他们现在已经失踪了 12 个小时，他爸爸一定很担心。想到他们在时间和空间上相隔那么远，亚瑟心里空荡荡的。他只能希望他们能找到时间密钥，有了钥匙，就能穿越到他们离开时的那一刻，就好像他们从没消失过一样。

酒店大堂里几乎没人，只有一位系领结的女士在三角钢琴上演奏爵士乐，还有一位前台服务人员在桌后研究自己的指甲。格里芬·拉姆齐独自坐在一角，愤怒地瞪着刚进来的亚瑟一行人。他没穿护身甲，而是换了一身松垮垮的黑色运动服。尽管他身上没有明显的伤痕，但亚瑟知道，他已经完成了第一个探险任务。

"他为什么那样看着我们？"任轻声地问道，"是想用意念把我们打败吗？"

亚瑟想起来塞西莉读过的关于格里芬的事——他因为把对手追捕到底而出了名。"如果那是真的，效果很明显。"亚瑟很服气地说着，加快了脚步。

当他们匆忙地走向酒店电梯时，另一位住客从扶手椅上跳了起来。"你们来了！"米洛·赫兹喊道。

小云叫了起来，兴高采烈地扑向它的发明者，把塞西莉也拖了过去。

"见到你，我也很高兴，孩子。"米洛说着，拍了拍小云的头。米洛不再是白大褂和墨镜的打扮，他现在穿着灰色休闲裤、颜色鲜艳的夏威夷衬衫和很旧的人字拖。

塞西莉用手压着胸口。"你找到我们了。"

"一个朋友告诉我，阿基米德在亚特兰蒂斯见过你们，"米洛一边解释，一边站了起来，"然后我在新闻上看到你们参加了'铁浪争霸赛'，我猜你们就在这里。我想办法让酒店员工相信我是你们的教练。很抱歉我没能早点儿找到你们，当我看见那些特攻队……"他警觉地四下看看，"也许我们应该在隐蔽一点的地方说话。他们有没有给你们提供房间？"

"有一个套间，"亚瑟说，"我想，你也有自己的房间。"

米洛拿过来一个很大的帆布背包，靠在他刚才坐的扶手椅边。背包侧袋里塞满了胶带、成卷的线材和各种工具。"听起来不错。走，我们有很多事要商量。"

米洛登记入住后，他们坐电梯来到亚瑟、任和塞西莉的套房。大家挤在火炉旁的沙发上，壁炉上的电视在静音播放《拉扎勒斯秀》。拉扎勒斯·斯隆已经离开图书馆，现在在体育场外采访粉丝。

"那些特攻队为一个名叫死锁的阴险狡诈的商人工作，"米洛一边说，一边从背包里拿出各种东西，看着好像他把半个实验室都带来了，"那个仓库肯定是死锁的，因为那里有东西把我的扫描仪屏蔽了，是某种非法的东西。所以我才没法确定你们的位置。"

塞西莉被餐桌上的一个东西分散了注意力。"原来没有这样东西，"她喃喃地说，并站了起来，从水果盘旁边拿起一个鲜绿色的信封。她打开信封，顿时皱起了眉头。"好吧……"

她把这张带信头的信纸递给亚瑟。信头上印了一个爬虫眼睛的标志，下面写着"拉扎勒斯秀"。"亲爱的小小屁孩们，"亚瑟念道，"在贵团队加入'铁浪争霸赛'之际，制作团队和我很高兴邀请各位于明天接受采访……"

塞西莉气呼呼地回到亚瑟旁边的位子上坐下。"他们'很高兴'，是因为他们觉得我们加入会给他们带来大量的收入，但我们不能在这上面浪费时间。"

亚瑟继续看了下去。"是的，但斯隆也会采访争霸赛中排名靠前的两位选手——格里芬·拉姆齐和耶塞妮娅·科尔特。如果我们接受采访，也许能有机会弄清他们中的哪一个拿着时间密钥。"

米洛一惊。"等等，你们没有时间密钥？得有钥匙才能送你们回去。"

亚瑟的脸刷的一下红了。他还是不敢相信，自己竟那么粗心，把时间密钥留在了货箱上面。他解释了米洛的全息屏幕消失后，死锁仓库里发生的事。当他重述他们偷听到的蒂德、鲁尔坦和沃鲁的谈话时，米洛的表情变得十分严肃。

"你知道这些特攻队员吗？"亚瑟问。

"我不知道这三个人，"米洛怒气冲冲地说，"但我对付过其他的像他们那样的人。20 年前，你和蒂伯龙的事发生后，宇宙游戏警察暂时关闭了《幻境逃生》，对我哥哥之前的非法操作进行调查。我不能冒风险让他们知道我有时间密钥，就决定要闯入蒂伯龙的旧总部，把那里搜查一遍。"米洛叹了一口气，"那时候，宇宙游戏警察守着大楼，我知道要想溜进去，唯一的方法就是使用躲避石，也就是那些特攻队本来要运送的东西。"

"我们在死锁的仓库里看见躲避石了，"任说，"它们有什么用处？"

米洛漠然地摇了摇头。"它们能让你隐形，但只能用一次，时间也不长。我当时恐慌极了，到处打听，好不容易才从一个神秘的黑市商人那里买到一个，他就是这些特攻队的雇主。"

"死锁。"亚瑟不寒而栗地意识到。

米洛点了点头，眼里充满了内疚。"当时我太绝望了，我以为我没有其他的选择了。我用躲避石潜入蒂伯龙的旧总部。幸好我去了，因为我发现蒂伯龙悄悄地复制了时间密钥的技术图纸，我就把图纸烧成了灰。"

亚瑟觉得既放松，又紧张。当然了，图纸已经不复存在，但它起初被复制过，这让他感到不安。

米洛把手伸进背包的一个口袋，掏出一块光滑的银色石头，大小和亚瑟的手掌差不多。"这就是特攻队交给我的躲避石。它已经在我的废品抽屉里躺好几年了。我本打算在另一个项目里对它进行重新设计，但一直没时间。接到你们的呼唤后，我就把它彻底地检查了一下。"

亚瑟走近了一些，好看得更清楚。很容易理解为什么沃鲁会把时间密钥看作躲避石，两个设备大小和形状都一样，唯一的区别是颜色，以及时间密钥外缘有一个表盘。"这个躲避石有什么特殊的地方吗？"

"用裸眼是看不出来的，你们戴上 X 透镜看看。"米洛从包里拿出三副墨镜——就是之前他们视频联络时他戴着的那种——递给了亚瑟、任和塞西莉。

亚瑟很想知道这种眼镜能干什么，立刻就把它往脸上按。

"不是吧！"任一边说，一边前后转头，"太神奇了！"

亚瑟眨着眼，透过眼镜从一种更高的层次观察着这个房间，发现色彩变得更鲜艳，纹理变得更清晰。当他盯着一个物体看时，能把这个物体看透。他能看到柜子门后、地板下和袋子里面的东西，就像这副墨镜给了他 X 光透视能力。

他把注意力转向躲避石。他不知道躲避石是用什么制成的，但在外壳下，里面有大量微小的绿光在朝不同的方向移动。在一个地方，绿光围着一个小黑洞形成了一个圈。"那是摄像头吗？"他猜测道。

"好眼力，"米洛赞赏道，"它现在是关闭的，但我猜植入这个摄像头是为了监视我。死锁肯定在我销毁那张技术图纸前就截获了它的图像。为什么新的时间密钥里用了我的时间压缩线圈的设计？这就是唯一的解释。"

塞西莉愣住了。"但如果死锁复制了图纸，谁能阻止他们制造更多的时间密钥？他们会用钥匙做什么？"

亚瑟取下 X 光透镜，分析了他们了解到的所有关于死锁和他手下的信息，很快得出了结论：不管他们是谁，他们只有可能利用时间密钥去做坏事。"蒂伯龙只用了一个时间密钥就造成了那么大的痛苦和伤害，如果死锁有能力制造出更多的新版本，后果将不堪设想。"

"在过去和未来的数百万人的生命都可能受到威胁，"米洛表示赞同，语气严肃，"这就是为什么我们必须阻止他们。"

任攥紧了拳头。"怎么阻止？即使你毁掉了送我们到这里的时间密钥，只要死锁还有图纸的副本，他们就能再做一个新的。"

她说得没错。想要阻止死锁就像和一个有无数触角的海怪搏斗，你砍掉一只触角，它就会长出来一个新的。

"我有一个计划，"米洛一边说，一边翻背包，"死锁害怕敌人夺取图纸，会把它严密地保护起来。我怀疑，大概除了一个信得过的工程师外，他不会拿给别人看。所以那个唯一的副本很有可能存在死锁的主计算机里，就在他的总部。只要摧毁主机，副本就再也找不回来了。"

"但你怎么才能找到死锁的总部？"亚瑟问。

米洛指了指躲避石。"我要追踪摄像头里的数据发送到什么地方。死锁可能安装了各种防火墙，因此追踪会很难。而且我得在死锁发觉之前速战速决。也就是说，这段时间里，你们只能自己去把时间密钥找回来了。"

亚瑟点了点头，把东西弄丢毕竟是他的错。

"最后，"米洛吭哧吭哧地从背包里拿出一大卷纸，"来，这是给你们的。"

他把纸卷递给亚瑟，后者把它在大腿上展开，让任和塞西莉也能看到。纸上是一座流线型的玻璃建筑物的建筑蓝图，周围有景观花园和喷泉。屋顶一个巨大的牌子上写着：幻境逃生 II。

"这是什么？"任问，"你这是在设计新版的《幻境逃生》吗？"

"这个，是的，不过——"米洛伸手把图纸翻了个面，"你们看反了。"

纸卷背面潦草地写着一个长长的代数公式，里面全是希腊字母、数字和符号。最下面的数字"58"被圈了出来。

亚瑟意识到自己眼前的是什么，兴奋得皮肤刺痛。"这是牛顿的公式！这是不是说我们要过 58 个小时才会变成原生质？"

"比上次多了 1 个小时！"塞西莉乐观地指出。

米洛尴尬地一笑。"实际上，这是你们刚到未来时剩下的时间，现在得扣除在这里已经度过的时间。"

亚瑟看了看表，计算了一下。"那样的话，我们只剩下 44 个小时多一点了。"他着急地说着，设置了计时器。

"44 个小时？"塞西莉喊道，"只有不到两天时间来找时间密钥了！"

任指了指壁炉上的全息屏幕。"至少我们有一件事是成功的。"

《拉扎勒斯秀》的镜头切换到了尼斯湖酒店外，一个摄制组跟着拉扎勒斯走进酒店。屏幕的侧边以从 1 到 6 的顺序列出了每一个探险队的名字和他们完成第一个探险任务所花的时间，每个名字旁边都有一个金靴的标志，亚瑟猜这表示每支队伍都成功地赢得了一双铁浪战靴。格里芬和耶塞妮娅占据了头两名，之后是野蛮出击和幽灵联盟。小小屁孩在第 5 名，垫底队伍的名字——跨音速——闪着红光。

拉扎勒斯阔步走进酒店大堂时，跨音速的两个青年队员坐在全息屏幕旁，头埋在手里。

亚瑟意识到："跨音速是第一支被淘汰的队伍！"当拉扎勒斯开始连珠炮似的向他们发问时，他对两个探险家感到一阵同情。"我们通过了！"

小云发出胜利的叫声，跳上任的大腿，把肚皮翻了过来。"多亏了你，我的毛球。"任一边说，一边挠它的肚子。

塞西莉深深地吐了一口气。"这意味着我们至少能在接下来的 12 个小时内出入酒店。我们要好好利用这些时间。"

第十一章

《拉扎勒斯秀》

亚瑟又吃了一片海洋脆片（看着像紫色的节日纸屑，吃着像膨化麦片），用勺子敲了敲放在他面前的拉扎勒斯·斯隆的邀请函。"我们要小心，别在采访的时候泄露了我们的真实身份。"他含糊不清地说。他没怎么看《拉扎勒斯秀》，无法预测他会问什么样的问题，所以接受采访很冒险。但如果这能让他们有机会更多地了解格里芬和耶塞妮娅，那就值了，"我们一定要让他们觉得，我们对待比赛很认真。我们来就是为了夺冠。"

"拉扎勒斯可能会问我们对'失落之地'的预测，"塞西莉一边说，一边把叉子插入一碗五颜六色的水果沙拉，"探险地图是空白的，这肯定是有原因的。也许我们要做点什么才能激活它？"

"我们可以试试把它浸在水里，或用火烧？"任建议道。

塞西莉担心地看着她。"这是纸做的，任。我觉得这些都不是什么好主意。"

第二天早上，他们坐在酒店房间的餐桌边。多亏了米洛，房间现在闻起来全是鲜榨橙汁和热茶的味道。米洛昨晚往他们的手环里充了些尘币，这样他们就能叫客房服务，还能在《幻境传奇》里买东西。虽然"铁浪争霸赛"给他们带来了很大的紧迫感，他们还是决定试着睡一会儿。谁知道前面会遇到什么样的挑战，如果他们有更多的精力，就能更好地应对。

亚瑟这一夜过得很不安稳。他有几次迷迷糊糊地睡着了，但每次都从同一个噩梦中醒来。

在梦里，他正跑过一座城堡的吊桥，他的拳头变成了鲜绿色的黏液球，腿也融化了，然后他"啪唧"一声倒在了地上！

这时他醒了过来。

"也许探险地图的这种设计和失落之地的传说有关？"他猜测道。他用手指在手环上划了一下，打开屏幕，找到信息目录。

"别麻烦了，"塞西莉说，"我昨晚搜索过'失落之地'，手环找到了几千个和这个名字有关的各种传说。我们不可能知道哪一个是正确的。"

亚瑟叹了一口气，关闭手环，从身边的地板上捡起铁浪战靴。"好吧。那这个呢？拉扎勒斯·斯隆说过铁浪盔甲有神奇的力量，也许战靴能在下一个探险里帮助我们？"

"你觉得它们有什么用处？"

亚瑟近距离地检查了一下这双靴子。靴子齐膝高，由皮革和金色金属制成，有厚实的护胫甲和尖头。"不知道。也许穿上就能跑得更快？或者帮你走向正确的方向？"

他正要试穿，就听见有人敲门。亚瑟对其他人皱了皱眉头，然后走过去打开门。

尽管距离他们和米洛·赫兹约见面的时间还有些时候，亚瑟有点希望外面站着的是他，但事实上，来的却是五架嗡嗡作响的小型无人机。它们是黑色的，呈碟形，每一个都带着一个大得不可思议的纸箱。

"递交'小小屁孩'，"一个声音嗡嗡地说，"寄件人是'关心你们的赞助商'。"

"哦？呃，谢谢。"亚瑟让开，无人机飞进房间，把箱子放在地毯上。

无人机飞走了。塞西莉从桌旁站起来，跪在地上研究这些箱子。她撕下胶带，往里面看了看。"哦，不。"她沉着脸拿出来一件肥大的青苔绿色运动衫，两支袖筒上都有闪光的长条装饰，胸前印的图案——大写的"P"和倒过来的"Y"让亚瑟想起纽约洋基棒球队的队徽。"'YP'，这一定是'Young Pipsqueaks'，'小小屁孩'的缩写。"

"所有东西上都有，"任翻了翻另一个箱子，"帽子、T恤、水壶、袋子——不管这个关心我们的赞助商是谁，他想要我们当活广告。"

塞西莉皱了皱鼻子。"我们一定要穿这些衣服吗？"

"不一定。但其他队伍都有统一的服装而且还和队伍的名字相搭配，"亚瑟说，"而现在我们要试着去合群。"

任把一条卡其色工装裤贴在腿上比大小，然后耸了耸肩。"至少上面有口袋。"

把所有箱子翻了个底朝天以后，他们勉强一人凑了一套服装。亚瑟选了一条森林绿的 T 恤和配套的运动裤，任选了一样的 T 恤（把袖子拆掉了）和工装裤，塞西莉最后选定了祖母绿的连体裤和卡扣上印有"YP"的腰带，再穿上牛仔夹克，她还是成功地表现得很时尚。

塞西莉把亚瑟和任上下打量了一番。"要不你们试试对着镜头的时候再放松一点？"她委婉地建议道。

任皱着眉头，弯下腰把裤脚往上卷。"想到会有上百万人对我们评头论足，我就放松不了。万一他们希望我们能像耶塞妮娅·科尔特或格里芬·拉姆齐那样怎么办？"

"就是呀，"亚瑟赞同道。一想到自己会被拿来和其他选手做比较，他就紧张得犯恶心，"我希望拉扎勒斯不要问我们任何私人问题。"

塞西莉对他同情地笑了笑。"别担心。我来试着回答所有问题。你们俩，记得喘气就行了。"

早饭后，他们朝大堂走去。现在还早，酒店里很安静。

不多的几个酒店员工正忙着给客人倒茶、搞卫生或照看炉火。亚瑟发现野蛮出击的三个队员在和一个穿着火红色套装的上了年纪的女性热烈地讨论着什么，亚瑟猜她可能是他们的教练。从队员整洁的猩红色队服来看，他们不可能已经完成了第二次探险任务。他不知道他们是不是在探讨战术问题，他们还有足够的时间去亚历山大图书馆，然后开始探险。

他坐在窗前的长凳上，任和塞西莉也坐了下来。他把战靴放在脚边，小云扑倒在靴子旁边，把鼻子捂在爪子里。拉扎勒斯·斯隆的邀请函里让他们在大堂等候，会有交通工具把他们带去摄影棚。

外面传来吵闹声。亚瑟掀开窗帘一角，看到从昨天到现在，外面的狗仔队人数增加了一倍。街上的粉丝也变多了，他们挥舞着横幅，欢呼着。大多数都在给其他队加油，不过亚瑟绝对也听到了有人在喊"小小屁孩"！

"以后我们在亚特兰蒂斯走动肯定会引人注意，"他意识到，"我们在一夜之间变成了名人。"

任用手指敲打着沙发边缘。"总之，希望我们不会在这里待太久。一拿到时间密钥，米洛就会用它送我们回家。"

"小小屁孩！"小缎带·雷克斯从大堂的另一头朝他们匆匆走来，梳成飞机头的黑发随着步伐也在抖动。她的宇宙游戏警察制服看起来刚熨过，"祝贺你们通过了第一轮淘汰赛！"

"谢谢，"亚瑟说。小缎带弯下腰去摸了摸小云。"我们在等着出发去接受拉扎勒斯·斯隆的采访。"

小缎带点了点头。"是的，一辆自动贝壳车会在外面接你们。为了安全，我安排了一辆车跟着你们。它会送你们去亚特兰蒂斯的任何地方。周围那么多粉丝，这样比步行更安全。"

外面响起汽车喇叭的声音。塞西莉拉开窗帘。"自动贝壳车准时到达了，"她小声地对任和亚瑟说，"我觉得这是气垫飞行器，但从外形上看它真像贝壳。"

亚瑟拿起战靴，和大家一起朝大门走去。亚瑟正要走过旋转门，突然后面传来一个声音，说："别挡道，你们这些小丑。"

他回过头去，看见耶塞妮娅·科尔特挤开塞西莉走了上来。她淡得发白的金色头发梳在脑后，身穿和她在体育场的全息像一样的黄色紧身衣。她涂了黑色眼线，让她有了猫科动物的气息。

"你说谁小丑？"任反驳道，"我们不是那种屁股上印着'新星能量饮料'的人。"

耶塞妮娅鄙视地看着任。"我是专业的，你们是小丑。他们不应该让小孩参加'铁浪争霸赛'，这是对我们所有人的嘲弄。"她对着塞西莉愤愤不平地"哼"了一声，推开亚瑟，走出了大门。

"别把她的话放在心上，"小缎带走上来说，"她只是觉得受到了威胁，因为你们是比赛里最年轻的。如果你们表现得好，会让她没面子。成年人不喜欢被年轻人比下去。我的建议是用事实证明他们都错了。"她偷偷地瞥了一眼肩章上的白色辫子，亚瑟不知道她是不是在想自己通过训练，成为史上最年轻的宇宙游戏警察的经历。

他笑着表示感谢。"我们尽量不去搭理她。"

他们到外面时，耶塞妮娅已经走了。亚瑟走到自动贝壳车面前愣住了。这辆车和小型的两厢车差不多大，车窗是深色的，车底部有一圈橡胶防撞条，有风从那里往外吹。亚瑟觉得车身侧面的一道细细的开口很像一扇门的轮廓，但没有开门的把手。

狗仔队开始喊叫。

"看这边，小小屁孩！"

"小小屁孩，能评论一下最近的淘汰赛吗？"

"和格里芬·拉姆齐和耶塞妮娅·科尔特这样的冠军选手竞争感觉如何？"

"你们的爸爸、妈妈在哪里，小小屁孩？"

亚瑟很想离开这里。他用手在车门上按来按去，试着看怎样才能把它打开。

"我们得快点，"塞西莉说着，往欢呼的粉丝那边看了一眼，"到底怎么才能开门？"

就在这时，门吱吱响着，向上竖着打开了。

"语音激活，"亚瑟明白了，"谢天谢地。"

他们急忙上了车，门在他们身后自动关上。贝壳车的内饰很豪华，有天鹅绒座椅和玳瑁图案的餐具柜。杯托里都放着冰镇过的新星能量饮料，亚瑟很确定前排座位上的不锈钢装置是一个制冰器。这辆车一定是隔音的，因为他此时既听不到狗仔队的喊叫声，也听不到飞船鼓风机的轰鸣。

"请问目的地是哪里？"一个熟悉的声音问道。亚瑟愣住了。那是拉扎勒斯·斯隆的声音。

但那个蜥蜴头主持人不在车里。这肯定是录音。

"这肯定是无人驾驶的车，"任兴奋地说，接着清了清嗓子，"能带我们去《拉扎勒斯秀》的摄影棚吗？"

自动贝壳车震动着起步。"预计行程时间：12分钟。"拉扎勒斯的声音回应道。

"你们觉得时间密钥会不会在耶塞妮娅那里？"塞西莉一边问，一边揉着被耶塞妮娅推搡过的地方。

"从她那么欺负人来看，也许她也干得出作弊这种事，"亚瑟说，"而且她冷酷无情，以前就陷害过对手。但作弊风险大。如果被抓住，她的职业生涯就毁了。我们得仔细听她在摄影棚里会说些什么。"

自动贝壳车准时抵达了一座密布着枝枝桠桠的珊瑚塔外，塔上有很多满身尖刺的黑色海葵。亚瑟猜想它们是进行了伪装的卫星收发天线。他们踏上人行道，一位穿黑衣、银白头发的男士迎接了他们。他戴着发亮的耳机，在手环上打开了显示屏。

"是小小屁孩队吗？太好了，你们很准时。我是《拉扎勒斯秀》的制片人之一，请跟我来。"他领着他们走进大楼，经过一排人鱼保安，进入几部电梯中的一部。

亚瑟注意到制片人的衬衫背后印着《拉扎勒斯秀》的爬虫眼睛标志。

"进录音舞台之前，你们会被带去做头发和化妆。"制片人一边说，一边在手环屏幕上查找着什么。

"什么录音舞台？"任问。

"就是一个隔音的房间，我们在那里录制节目。拉扎勒斯只有几个问题要问，你们只用说上几分钟。展现自我就行，一切都会很顺利的。"

电梯上升时，亚瑟紧张地看了看其他人。他们最不能做的就是展现自我。

电梯门打开后，是一条狭窄的走廊，一路上都装饰着拉扎勒斯·斯隆的巨幅照片。其中一张是他对镜头眨巴眼睛，嘴里吐着黑色的分叉舌头；在另一张上，他张开双臂，咧开嘴笑着。走廊的一半空间都堆着黑色的金属大货箱，上面贴着《拉扎勒斯秀》的标志。还有一队工作人员在往上面贴标签。

"《拉扎勒斯秀》播放已知宇宙中最受欢迎的运动游戏的

报道和分析，"制作人员解释说，"这些设备要赶在《乌有神话》比赛前运出去。"

亚瑟猜"乌有神话"是另一个运动实景冒险游戏的名字，虽然勾起了他的兴趣，但他知道不问问题要更安全。制片人在一扇挂着"化妆室"牌子的绿门前停下。"你们进去吧。5分钟后在片场见。"

他们走进一个小房间，其中一面墙上挂着被灯照得很亮的镜子，下面是一张长桌。亚瑟以为这里会摆满成排的化妆盒、美妆刷和棉球，但他只看到三个看起来像虚拟现实的头戴式设备一样的东西。这里有一股发胶的味道，一个留着卷曲的姜黄色八字胡的员工站在角落里，认真地看着他的手环显示屏。"你们一人戴一个。"他说着，指指那几个设备。

塞西莉犹犹豫豫地拿了一个。"我们真得化妆吗？"

"拉扎勒斯希望你们看起来健康活力一些，"这个人解释道，"没人想在全息电视上看见瘀青。"

亚瑟把铁浪战靴放在地上，拿起一副设备。"我以为你不会介意呢。"他对塞西莉说。她在周末的时候总是化妆。但亚瑟这辈子从没化过妆。其实，也不是完全没有过，他有几次让别人把他的脸画成了金刚狼的样子。

"我喜欢化妆，但那是因为我自己想化，"塞西莉坦然地说，"而不是别人要求我化。"

任抓起一副设备，压低嗓音说："能帮助我们融入这项活动的事都是好的。"

她的话很有道理，亚瑟把设备戴了起来。他看见光影舞动，然后一阵凉爽的薄雾吹到了他脸上。

"好了，"八字胡男人说，"可以摘下来了。"

亚瑟把设备摘下来，看了看镜子。他的皮肤变得很水嫩，就像刚洗完澡一样。任和塞西莉则跟之前一样，只是脸上更有光泽了。

那个男人审视着他们，叹了一口气。"就这样吧。跟我来。"他带领他们回到走廊，穿过一扇加了隔音垫的门，门上写着"9 号棚"。

他们走进一个没有回音的大厅，厅里坐满了人，亚瑟开始紧张了。《拉扎勒斯秀》的剧组坐在大厅中央耀眼的灯光下，周围是更多工作人员在操控带编号的飞行摄像机。银发的制作人已经在那里等他们。他举起手指在唇上做了个"嘘"的动作，示意他们跟他走。

他们从摄像机后面走到房间的另一边时，亚瑟观察了一下剧组成员。拉扎勒斯·斯隆跷着二郎腿坐在一把绿色天鹅绒面椅子上，他身后飘着节目的标志。他穿着剪裁合身的深红色西装，显得光溜溜的鲜绿色脑袋十分突出。格里芬·拉姆齐和耶塞妮娅·科尔特坐在他对面的一张长长的弧形沙发上。背景闪烁着海洋生物和荧光珊瑚，很像夜晚的亚特兰蒂斯。

亚瑟竖起耳朵听他们的谈话。

"……你们的职业生涯中都有过不少争议，"拉扎勒斯说，"上一季，耶塞妮娅，你因为所谓的'蛇坑事件'遭受指责。尽管伤害对手并不违规，但人们依然认为这是一种糟糕的行为。你对此后悔吗？"

"赢了就是赢了，"耶塞妮娅冷冰冰地说，"我为我胜利者的名誉感到自豪。我的粉丝知道我会不惜一切代价得到我想要的结果。如果这意味着要除掉挡道的人，就只能这样。"

"上一季里，是不是对胜利的渴望支撑着你在没有食物和水的情况下在末日岛生存了5天？"拉扎勒斯问，"当时你击败热门选手，获得冠军，爆了个冷门。"

耶塞妮娅冷笑了一声。"只要全身心投入，你就能拥有惊人的承受能力。"她冷酷的蓝色眼睛里闪现出自信的光芒，让亚瑟不寒而栗，只希望自己和其他人永远不要挡她的路。

"格里芬，你上次争霸赛屈居亚军，"拉扎勒斯继续道，"上次比赛你丑闻缠身，你认为那些指控影响了你的表现吗？"

格里芬在座位上挪了挪身体。"指控都是假的，我根本没去听。"他的嗓音低沉沙哑，很符合他硬汉式的形象。

"那当然，但被人说作弊，这一定有损你的信心。"拉扎勒斯说。

作弊？亚瑟拉了一下任的手臂，看她和塞西莉有没有在听。

"我没作弊！"格里芬坚持道，气得鼻孔都张大了，"那个设备是放在那里陷害我的。"

拉扎勒斯点了点头。"是的，我们都知道你说的事情经过，宇宙游戏警察也澄清了你的嫌疑，但在运动游戏界，有些人想知道——"

"我不想谈这些！"格里芬大声说着，站了起来。

银发制片人疯狂地对着拉扎勒斯打手势，后者只是咧嘴一笑。"这样的话，请您稍作休息，我们有请下一组嘉宾。"他平静地提议。

制片人把亚瑟、任和塞西莉请过去，指了指摄像机上的一个小灯。"红灯说明在录制，黄灯表示待命，"他小声说，"坐上沙发后，眼睛要看4号摄像机。"

没等亚瑟记住这些话，他们就被领进摄制现场，满眼只见灯光和模糊的面孔。

"我很荣幸地欢迎第一次参加《拉扎勒斯秀》，并且在'铁浪争霸赛'即将开赛时才加入的惊喜成员，所有人都在谈论的——小小屁孩队！"拉扎勒斯站起来，拍着爪子，事先录制好的掌声也在摄影棚里响了起来。

亚瑟抱着铁浪战靴的手颤抖起来，战靴也咔嗒作响。光线照到他肩上，把他晃得直眨眼。专心，他告诉自己，扮演好自己的角色。但他能做到的只有走过去，在格里芬和耶塞妮娅身边的沙发上坐下之前不要跌倒。

"感谢你们的加入，"拉扎勒斯热情地说，然后坐了下去，"我看到你们把你们的吉祥物也带来了——你们父母的仿生狗。"

塞西莉把小云抱到大腿上，然后寻找 4 号摄像机。"是的。它，呃，很高兴能成为团队的一员。"

"我相信它的确是这么想的，"拉扎勒斯说，"实际上，我一定得问问关于你们父母的问题。他们在哪里？他们还好吗？他们是支持，还是反对你们参加'铁浪争霸赛'？"

亚瑟用一根湿漉漉的手指摸了摸 T 恤的领子。他开始幻想自己坐在格里芬和耶塞妮娅旁边的样子，大概就像个窝囊废。他想缩得像纸片一样，贴着沙发滑到后面去。"实际上，这是他们的主意。"他重拾了说话的勇气。

"对。"塞西莉表示赞同，然后不安地看了亚瑟一眼，就像在说"你的样子糟透了。我来负责说话"，"但他们不希望引起关注，所以关于他们，我们只能说这么多。"

拉扎勒斯挥了一下尾巴。"我明白了。但我相信他们对你们有很高的期望。你们一直都想成为运动游戏玩家吗，还是你们在父母成功的光环下感到压力很大？"他看着任问了这个问题，后者的体温似乎飙升了 10 度。

"这个，呃……"她拨弄着她的新 YP 品牌战袍上的一根线头，"我们和父母有很多共同点，但我们心是齐的，实际上我不会说他们给了我们压力……"

她说话时那么不自然，亚瑟能看出她是在认真回答这个问题。她心里想的一定是她妈妈和她因为去车库工作而发生的争吵。

拉扎勒斯狡黠地笑了笑。"你认为你们的运动游戏事业会走向何方？"

听到这个问题，任的脸涨红了。

"我们只想让我们的父母感到骄傲，"塞西莉插了进来，"我们会尽最大的努力。"她瞪着拉扎勒斯，想把他的注意力从任身上引开。亚瑟开始思考，他们低估了拉扎勒斯·斯隆。他表面给人浮夸、浅薄的印象，但他通过提问来刺探的方式却带有某种阴险、工于心计的意味。

"真令人钦佩，"拉扎勒斯对塞西莉说，"但说真的，在这样的争霸赛中，三个业余选手和一只仿生狗能有多大的胜算呢？你们真的相信自己能成为冠军，赢得30亿尘币大奖吗？"

亚瑟想回答："不！他们根本没有希望赢得这次争霸赛。他们参加只是为了找到时间密钥，然后回家。"当然，他不能这么说。

"我们能赢。"塞西莉说，但说得很迟疑，没有说服力。

拉扎勒斯看着她，她则眨了眨眼。"很好。"他顿了顿，然后才继续提问，这次也对着格里芬和耶塞妮娅。"离下一次淘汰赛只有4个多小时了，采访结束后，我知道你们都必须赶去做下一个任务。不知道你们能否和观众分享一下你们对失落之地的预测？"

格里芬紧闭着嘴唇，把双臂抱在胸前，明显不愿回答。亚瑟无助地望着任和塞西莉，而她们也都一脸茫然。

"哎，得了吧，"耶塞妮娅嘲讽地笑了一声，"只有笨蛋才不知道接下来会发生什么。失落之地的灵感来源于比林根①幽灵城的传说，那是菲律宾萨马岛北部的一座隐形城市。"她对着4号摄像机睁大眼睛，装出一副吓人的声音，"很多水手表示在没有月亮的夜晚见过这座城市从海上升起，还有很多人被那里的鬼魅吸引过去……"

4号摄像机后面的操作员开始用无声的口形做倒计时——7、6、5……

拉扎勒斯鼓起掌来。"接下来是广告时间，来自我们的赞助品牌'新星能量饮料'。我们回来以后，一位幸运观众将有机会得到一套全息电视和其他精彩奖品。"

摄像机上的灯一变成黄色，格里芬就从椅子上跳起来，不顾几个制片人的恳求，气冲冲地走出摄影棚。拉扎勒斯被工作人员围住，有的负责擦亮他的鳞片，有的拿着手环显示屏请他过目。耶塞妮娅傲慢地看看亚瑟一行人，昂首阔步地走了。

---

① 传说失踪的人就是去了比林根城。

亚瑟还愣在那一动不动，是塞西莉拉着他的胳膊把他拽了起来。"走，我们得跟上格里芬。你听见拉扎勒斯的话了，格里芬以前就被指控过作弊。"

任抱起小云，避开众人走出摄影棚，离开录音舞台。亚瑟想在采访后安慰安慰她，但她用刘海儿遮住脸，他知道那表示她很尴尬，不想谈论这件事。拉扎勒斯的员工都在忙节目的下一个环节，没人关心他们已经走了。

外面有三辆自动贝壳车悬浮在路边，发动机发出阵阵轰鸣声。格里芬冲进第一辆车，"砰"的一声关上车门，把小云吓得放平了耳朵。

"带我去图书馆。"耶塞妮娅大吼着，爬上了第二辆车。

亚瑟几个人爬上了第三辆车，塞西莉让车跟上格里芬。

"我们不应该回酒店吗？"亚瑟说，"如果格里芬真的作弊了，这次有那么多摄像头盯着，他不会一直拿着时间密钥。东西可能还在他房间里。"

"可如果我们想闯入他的房间，我们就要先搞到他的手环，"塞西莉提醒他，"我在想……也许我们能在失落之地给他下一个圈套？"

亚瑟差点儿笑了起来。他们和格里芬斗智，把他打败的可能性低得几乎不存在。尽管如此，他还是从口袋里拿出了探险地图。地图上除了标题以外，依然一片空白。

"耶塞妮娅提到过菲律宾的一个传说，"任说，"一个叫比林根的隐形城市。也许地图也是隐形的？"

对呀。亚瑟不知道他们能用什么工具来看隐形地图。米洛的 X 光墨镜也许能有用。用眼睛看是看不见的。除非……

他把信纸举在眼前，然后眨了眨眼。一道黑影在他的眼皮里闪过。

"这是干吗？"塞西莉问。

亚瑟又眨了眨眼，这次更慢。他能看见那个黑影的更多细节。"也许要看见地图上隐形的内容，方法就是……什么也看不见。"

他闭上眼睛。他的眼皮里出现了一幅阴森森的地图。上面画着一座飘浮的城市，城里有高耸的摩天大楼和反地心引力的桥梁。城里的建筑围成一个圈，正中是一座用黑石头砌成的高塔。塔顶画着一顶金色头盔，这是唯一的彩色图案。在地图标题下潦草地写着：

LEGENDARI⬦M

幻境传奇

步步登天步步小心，
影子都有很多眼睛。

— 失落之地 —

第十二章

失落之地

探险家们匆匆忙忙地拿着书和卷轴在阅读室之间走来走去，脚步声在亚历山大图书馆的廊柱上回响。一个头发打着无数小卷儿、戴紫色眼镜的女孩从手环屏幕上抬起头来看着亚瑟、任和塞西莉飞快地跑过去。"小小屁孩！"她惊呼道。

"对不起！"亚瑟回头喊道。转弯时，他调整了一下夹在胳膊下面的铁浪战靴，抱着战靴跑步真碍事。

"地图上是这么说的吗——影子都有很多眼睛？"任苦恼地问，"可能说的是蜘蛛。"

亚瑟不是蛛形纲动物专家，但他也知道这种生物有好几双眼睛。他还知道，让人心里发毛的爬行动物差不多是任唯一害怕的东西。"也许我们很快就知道了。不过，别担心——如果真的是蜘蛛，害怕的不止你一个。"

任点了点头，但亚瑟能从任紧绷的下巴看出她很焦虑。

一行人冲进百慕大三角大厅后一个急刹车，小云的爪子都抠到了地上的厚石板里。铺着大理石地板的大厅里站满了探险家，他们在房间正中的光柱里进进出出。一眼就能看出哪些人完成了探险，因为他们往往都是满脸汗水，衣服也被撕破了，有的累得精疲力尽，但脸上带着胜利的表情，有的耷拉着肩膀无精打采地往前走，看着就是被打败的样子。

亚瑟几个人没理会在包厢里大喊大叫的狗仔队，而是在人群中绕来绕去。他们没有见到耶塞妮娅·科尔特的身影，倒是瞥到了踏进百慕大三角的格里芬。"格里芬开始探险了。我们越早到达失落之地，就能越早找到他。"

"抱歉，你们是小小屁孩吗？"一个穿 T 恤的少年问道。他的 T 恤上写着张牙舞爪的两个字——"孤狼"。他挡住他们的去路，用手环对着他们，"我来自《传说中的学问》，能不能跟我们的读者聊聊——"

"对不起，"任躲开了，"我们没时间。"

他们跑到百慕大三角前，停了下来。亚瑟做了一个深呼吸，试着平静下来。"不管那边有什么困难，我们都能克服，"他对其他人说，"我们必须克服。"

一走进百慕大三角，他就被笼罩在强烈的光线下。他感觉自己的身体变得轻飘飘的……

……然后就是漆黑一片。

"发生什么了？"他一边伸手向前摸，一边喊道。

小云警惕地叫了起来。

"别动！"塞西莉尖叫道。

亚瑟脑海中浮现出一幅可怕的画面：他们几个跌跌撞撞地走进一张巨大的蜘蛛网里，然后无声地死去。他聆听着可能表明他们处在什么环境的声音，紧张得皮肤刺痛。他听见远处一个巨大的会动的东西发出了呻吟声。

"我们前面有东西。"任警告大家，声音有些颤抖。

亚瑟的眼睛适应了黑暗后，逐渐看到了周围的阴影。他们似乎站在一块平坦的石头上，面积大约有篮球场那么大。他们四周都有岩石台阶在前后移动，有的移动后就消失在下面的薄雾中。在远方，一座城市渐渐显现出来。淡绿色的光勾勒出一座类似大教堂的建筑，上面有尖顶，侧面有连通外部的桥梁。这就是比林根——亚瑟认出来在探险地图上见过的比林根中央塔设计。"这里是晚上，"他意识到，"耶塞妮娅说过，比林根在没有月亮的夜晚出现，还记得吗？"

尽管他没看见无人机，也没听见声音，但他知道它们就在附近观察着他们。他不知道它们是用红外热成像，还是什么其他先进的图像捕捉技术在黑暗中录制。

塞西莉用手臂环抱着自己。"这个地方让我感觉非常不好。你们觉得下面会是什么？"

"我只能看见雾，"任说着，往边上探头出去，"但我可以有把握地说，我们不想从这里掉下去。有格里芬的踪迹吗？"

亚瑟扫视四周寻找孤狼的时候，发现不多的几个亮点在往不同的方向迅速地飞出去。"我真不敢相信,"他喃喃地说,并突然明白了他们的处境,"这个小岛像是实景的平台游戏。那些亮点肯定是我们的对手。"

"就像《超级马里奥》那样的平台游戏吗?"塞西莉紧张地问道,"我以前玩过。你得让你的角色跳跃、奔跑或穿越不同的地形,到达特定的目的地。"

亚瑟点了点头,指了指比林根城中心那座高大的黑色建筑。"在探险地图上,铁浪头盔就在那座塔的塔尖上。我们的任务一定是按照路线,踩着这些浮石走过去。我们的对手可能有各自的目的地。"

任眯着眼睛望向远方。"我们动作要快。如果格里芬是那些亮点里的一个,我们要在他完成任务之前追上他。"

亚瑟试着掩饰自己不安的情绪。如果这和他玩过的平台游戏一样,你必须有一些技巧才能安全通过。那些岩石会以不同的速度往无法预料的方向移动,有的可能包含陷阱。在这样微弱的光线下,很容易一脚踩空。

"我们当中的一个人应该穿上这个,"他说着,把夹在胳膊下面的铁浪战靴拿了出来,"不管它有什么功能,都可能对我们有帮助。"

塞西莉投降似的把两只手都举起来。"我肯定不穿。要克服恐高症就够我受的了,我没心思惦记它会发挥什么神力。"

"应该你来穿,亚瑟,"任一边说,一边研究着周围的环境，"你玩过的平台游戏比我们都多。你更容易用好它。"

亚瑟此时不像任那么有信心，但他还是把靴子放在地上，把左脚伸进去，在地上跺了几下鞋跟。他的运动鞋震动了一下，然后就贴合地穿进了战靴里。他把右脚也套上，走了几步，扭了扭脚趾。尽管靴子的材质主要是金属，但穿起来就和拖鞋一样柔软。

"穿着靴子你能跑起来吗？"任问。

"实际上……可以，"他回答，连自己也感到惊讶。他做了个实验，慢慢地跑到台阶的另一头，"你们看着这靴子有没有什么特殊的地方？我没感觉跑得更快，也没变强壮。"

塞西莉皱起了眉头。"也许铁浪战靴的能量没那么明显？也许得靠我们在路上慢慢地发现。"

他们仔细看了看第一个台阶的十字路口，中间的间隙有好几米——跳不过去——而且对面的石头很小，还在左右移动。

"也许我们必须解锁一座桥？"任猜测道，紧接着又摇了摇头，"我真不敢相信我们在平台游戏里。这也太不现实了。"

亚瑟四下扫视，寻找灵感。他没看到哪里有按钮或拉杆，地面上也没有缓冲垫。他想测试一下自己的一个主意，就把手臂伸到间隙之上，然后立马就被一阵风吹了回来，整个人差点儿被掀倒。"这里有一股上升气流，"他说，"这样的设计可能是为了支撑我们的重量，这样我们就可以跳到下一个台阶上。"

"跳？"塞西莉退缩了，"不，不，不。从绳索桥上跑过去是一回事，在空中跳跃是另一回事。"

亚瑟还记得在《幻境逃生》里，为了过桥，她需要鼓起多大的勇气。他知道这对她来说要求太高。

"你看过室内特技跳伞的视频吗？"任问，"我一直求妈妈让我去试试，都求了好多年了。就是你在一个巨大的风筒上面飞。可以把这个想象成那种风筒。"

小云呜呜咽咽地叫着，从塞西莉的夹克里探出头来。

"看过，但那些室内特技跳伞是有安全措施的，"塞西莉说着，把它搂得更紧了，"从这个地方掉下去会死的。"

亚瑟无法反驳。"塞西莉，我知道你能做到。想想你和酒店礼宾、人鱼，还有拉扎勒斯说话的时候有多自信。试着把那种勇气用在这里。"

她叹了口气。"行，好吧……"

他们又鼓励了塞西莉一会儿，她终于走到台阶边。亚瑟对她露出了微笑。他最佩服的，就是她坚强的毅力。

"大家准备好了吗？"亚瑟问。

任点了点头。塞西莉脸色发灰。

"我们必须跳下去。上升气流应该会把我们托起来，送我们过去。"执行游戏规则有其不确定性，但他们还有其他选择吗？他一直等到对面的台阶滑得更近。"好。各就各位，预备——跳！"

　　他弯曲膝盖，往前一跳。一阵柔软得像坐垫的风从下面吹来，有力地把他托向对面的岩石……

　　他一屁股跌坐在地，尾骨很疼。台阶移动的速度比看上去更快，他必须抠住地面才能保持平衡。塞西莉在他身边落地时，小云叫了一声。她紧咬牙关，手攥成了拳头。

　　"成功了，"任大喘着气，蹲伏落地，"塞西莉，你做到了。现在我们只要加速就行。如果格里芬是那些光点中的一个，他离得不会太远。"

　　下一个路口有两种选择，一个是右边一块上下浮动的岩石，另一个是按方形路线移动的岩石，后者连接了几条不同的路。他们以比林根的中心塔为指导，选择了后者，跳过三块更远的台阶，最后来到一片宽阔且静止不动的高地。

　　由于现在离比林根很近，亚瑟能看到它的更多细节。这座建筑和他以前见过的任何一座建筑都不一样，甚至和亚特兰蒂斯都没有共同之处。这里的摩天大楼在顶部逐渐收细，最顶上就像针尖；屋顶边缘上卷，如同烧焦的纸边；精致的金银细丝编织的桥梁仿佛不受地心引力约束，飘浮在空中。一切都沐浴在朦胧的绿光中，就像女巫煮毒药的蒸汽。他想起耶塞妮娅·科尔特说过水手看见比林根从海里升起的故事。如果这儿就是他们描述的地方，会有那样的传说也不奇怪了。

　　塞西莉飞快地走向台阶另一端的时候，一团发光的纳米粒子云从地面升起。"这是什——"她尖叫道,一边往侧边躲开,一边为了不踩到小云,做出了一个高难度的跨步动作。

这些微粒汇聚成一个矮胖的男人,他有着又黑又浓的眉毛,和他们在亡命徒之地遇到的商人一模一样,只是现在他穿着一件黑色长袍。"我店里有各色商品,你们想买东西吗?"他一边招手,一边礼貌地问道。

亚瑟没看见什么商店,但他想起那张隐形的地图,就闭上了眼睛。他眼里出现了飘浮着的浅绿色货架,上面摆满了各种各样的装备,包括绳索、头灯、装了弹簧后跟的鞋、带钩锚的绳子和高跷。"呃,请给我们三个头灯,"他知道没时间多看,立刻做出了决定。当他睁开眼睛时,他的手环震动了,商人已经把头灯给了任和塞西莉。

"我们还要买点别的吗?"塞西莉一边问,一边小心地把头灯戴上,同时不弄乱发型。

"没时间了,"任说着,抓住了塞西莉的手,"看——那应该就是格里芬!"

她们向台阶边冲去,亚瑟抓起他的头灯追了上去。

"很高兴和你们做生意!"那个商人在亚瑟身后喊道。

在任的头灯灯光下,格里芬正全速跑过 100 米外一个摇摇晃晃的台阶。看见这位运动游戏冠军一跃而起,用指尖抓住下一个台阶边沿,然后轻松地爬了上去,亚瑟的心跳停了一下。

"如果我们继续朝这个方向走，我们的路会在那里交叉，"塞西莉说，用颤抖的手指指着一个满是高高的尖刺的圆形平台，"我们得把他困在那里。"

亚瑟不知道他们要如何实现这个目的，但他们可以边走边想。"我想，观众可能会觉得我们要陷害他。好在拉扎勒斯·斯隆说那是合法的。走！"

塞西莉和小云爬上下一个台阶时，亚瑟帮了他们一把，幸好这个台阶是静止的。任不需要任何帮助就跟着他们爬了上去。亚瑟看着她，想起了他们的约定：如果他吃热狗比赛输了，就得在剩下的暑假里做她的攀岩保护员。那仿佛已经是几个世纪之前的事了，但谁知道……如果他们能偷走格里芬的手环，从他的房间拿回时间密钥，也许过几个小时就能安全回家了？

"亚瑟——"任从上面把手伸下来，"抓牢。"

亚瑟握住她的手。但当他试着在岩石上找立足点时，他的脚趾滑了一下，铁浪战靴互相碰撞，发出纯净、清脆的响声。片刻之后，他就听到远处传来神秘的轰隆声。"你听见没？"他问任。

"音乐声吗？"她半梦半醒地说，"听见了，真美。"

"什么？"亚瑟仔细聆听，却没听到什么音乐，只有奇怪的鼓声，好像是从他身后传来的。

而且声音越来越大。

　　他转身用头灯照向声音传来的方向。一个黑影正从这个方向过来，在上上下下每个台阶席卷而过。亚瑟的头灯射到这东西上面时，他感觉全身发冷。

　　灯光下是成千上万扭动着身体的黑色动物，它们的胡须在抖动，尾巴像鞭子一样。

　　老鼠。

第十三章

魔笛的蛊惑

一般情况下，亚瑟不会觉得老鼠有什么可怕的。但这些不是普通老鼠。

四个台阶之外，他已经能看得很清楚：饥饿的黑眼睛和弯曲的黄牙，牙齿都锋利得能把骨头刺穿。它们吱吱喳喳地尖叫着向他冲来，仿佛要咬断他的腿。在它们脚下弥漫着团团邪恶的红色蒸汽。

一阵恐惧感攫住了亚瑟的心。他跳了起来，爬上刚才任和塞西莉所在的台阶。小云在塞西莉脚边狂吠。

他回想起探险地图上的线索，慌乱地重述："……影子都有很多眼睛。这里说的一定是老鼠——我们快跑！"

直到这时，他才发现任和塞西莉都已呆若木鸡。红色的蒸汽像藤蔓一样环绕在她们耳边，她们眼神空洞地望着不远的前方。

"任？"

她涂着黑眼线的眼睛变得呆滞无光，仿佛被催眠了。"任，你能听见我说话吗？！"

她没回应。

亚瑟胸口一阵发紧，他又试了试塞西莉。他抓住她的肩膀，用力地摇晃着。"塞西莉！塞西莉！"

但都没用。那些萦绕在她们耳边的红色蒸汽——和在老鼠身边打着旋儿的雾气一样——对她们产生了影响。任提到过音乐。亚瑟怀疑是不是红色蒸汽让她们听到了某些声音，使她们陷入恍惚？他不知道为什么自己没受影响……

老鼠的声音越来越大。他知道他必须行动起来，否则他们就要变成这群啮齿动物的前菜、主菜和甜点了。他把塞西莉手腕上的狗绳解下来，拴在自己手上。"我们一定要带任和塞西莉离开这里。我需要你的帮助。"他走到台阶的另一端，给小云腾出地方，然后蹲下去，摆弄它的项圈。如果变成龙，小云就能喷火把老鼠烧死，然后驮着他们三个到安全的地方。

亚瑟拨动项圈旋钮的手指在发抖，一个不小心就滑过了绿翼龙，设置成了玉米锦蛇。小云"呜呜"叫了一声，用口鼻指着亚瑟的后方。

任和塞西莉跟上来了。

"也许……我们只要把她们引到安全的地方就行了，"亚瑟说着，重新做计划，"来，我们快走。"

下一个台阶太高，爬不上去，也没有上升气流来托着他们跨过空隙。当亚瑟走到台阶边时，却发现地面有弹性。他一把抱起小云，屈膝一跳，就平稳地落在了预想的地点。他松了一口气。任和塞西莉跟着他跳了上去，头灯也跟着跳跃。

他忧心忡忡地看着她们。俩人就像旅鼠①一样没头没脑地跟着他，完全不知道周围发生了什么。他意识到自己要拯救所有人，就把心中绝望的情绪压了下去。

老鼠现在离他有三个台阶，并且还在迅速地逼近。亚瑟知道自己跑不过它们，所以他要想其他的解决方法。耶塞妮娅在提到比林根的时候没有提到老鼠，它们一定来自另一个传说。

老鼠……音乐……

他绞尽脑汁，终于回想起他在小学演过一部关于哈默尔恩的吹笛手的戏剧。那是一个中世纪的传说，讲的是一个吹笛手被雇来驱赶这个德国小镇上多得成灾的老鼠。吹笛手用一根神奇的笛子把老鼠引诱到河里，但是镇上的人拒绝给他报酬，他就吹着笛子把他们的孩子带走了。也许任、塞西莉和那些老鼠都中了魔笛的蛊惑？

但亚瑟为什么没事？

他有了一个想法，为了验证，他跑向下一个台阶，任和

---

① 生活在极地一带的小型啮齿动物，定期集体迁徙。有时大群旅鼠会一起义无反顾地涌向大海，落入水中淹死。

塞西莉跟在他后面。当他停下来，或改变方向的时候，她们也会照做。

是我，他有些惊讶地得出了结论。吹笛手，居然就是我……

当然了，他没有笛子，也没有吹笛子的音乐才能，他有的，就是一双铁浪战靴。他小心地检查了一下这双靴子，外表上看不出它们和哈默尔恩的传说有什么联系，但检查鞋底时，他发现底下有激光雕刻的一件长长的乐器—— 一支中世纪的笛子。他想起两只靴子相碰时发出的清脆悦耳的声音，心想也许那时他就把笛子激活了。探险地图上说过要步步小心，可不是随便说说的。

他抓住一只靴子的鞋跟，想把它脱下来，解除任和塞西莉身上的魔咒，这时，他看到格里芬·拉姆齐正在 100 米外的台阶上飞奔。

格里芬穿着他的铁浪战靴，但没有老鼠跟着他，所以亚瑟猜想他还没发现这双靴子的功能。格里芬敏捷健壮，大概不会把两只脚碰在一起。

亚瑟有了一个大胆的想法。如果走得够近，他大概能让格里芬像任和塞西莉一样被催眠。这样一来，亚瑟就能偷走格里芬的手环，让他寸步难行。唯一的坏处就是亚瑟得一直穿着战靴，也就是说任和塞西莉全程都会迷迷糊糊地跟着他。

哦，还有……老鼠也会一直跟着他们。

现在有太多的不确定性。亚瑟看了看手表上的计时器：再过 35 个小时，他们就要变成黏液了。值得赌一把，他再次下定决心，将那座满是尖刺的台阶定为前进的目标，加快了脚步。

奔跑时，他的靴子"砰砰"地踏在坚硬的石头上，整条小腿都有震动感。他跳下一个台阶，飞快地穿过一条短隧道，又爬上一个台阶，任和塞西莉在后面顺从地跟着。老鼠吱吱地叫着，离他们越来越近。

到达目的地后，他感觉肺都快着火了，任和塞西莉也跑得满脸通红，大口喘气。他在一个安全的地方停下，研究了一下那些尖刺。它们每一根都有足球门柱那么高，有的固定在地面上，有的会突然从地面钻出来，随时准备把走错路的人刺穿。插尖刺的洞呈直线排列，就像迷宫的墙壁。至少有十几个洞是空的，很多尖刺散落在地上。

"这是另一个谜题。我猜，我们必须一边走，一边把迷宫搭完整，"他气喘吁吁地对小云说。他想知道有没有办法能用散落的尖刺把格里芬困住。他把小云的绳子又在手腕上绕了几圈，让绳子缩短，"跟紧我。这个游戏有点麻烦。"

他沿着台阶边缘一步步地挪动，想走到对面的尖刺丛林里的一道空隙上，心里极度紧张。这里一定是迷宫的起点。他试着不去想下面云雾缭绕、深不可测的坑，但这是不可能的。任和塞西莉跟随他的足迹向前，没有表情的脸上挂满了汗珠。亚瑟向自己保证，如果他们能活下来，他一定要告诉塞西莉——她被笛子催眠的时候是如何毫不畏惧地上天入地。她肯定不会相信他。

在任的头灯灯光下，他看到老鼠离他们只有两个台阶的距离了。格里芬也更近了。亚瑟不确定怎样才能用铁浪战靴把这位运动游戏冠军控制住，于是试着像之前那样把两只脚碰在一起，发出一个悦耳的音符。

这声音就像钟声一样划破天际。

格里芬立刻就不动了。他猛地掉头，朝亚瑟的方向跑了过来。

"成功了！"亚瑟告诉小云，但此刻他们没时间庆祝。

现在，他带着格里芬、任、塞西莉，以及老鼠，开始了穿越尖刺迷宫的吉凶未卜的路途。这条路狭窄又曲折，他时不时地就能听见金属摩擦的声音，然后就要立刻躲开从身旁地面冒出来的尖刺头。

"集中精神，"他对自己说，"你能成功的。"

他相信自己的游戏本能，把遇到的第一个散落的尖刺捡起来，装进最近的空洞里。整排尖刺就立刻缩了回去，在迷宫中形成一条新路。他带着任和塞西莉往前走的时候，能听到自己的心在猛跳。他绝望地祈求他们不要变成人肉串。

他很快就来到台阶中心的一片空地上，那里的洞紧密地排列成了一个圆圈，大小足够把格里芬困住。亚瑟拿来几根尖刺，把它们插进去。笼子快建成的时候，格里芬赶了上来，在几步远的地方停下了。

亚瑟胆怯了。尽管格里芬眼神空洞，但他看起来还是和以前一样凶悍强壮。亚瑟咕哝了一声对不起，然后就拉着格里芬的胸甲，把他拉到圈子里。他知道有无人机在监视，就遮掩着把格里芬的手环从手上取下来，然后才用尖刺把笼子的洞填满。

格里芬站在那儿，眼神呆滞。老鼠伤害不了他——它们都跟着亚瑟——但一想到当他醒来时会有多愤怒，亚瑟的膝盖就开始颤抖。但他现在没法关心这个问题。他必须离开这里，回到酒店里。

也就是说要完成比赛。

老鼠涌向迷宫，它们黄色的牙齿在头灯下一闪一闪的。亚瑟凝视着比林根城，拉了拉小云的狗绳，"走吧，孩子。我们一定要上到塔顶！"

第十四章

比林根城

比林根的人行道反射着城市散发出的诡异光线，呈现出绿色。小云和亚瑟快速地走过空荡荡的街道时，它的耳朵抽动了一下。

"我知道。"亚瑟一边喃喃地说，一边紧张地朝两边看了看。这地方就像万圣节的墓地一样诡异。四周死一般地沉寂，所有奇形怪状的建筑物的窗户都是黑的；空气中充满了灰尘和霉味，就像在阁楼里一样。

要么很久没人来过，要么住在这里的全是鬼魂。

亚瑟拿不准自己更喜欢哪个猜测。

不过，至少他不会迷路。城里的所有建筑唯有那座黑塔鹤立鸡群，所以很容易找到过去的路。在前进的过程中，他提醒自己正走在回家的路上。铁浪头盔肯定在塔里的某个地方。一旦找到，他和其他人就可以回酒店，去格里芬的房间找时间密钥。

他扭头看了看任和塞西莉，俩人就像跟着母鸭的小鸭子一样。她们只能依靠他，他不能让她们失望。

黑塔底部是一个拱形的入口，通往入口处有一道狭窄的螺旋形楼梯，楼梯上点着摇曳的绿色火把。亚瑟没看到铁浪头盔，也没找到其他上楼的方法，于是他深吸了一口气，踏上了楼梯。

他一边走，一边数台阶。数到五十级的时候，他听到楼下传来不祥的叽叽喳喳声，知道老鼠们已经上了塔，但现在也没有回头路了。

他迈着沉重的脚步，一级一级地越爬越高。他的腿像被火烧着一样疼。他擦去额头上的汗水，庆幸自己早餐多吃了一碗海洋脆片，他需要尽可能多的能量。他不知道任和塞西莉是不是也像他一样痛苦，或者这一切对她们来说只是一场噩梦。

爬到第二百级时，他的双腿已经像灌了铅一样，大腿内侧磨擦得厉害，感觉又疼又烫。小云汪汪地叫着，拽着亚瑟的牛仔裤裤脚给他鼓劲。

"我做不到。"亚瑟气喘吁吁地说，但他发现自己的脚还在往前迈步。

当他感觉楼梯似乎永无止境时，墙上终于出现了一扇木门。亚瑟推门进去，双腿一软，摔倒在一个小房间的石板地上。一声熟悉的"咣"在房间里响起，随着一道强光，一个金色的头盔浮现在房间中央。

泪水一下涌了出来。亚瑟成功了。

现在他必须把任和塞西莉从魔咒中解救出来。他使出最后的力气，踢掉铁浪战靴，爬向头盔。在他身后，门吱吱作响。

"亚瑟？"一个声音喃喃地说。

他回头一看，是任和塞西莉揉着脑袋站在门口。小云蹦蹦跳跳地向她们跑去。

"你好，毛球，"任半梦半醒地说，"怎么回事，亚瑟？我们在哪儿？"

"为什么我感觉像刚参加了一场赛跑？"塞西莉揉着大腿补充道。

亚瑟忍不住笑了，他的朋友醒过来了，他终于放心了，也很高兴。"去酒店的路上再跟你们解释。你们谁拿一下靴子，我拿头盔。格里芬也刚醒，所以我们没有多少时间了。"

他把空中的铁浪头盔一把抓下来，整个房间顿时大放光明。几秒钟后，他们就回到了图书馆的大厅里。没等亚瑟多想，一张新的探险地图就显现在他们面前的空中，飘落到地上。

任把铁浪战靴夹在胳膊下面，捡起地图。她看了一会儿，然后又看了一遍。"我没看错吧？"

这张地图是用皱巴巴的旧羊皮纸做的。任把它翻过来，让亚瑟和塞西莉也能看到。图上画了一道参差不齐的海岸线。在陆地上有一座雪山山谷，两侧各标注了两支军队的营地，中间是一对护手甲。右下角是用黏稠的红墨水写得很潦草的几个字：

LEGENDARIOM

幻境传奇

当战争的创伤开始恢复，
你会发现你的任务已经结束。

— 大胡子之地 —

"大胡子之地？"塞西莉皱了皱鼻子，"这是什么意思？天啊——这是用血写的吗？"

亚瑟希望他们永远都不会知道答案。他小心地把格里芬的手环从口袋里掏出来，不让别人看见。媒体包厢和以往一样挤满了摄像师，大厅里有各类记者来回转悠。亚瑟看见几个穿着《拉扎勒斯秀》T恤的人匆匆地朝他们走来。"走，我们要在他们问问题之前离开这里。如果运气好，我们就能神不知鬼不觉地进入格里芬的房间，然后再出来。"

正如小缎带许诺的那样，图书馆外面有一辆自动贝壳车等着他们。他们坐车回到酒店。在路上，亚瑟向一头雾水的任和塞西莉解释了他们如何在老鼠和吹笛手的传说剧情中完成了探险。她俩什么也不记得，并且对此很庆幸。回到酒店后，他们等着保洁离开走廊，然后偷偷摸摸地试着，看手环能打开哪一扇门。最后，走廊尽头的一个房间"咔嗒"一声打开了，他们溜了进去。

格里芬的房间干净整洁，除了客厅只与一间卧室相通外，布局和他们的差不多。这里的餐桌上全是书，壁炉旁立着一个旋转的纳米粒子人体模型，上面套着格里芬的护身甲。他们一走进去，全息电视屏幕就自动打开。

如果不是处在要么生存，要么就变成黏液这样危急的境地，他们会觉得在这里是错误的。未经允许就搜查别人的卧室，侵犯了对方的隐私。但情况特殊，亚瑟把这些顾虑都抛到了脑后。

"你们觉得他把它藏哪儿了？"任一边在格里芬的迷你冰箱里翻找，一边问。

"不在这里，"亚瑟回答，"肯定在一个安全的地方，保险箱，或者上了锁的盒子里。"

他瞄见餐桌上的一本书，顿时愣住了。书名叫《"小屁孩们"去哪儿了？》。

封面上印着他们三人可笑的形象，就和全息人像上的一样。"我觉得格里芬想挖我们的底细，"亚瑟说着，把那本书亮给她们看，"万一他怀疑我们的身份怎么办？"

"那就更应该找到时间密钥，离开这里了。"塞西莉说。

小云把鼻子凑在地毯上嗅来嗅去，屁股左摇右摆。任和亚瑟把客厅翻了个底朝天，家具下面、沙发垫后面，甚至壁炉里都找过了，塞西莉则在格里芬的衣柜里搜寻了一番。

"这些时尚品牌的名字真奇怪。"她一边滑动格里芬的衣架，一边评论。

"找到时间密钥了吗？"亚瑟一边问，一边往全息电视屏幕后面看。

塞西莉拖着脚走进客厅。"没，卧室里没有，浴室里也没有。我把所有东西都翻遍了，连衣服口袋都没放过。"

亚瑟感到全身冰冷又沉重。如果格里芬身上没带着时间密钥，他房间里也没有，那么钥匙是谁拿着？

"呃……你们看……"任用颤抖的手指指着全息电视，亚瑟歪着脑袋看。《拉扎勒斯秀》上正在现场直播格里芬·拉姆齐冲进尼斯湖酒店的旋转门，他满脸怒火，气得脸都变形了。

亚瑟赶紧把格里芬的手环塞到沙发后面。他不想被发现手环在他身上。如果格里芬在这里找到手环，他可能会以为是自己早就落在这儿的。他一把将小云从地上抱起来。"走！快离开这儿！"

第十五章

神秘失窃案

亚瑟觉得自己这辈子从没这么失望过。他在失落之地吃的苦头全都白费了吗？他看了看表，在身体变成原生质之前，他们只剩 32 个小时了。时间一分一秒地过去，他的绝望即将变为恐慌。他们快没时间了。

回到酒店房间，他从迷你冰箱里拿出一瓶含糖量最高的饮料——新星能量饮料，一屁股坐在沙发上，希望他的肌肉能在今天剩余的时间里好好休息一下。

壁炉里的火噼啪作响，房间里充满了烧柴火的味道。壁炉上的全息屏幕正在静音播放《拉扎勒斯秀》。鳞光闪闪的主持人似乎在同运动冒险游戏分析师和专家组成的团队进行分析，在剩下的参赛者中，谁最有可能夺冠。他们重放了耶塞妮娅·科尔特像体操运动员一样翻着跟头通过比林根台阶时的画面，还有一段野蛮出击小队被鼠群逼到火坑边缘的视频。亚瑟想把电视关了，但他找不到遥控，也没力气去拿全息控制器。

"如果格里芬没把时间密钥放在房间里，他会放在哪儿呢？"任说着，也倒在了对面的扶手椅里。小云在她脚边蜷成一团，开始打鼾。

"我不知道。"亚瑟回答，"要是我们能追踪到他过去 24 个小时里干了些什么就好了……也许他把时间密钥藏在亚特兰蒂斯的某个地方了，然后等用得上的时候再拿回来？"

塞西莉把手伸向餐桌上的果篮。"想尝尝这个吗？"她拿起一个奇怪的立方体水果，果皮是半透明的红色。

亚瑟和任都举起了手，她扔给他们一人一只。

"小缎带·雷克斯可能知道更多格里芬的行踪，"塞西莉说着，打开了手环显示屏，"她的工作不就是监视所有参赛者吗？"

亚瑟试着咬了一口水果。这个果子外表光滑，像李子一样，果肉鲜嫩多汁，吃着像带一丝肉桂味的日本小蜜橘。"是的，也许吧。"他看着塞西莉在空中滑动手指，"你在干什么？"

"我在向宇宙游戏警察发出询问。小缎带告诉我们，有任何问题都可以联系她们。"

"我们想知道格里芬去过的每一个地方，难道宇宙游戏警察不会觉得我们很可疑吗？"任指出。

"这可不好说。"塞西莉突然脸上放光，"看——她们回复了！"她用目光扫过屏幕以后，失望地垂下了肩膀，"感谢垂询，"她干巴巴地念道，"工作人员会尽快回复。我们将尽量在 48 个小时内解决您的问题。"

"查询到此为止。"亚瑟咕哝道。他知道，时间密钥可能在任何地方，或者，格里芬发现这不是他订购的躲避石后，已经把它还给了死锁。他们返回 21 世纪的可能性越来越小。

亚瑟坐在沙发上抬起脚，抱着膝盖，思念他的家。他想象爸爸一个人坐在餐桌旁。"万一我们再也回不去怎么办？"他轻轻地说，"爸爸就一个人。除了我，他没别的亲人了。"

塞西莉对他露出悲凄的一笑，"我爸妈遇到问题都要试着去解决。如果我们回去不……唉，这问题解决不了。我不知道他们怎么接受这样的现实。"

"我知道我妈妈们会怎么做，"任望着不远的前方说，"每当她们感到难过或伤心的时候，就会烤甜点——松饼、司康饼、香蕉蛋糕。她们可能会跑去你们父母家，逼着他们把糕点全部吃掉。"

"我记得你说过她们做饭不好吃？"亚瑟回应道。

她笑了，"是的，可难吃了。"

然后是一段短暂的停顿，接着三人哈哈大笑起来。亚瑟想象他老爸艰难地啃一块烤焦的海绵蛋糕的样子，笑得肚子疼。笑的感觉很好，即使那一刻你的心头笼罩着悲伤的乌云。

就在这时，壁炉上的全息屏幕开始闪烁。拉扎勒斯·斯隆匆匆地穿过图书馆的走廊，身后跟着几个剧组同事。屏幕的一边出现了参加"铁浪争霸赛"所有队伍的名字。

塞西莉意识到："要宣布淘汰者了。"她伸手去拿全息控制器来提高音量。

看来，所有队伍都完成了第二个探险任务，并获得了铁浪头盔，因为每个队伍的名字旁都有一个金头盔的图标。耶塞妮娅·科尔特位居榜首，其次是野蛮出击。亚瑟盯着排在第三位的小小屁孩的名字，居然在格里芬·拉姆齐前面。他能料到他们用时比格里芬短，但没想到他们能排在第三。排在最后的幽灵联盟闪着红光，虽然他们也获得了金头盔，但时间比格里芬还慢了 1 个小时。

拉扎勒斯·斯隆冲进图书馆的一间阅览室，幽灵联盟的4 位成员和他们的教练挤着坐在一张桌前。亚瑟觉得一阵心酸。当这位蜥蜴头主持人向淘汰队走去时，对方的脸白得就和他们的队服一样。

"我们还没完蛋，"任坚定地说，"只要还没被淘汰，我们就有机会找回时间密钥。我们不能放弃。"

一行字闪着红光在屏幕上滚动：

突发新闻

拉扎勒斯·斯隆停在原地，拨弄了一下耳机，然后转过来面对镜头。"我们刚收到一条突发新闻。"他吐着细细的黑舌头，"尼斯湖酒店报告了一起盗窃案。'铁浪争霸赛'一名参赛者的房间遭窃！"

亚瑟紧张起来，"哦，不。这一定是我们那件事。格里芬肯定发现有人进去过，还动过他的东西。我们怎么办？"

"我们要统一口径，"塞西莉说，她正用力嚼着一口方形水果，"如果调查人员问我们看见了什么，我们要给他们放烟雾弹。"

就在这时，小云的鼾声戛然而止。它的右耳朵竖了起来，投射出一个全息画面。

米洛·赫兹戴着帽子，低着头匆匆地走在亚特兰蒂斯的街上。他身上那件印着《幻境传奇》的雨衣肯定是一时急用买的，根本不合身——袖筒绷在他的手臂上。"我不能多说，"他小声地说着，不正眼看正在录制这段电话的设备，"出事了。我不能按计划见你们。你们要保重。SS 在《幻境传奇》。"

就这样，图像消失了。小云的耳朵垂下来，它继续打呼噜，仿佛什么都没发生过。

亚瑟一动不动："那是什么意思？"

"'SS'一定是死锁，"任说，"米洛本想定位死锁的基地，也许他成功了？"

他们还没来得及进一步讨论，外面就有人敲门。"小小屁孩？我在午休，刚看到你的信息。有什么事吗？"

是小缎带来了。亚瑟飞快地看看门，又看看小云，又看看全息屏幕。一切都失控了。

"来了！"塞西莉喊道。她焦急地看着任和亚瑟，"我们该怎么说？如果我们现在问她格里芬的事，会显得很可疑。"

塞西莉往门口走的时候，亚瑟拼命想找出一个联系她的理由。

"又通关了！祝贺你们，"小缎带一边进门，一边关闭她的手环显示屏，"你们找我做什么？"

亚瑟犹犹豫豫地说："呃……我们想感谢你今早给我们的建议，就是证明所有人都错了。"

"哦。"小缎带眨了眨眼，"我知道被人小看是什么感觉。我很高兴能帮上你们的忙。"她指了指全息电视，"老实说，我以为你们要问我关于入室盗窃的事。野蛮出击已经提出了这个请求。他们担心这是特攻队干的。"

亚瑟试着保持冷静。"是呀，我们刚刚看到报道。有东西被偷了吗？"

"耶塞妮娅说没有。显然，这个不速之客只想捣乱。"

亚瑟过了一秒才反应过来。"等等，你是说耶塞妮娅？"

"对。她在失落之地的时候，一个酒店保洁发现她的房门是开着的。"

"这真……可怕。"亚瑟说，试着表现得很真诚。他给了任和塞西莉一个别有深意的眼神，不知道她们所想的是不是和他一样。也许他们之所以没在格里芬的房间找到时间密钥，正是因为密钥在耶塞妮娅那里。也许闯入她房间的那个人也一直在找时间密钥……

他必须问问小缎带。

"耶塞妮娅还好吧？"他想套她的话。

小缎带"噗"的一声地笑了起来。"你们见过耶塞妮娅了吧？一个神秘的闯入者才不会让她怎么样。我几分钟前才见过她，在大堂里。她要去完成下一个任务了。"

"去大胡子之地？"任从口袋里掏出那张皱巴巴的任务地图。

"没错。她明显是急着想把这个任务做完。这次和之前一样，你们要在午夜前完成任务。"小缎带看了看她的手环。"说到这个，我半个小时后要去百慕大三角值班。我走之前，还有什么要帮忙的吗？"

"其实还真有，"任看着地图说，"从这儿到亚历山大图书馆之间，你能推荐一个卖保暖衣服的地方吗？我觉得我们会用得上。"

第十六章

大胡子之地

在大胡子之地只待了 10 分钟，亚瑟的脚指头就被冻得发麻。他动了动脚趾，让血液流动起来，但好像没用。雪地反射着阳光，他摘下新买的有色护目镜，望着远处的景色。

他们离开百慕大三角，再次现身时，就来到了海岸边的一片冰雪荒野。他们身后是大海，前方两道陡峭的岩壁把山谷夹在中间，山谷中积满白雪。几艘烧得只剩骨架的船被遗弃在海滩上，旁边还有断成几节的旗杆、带血的斧头和被砸碎的木头盾牌，都盖上了一层刚下的细如沙粒的白雪。风诡异地往岸上吹，带来了一股腐臭的味道。

"这环境够严酷的，"塞西莉咕哝着，把小云从地上抱了起来。小云穿着他们在亚特兰蒂斯的探险家补给商店里找到的仅有的狗狗滑雪装——一件圣诞风格的红白相间羊毛连体服，还连着护目镜，"小心脚下。"

亚瑟踩到一根插在厚厚冰层里被折断的长矛。"有些武器看起来已经在这里很长时间了，"他观察道，"就好像有人在同一个地方一次次地打仗。"

"也许的确如此，"任说，"如果发生在这里的战争属于游戏里的内容，那可能就是一遍遍地复原、打仗，复原、打仗。"她仔细地查看地图。地图挂在她脖子上的防水袋里。这是他们在探险家补给商店买的，他们还买了全套保暖服、一副望远镜、一段绳子、一把小刀和一个帆布背包。亚瑟把所有东西都装在这个背包里，包括铁浪头盔。他们认为铁浪战靴吸引老鼠的能力只会添麻烦，而不是成为一种优势，就把它留在酒店房间里了。任在更衣室里试戴过头盔，但隔壁试衣服的人告诉她，游戏头盔只在探险之地才起作用。

"我们一定是在这片海岸上的某个地方，也就是说铁浪护手甲在那个方向。"任指着他们前方冰冻战场的中心。

亚瑟用挂在脖子上的望远镜往远处看，那边的山高得让人震惊，陡峭的花岗岩山体上只有零星几棵松树。山谷两边高高的悬崖上各有一个营地，营地上都扎着帐篷，竖着不同的旗帜。但亚瑟离得太远，看不清旗帜的细节。在下方，几个黑影踏过残骸。他根据深红色的队服认出这是野蛮出击小队，他们把长矛换成了攀岩绳。另一个人影穿着亮黄色的滑雪服，上面印满了商标。"耶塞妮娅在按照地图的标注，往铁浪护手甲所在的内陆前进，野蛮出击也在这里，但我没看见格里芬。"

"他可能计划晚一点开始完成任务，"塞西莉说，"你觉得时间密钥会在耶塞妮娅那里吗？"

"有可能。或者，它已经被闯入她房间的人偷走了。"亚瑟放下望远镜，调节了一下背包上的带子，"我们必须说服她，让她把知道的都告诉我们。还有不到 30 个小时就要变成黏液了，而我们还不知道这条路走不走得通。所以，每一分钟都很重要。"

小云低声吠叫，仿佛在说它认为说服耶塞妮娅不是个好主意。

"我听见了，毛球，"戴着厚帽子的任说，"耶塞妮娅很冷血，不会帮助我们。我们必须跟她讲条件，用某种东西来交换她的信息。"

"什么东西？"亚瑟问。

任呼出的气变成了白雾。"不知道。我们得想个办法。"

他们迈着沉重的脚步走在半融化的雪地上，亚瑟试着忘记小腿的疼痛。爬那座高塔的酸痛感持续到了现在，而他在去图书馆时吃的能量棒也没起什么作用。虽然他身体很疲惫，但这里凉爽的空气让他头脑清醒。"你们也像我一样肌肉酸疼吗？"他问。

"是的，"任说，"怪不得运动游戏玩家参加比赛前都要做体能训练。"

"所以耶塞妮娅那么讨厌我们，"塞西莉评论道，"因为我们没有训练，却还没被淘汰。小缎带说得对，这让耶塞妮娅没面子。"她突然停下，"等等。也许我们可以用这一点来和她讲条件？我们可以保证完成任务的速度比她慢，故意降低我们的名次。"

"那我们得先证明自己的速度比她快，"亚瑟指出，"但我们现在连探险地图上的线索都还没读懂。"

"当战争的创伤开始恢复，你会发现你的任务已经结束，"塞西莉把线索重复了一遍，"'战争的创伤'可能指的是这片被无数次战火破坏了的土地。也许我们要想办法把它修复好？"

"也许，战争的创伤指的是真正的伤口，"亚瑟有了一个想法，"这次探险有可能是收集稀有配料，制成疗伤药。我以前在游戏里做过很多类似的支线任务。"

走到山前，他们抬头望。两边营地里都有大块头的人影在移动，其中一边营地的人穿深色衣服，戴宽边帽子，穿长外衣；另一边则戴着很大的头盔，穿厚实的皮衣。

"能把望远镜给我看看吗？"塞西莉问。她把小云递给任，从亚瑟手里接过望远镜，望了出去，"有意思……一边营地的旗子上有骷髅头和交叉的骨头。你们觉得他们会不会是海盗？另一边的是带流苏的三角形旗子，上面有一只鸟的图案——是渡鸦。"她放下望远镜，咬着嘴唇，"我觉得渡鸦是维京人的标志。我爸妈曾经给一场维京主题的时装秀做过发型，那儿的好多东西都印着渡鸦图案。"

亚瑟没想到，塞西莉的发型师爸妈也能帮上他们的忙。他回头看了一眼慢慢被海水漫过的沙滩。沙滩上的几艘烧毁的船很像维京长船，其他几艘很有可能是从大型武装帆船上放下来的小划艇，停泊在海岸边。"也许这是维京人和海盗之间的战争？船和武器似乎都能对得上。"

"不知道都是些什么人在上面，"塞西莉说着，眯起眼睛望着远处的营地，"我听说过几个关于海盗的传说——安妮·邦尼、卡利索·杰克。也许这个地方就和亡命徒之地一样，我们必须决定和谁站在一边：海盗，还是维京人。"

亚瑟不知道"两个都不选"算不算做出选择。他对维京传说了解不多，但他确定里面的人名差不多都是"嗜血者艾里克"或"伊瓦尔碎骨魔"这样的——他们不能跟这种人打交道，不管做敌人，还是做盟友都不行。

他们往耶塞妮娅那边走的时候，路过了山脚下的几个洞穴口，洞口边被踩了几百个泥泞的脚印，几个洞外面插着旗帜，上面的标志不是骷髅头加交叉的骨头，就是渡鸦。"你们觉得两支军队会从这些洞里出来吗？"任警惕地问，"这些洞可能通往营地所在的崖顶。"

尽管穿着羽绒服，亚瑟还是打了个寒战。他希望下次战斗能回到亚特兰蒂斯再开打。相比被维京人的斧头劈成两半，变成黏液可能要好受点儿。"我们收集好信息就快离开吧。"

他说着，加快了脚步。

耶塞妮娅穿着亮黄色的衣服，就像雪地上的一座灯塔。他们走近时，她正坐在一个倒放的维京人盾牌上，透过一副很像 X 光透镜的设备研究探险地图。她亮得发白的金发利索地盘成了一个发髻，脸颊被冻得泛着红晕。她别在后腰上的"岩浆 –3000"上落了一层薄薄的雪花。"你们要玩雪的话不能到别的地方玩吗？"她说着，目光一直没离开地图，"你们挡着我的视线了。"

"我们想跟你谈谈，"塞西莉真诚地说，"这事很重要。"

"我这事才重要。总之，我和你们没什么可谈的。"

亚瑟试图克制自己的沮丧情绪。"是这样，我们知道你在房间里放了什么，也知道为什么有人在找这东西，"他冒了个险，"我们想和你达成一项协议。"

"我根本不知道你们在说什么，"耶塞妮娅说着，扫了一眼她左边的某个东西，"我对宇宙游戏警察解释过了，我房间里什么也没丢。可能闯入者就是一个想要我照片的粉丝。"

"那个粉丝的名字会不会碰巧叫作死锁呢？"塞西莉问。亚瑟看不到墨镜后面耶塞妮娅的表情，但她脖子上的肌肉绷紧了，"我们知道死锁的特攻队员昨天来给你送过东西，就在争霸赛开始前。"

耶塞妮娅又往左边看了一眼，一只手把地图捏皱，把 X 光透镜推起来。"你们想要什么？"她气恼地瞪着他们。

"他们给你的那台装置是我们的，"塞西莉将计就计道，"我们要把它拿回来。做个交易吧，你告诉我们东西在哪儿，我们保证完成任务的时间比你长，让你通过淘汰赛。"

亚瑟用余光瞥见耶塞妮娅的左边影影绰绰地飞着一架无人机。它的表面是某种反光材料，几乎看不见，但耶塞妮娅一定注意到了。这就是她一直往那边看的原因。

"哈！"耶塞妮娅鄙视地大笑了一声，"你们怎么知道我不会超过你们？我是13届运动游戏比赛的冠军，你们这种无名鼠辈对我一点威胁都没有。"

"如果你知道如何完成任务，就不会坐在这里研究地图了，"亚瑟分析道，"我们已经知道如何赢得铁浪护手甲了。"他想起耶塞妮娅对拉扎勒斯·斯隆说过，她很为自己的名誉而自豪，又补充道，"你的粉丝都在看着你呢，想给她们质疑你的理由吗？"

耶塞妮娅的眼中闪过一丝烦躁。有那么一会儿，亚瑟以为她要掏出枪来向他开火，但她的嘴角抽搐了一下。"行。我们去那里面，离野蛮出击远一点，我再告诉你们要找的装置在哪里。"她用下巴指了指附近的一个山洞。

那个山洞外面没有旗帜，洞口周围也没有脚印，所以亚瑟觉得里面不会有海盗或维京人。他看了看任和塞西莉，她们点了点头。"好吧，"他同意了，"说快点。"

山洞很小，里面什么也没有，温度比战场上要高几度，而且奇怪的是，这里有一股香草和新鲜百合花的味道。亚瑟、任和塞西莉进了洞口就站住了，耶塞妮娅走到她们对面，两手叉腰，背对战场。

"我不知道你们是怎么通过头两场淘汰赛的，"耶塞妮娅坦言道，"你们还没被淘汰，知道这意味着什么吗？"

"意味着我们是比你想象中更厉害的探险家？"塞西莉大着胆子接道。

亚瑟耸了耸肩，希望耶塞妮娅快些告诉他们时间密钥的下落。

"这意味着你们让我看起来很普通，"耶塞妮娅继续道，"等我赢得争霸赛的时候——这是肯定的——我不会有成就感。打败小孩又不光荣。"她抬起下巴，"夺回尊严唯一的办法，不仅仅是打败你们，还要摧毁你们、消灭你们。"

亚瑟察觉出她语调变化的时候已经太晚了。他还没来得及阻止她，她就滑到了外面，并从枪套里掏出"岩浆-3000"，瞄准洞口上方。手枪发射出一股连续不断的、热得咝咝作响的熔岩，击中大山，发出巨大的"嘶"的一声。

在如雷鸣般的隆隆声中，洞口塌陷了，空气中升腾起令人窒息的蒸汽和雪花。

"往洞里跑！"塞西莉一边喊，一边抱起小云，"快！"

第十七章

偶遇雪怪

外面的风静了下来。亚瑟一边把嘴里的雪吐出来，一边把背包从肩上甩下来，在一片漆黑中摸索着寻找头灯。

"大家都还好吗？"塞西莉气喘吁吁地问道。

"还活着，"任着急地说，"亚瑟？"

"是，还活着。"他的手指终于摸到一个头灯。他拧了一下灯泡。

看到周围的一切时，他心里一沉。洞口不见了，取而代之的是一个由岩石和冰组成的，还在往下掉雪块的巨大路障。从洞顶的高度判断，他们往洞里至少跑了10米，而挡住出口的那堵墙在形成时离洞口只有几步远……这意味着它肯定有双层巴士那么厚。

任脸色发白。"我们不可能挖出一条路来！"

"我早该料到耶塞妮娅会使诈，"亚瑟难过地说，对自己曾信任过她感到恼火，"当她同意做交易时，我们就应该提防她暗算我们。她是我们的对手，她当然要欺骗我们。"

小云傲慢地叫了一声，似乎在说"我早就告诉过你"，然后偏偏要在这个时候甩掉身上的水，让所有人淋了一场冰雪雨。亚瑟觉得他们大概活该受这罪。

"现在说什么都晚了，"塞西莉喃喃地说。她看了一眼在她身边盘旋的无人机。雪崩的时候它一定被砸坏了，因为有一片反光涂层掉了，"要想有机会找回时间密钥，我们还是要继续比赛。来，我们想办法离开这里。"

亚瑟把铁浪头盔推到一边，在背包里翻来翻去，寻找另外两个头灯。然后把它们递给任和塞西莉，也把自己的戴好了。

在三个头灯的照射下，山洞变大了。它大概有学校阅览室那么大，洞壁是深色花岗岩，洞顶上悬挂着长短不一的钟乳石，让亚瑟不安地想起了死锁仓库里的岩石爆破枪。在洞口雪崩的震荡下，洞深处露出了一扇金属门，上面挂着"员工"标牌。门开着，把手处往外迸着火星。

"我猜我们该往这里面走。"他说。他去背背包时，任拦住了他。

"我来背。该轮到你休息了。"

他露出了感激的笑容，帮她把背包背起来。

他们大着胆子走进那扇门，来到了一条狭长的隧道中，这里面的岩壁上布满了铁丝网，当他们经过时，头顶上有噼啪作响的电流声。

"喂，看，"塞西莉指着他们身后说，"我觉得无人机没法跟我们进来。"

一直在监视他们的无人机在门口盘旋。"也许这里只有工作人员才能进来，《拉扎勒斯秀》没获得在这里拍摄的许可？"

一行人由塞西莉打头阵，朝隧道的另一端走去。这里没有风，暖和得让他们脱下了手套。亚瑟擦了擦冻僵的脸颊，试着让血液循环起来。他的鼻子太冰了，以至于当他发现自己还能闻到香草和新鲜百合花的香味时感到十分惊讶。他想知道这香味儿是怎么来的。

隧道的尽头是一个丁字路口。小云胆怯地"嘤嘤"叫了起来。

"没事的，伙计。"亚瑟说着，俯身去摸它，"这些隧道肯定会通向某个地方。我们会找到出路的。"

任用头灯照着地面，愣住了。"实际上，我觉得毛球担心的不是那个——你们看。"

地板上有湿脚印。

很大的脚印。

亚瑟把手放在一个脚印旁边。这个印痕至少比他的手宽两倍，长三倍。"生活在雪山里，长着大脚的传奇生物，我只能想到一个。"他说着，紧张地咽了一口唾沫。

他闻到一股浓烈的香草和新鲜百合花的香味，然后一个低沉的声音在他背后说:"对,就是大脚雪怪。"

他感觉身上的血液凝固了。他转过身,发现自己正面对着一个身高三米,全身是毛的灰色野兽的肚皮。它长长的手臂垂过膝盖,一排锋利的门牙露在黑色的嘴唇外面。亚瑟从喉咙里发出一声惊恐的尖叫。

"快跑!"任喊道。

他们的手臂前后摆动,全速奔跑,但亚瑟很快就意识到自己没听见雪怪追他们的声音。他向后瞥了一眼,发现那家伙没动。它只是站在原地,看着他们……而且它穿着衣服——印着花体字母缩写 TD 的粉红色丝绒运动服。之前亚瑟一定是吓坏了,所以没注意到。

他慢了下来,对其他人喊:"等等,我猜它不想吃我们!"他们跟跟跄跄地停下来,亚瑟朝雪怪挥了挥手,"呃……你好?"

雪怪笑了,露出一口洁白无瑕的牙齿。"你们好!你们一定是迷路了!"它的声音很沙哑,但很清晰,"如果你想离开这里,就走错路了。那是一条死胡同。"

亚瑟不得不掐了自己一下。他居然在和一个雪怪说话。"你能把出去的路告诉我们吗?"

雪怪嗅了嗅空气。"你们是人类?"

"对……"亚瑟迟疑地说,"我的名字叫亚瑟。她们是任、塞西莉和小云。"

雪怪朝他们走来，脚重重地踩在地上，把隧道震得抖了起来。亚瑟忍住了逃跑的冲动。

"我叫特雷兹·迪富尔！"雪怪大声地说。走近以后，亚瑟发现雪怪把她头上又厚又蓬松的毛发打理成了贴着脸垂下来的小卷儿，"也许你们听说过我？我在上一季里扮演了一个泥浆怪，得了狂欢节化妆金奖。"

亚瑟尽量不去看她巨大的爪子。"呃，我们不知道什么是狂欢节金奖，对不起。"

"你们不知道？哦，好吧，狂欢节金奖可是实景冒险游戏里最高的表演类奖项！"特雷兹用她毛茸茸的手在空中比画着解释。

"表演类？"亚瑟皱起了眉头，"你的意思是，你是演员？"

特雷兹笑了。"你以为我真的是雪怪？啊，真好玩！不，在《幻境传奇》里，人类的角色都是仿生人扮演的，但生物的角色是演员扮演的。来，我们边走边说，从这里出去的路很长。"

就这样，在特雷兹·迪富尔的带领下，这群人回到丁字路口，转向左边的隧道，向大山的深处进发。

"如果她是演员，她穿的是表演服吗？"任对亚瑟耳语。她歪着头，好像从另一个角度去看特雷兹就能看个真切。"我觉得不是，"亚瑟压低声音说，"我觉得她那个星球的人本身就是那样高、全身是毛。"

走在最前面的特雷兹整了整她的运动服。"对不起，我穿着家居服——你们正好赶上我在休息。按计划，再过1个小时雪怪才上场。我听见你们在隧道里的动静，就决定来看个究竟。"她带他们转了个弯，来到一条更宽的隧道里，"从我的更衣山洞里走要更快一些，这边。"

他们进入一个巨大的冰洞，岩壁是闪光的蓝色。山洞一边的桌子上挂着一面华丽的金框镜子，还有一把符合雪怪体形的椅子收在桌子下面。各式各样的卷发棒、梳子和增加头发蓬松度的工具乱扔在桌子上，还有几瓶一模一样的香水。亚瑟已经闻见香水的味道了——香草和新鲜百合花。

"这些是你得的奖吗？"塞西莉走过几排从冰壁上凿出来的架子时问道。架子上摆了很多闪闪发光的小塑像，有真材实料的，也有全息的。亚瑟飞快地看了看几个奖杯的杯座：

2491年最佳野兽奖

2490年尖叫奖亚军

2487年怪兽女王银奖

特雷兹拂开脸上的一缕银发。"这些只是我的奖杯的一部分。我经常被选定演怪物，但我的梦想是演英雄。"

亚瑟不知道她有没有看过《怪物史莱克》。

"我觉得你能演好一个伟大的英雄。"塞西莉由衷地说。

特雷兹开心地笑了。她的目光落在了任脖子上晃荡的探险地图上。"来，我来告诉你们待会儿会出现在地面的哪个地方。"任拿起地图，凑近了；特雷兹用爪子指点着说，"这里。就在维京人营地的中心。"

"维——维京人的营地，"亚瑟结巴了，"你确定没有其他的出口了吗？"

"恐怕没有了，那是唯一的出口。"

特雷兹带他们走出更衣山洞，来到另一条隧道。亚瑟不知道他们该如何完成探险，回到亚特兰蒂斯。他发现地图上画的铁浪护手甲是两手相握的，也许这是一条线索。"当战争的创伤开始恢复，你会发现你的任务已经结束。"他重复道，"也许要阻止海盗和维京人之间的战争，让他们握手言和，才能赢得铁浪护手甲？"

"有可能！"任说，"但怎么才能做到？那么多战火余烬，两边一定常年战乱。"

"解决冲突的关键在于从对方的角度看问题，"塞西莉睿智地说，"我们只需要帮助他们互相理解就行了。"

亚瑟想起来，既然他们来到了探索之地，铁浪头盔应该就能起作用了，不知头盔能不能帮助他们。"任，走慢点，我想试试这个。"他取出头盔，"好了，如果我戴上头盔以后发生什么奇怪的事，你们就告诉我。"他脱下头灯，把头盔套上去。就像铁浪战靴一样，一开始感觉有点紧，但它似乎会自动调整，直到大小正好，"怎么样？"

塞西莉认真地看着他。"没，什么也没发生。你看起来就是老样子。"

但塞西莉看起来不一样了。

的确，亚瑟能看到正常情况下的她，但也能看到另一个版本的她浮在原版之上，就像一个虚幻的影子。新版本的她穿着时髦的海军蓝套装，手拿一个小盒子，里面是一块很有特点的金牌。亚瑟知道这是什么奖牌，因为他在《幻境逃生》里见过，那是诺贝尔和平奖。

"头盔……让我看东西有些不一样了，"他告诉她们，并试着把事情解释清楚，"我不知道我看见的具体是什么，但塞西莉拿着一个诺贝尔和平奖的奖牌。"

"我？"塞西莉看着她的双手。

"也许头盔能预示未来？"任猜测道，"我能想象你有一天会获得诺贝尔和平奖。"

塞西莉脸红了。"我很怀疑。诺贝尔奖是颁发给那些改变世界的人的。"

"你不应该怀疑自己，小人类，"特雷兹评论着，突然停了下来，"只要足够努力，你就能获得能量，实现所有愿望，"她拍了拍亚瑟的头，"你看我的时候能看到什么？"

特雷兹的虚影穿着一件飘逸的淡蓝色晚礼服，手里拿着一个星形奖杯，奖杯底座上刻着"冒险实景游戏最佳演员——英雄"。"你赢得了最佳英雄奖,"亚瑟描述道,"奖杯看起来像颗星星。"

"真的吗?!"特雷兹尖叫着跳了起来,落地的时候发出了"砰"的一声,"那是狂欢节金奖的雕像!我的愿望要实现了!"

亚瑟打量着任,她的虚影很模糊。他试着去调整铁浪头盔,但还是看不清。

"出什么事了吗?"她问道。

"我不知道。不知什么原因,我看不到你的未来,模模糊糊的。"

塞西莉的眉头拧成了一根绳。"把头盔给我,我来看看。"她戴上头盔,仔细地看了看他们俩。亚瑟在她的注视下手脚都不知往哪儿放,对她可能看到的东西十分担忧。

"我觉得头盔显示的不是未来,"她断定道,"我觉得它只是显示了我们对未来的期望——我们的梦想、抱负和目标。"

"噢。"任的肩膀耷拉了下去,"是的,有道理。我和我妈妈吵架一直都是为这事——我的人生目标。我告诉她,我不想在修理厂实习,因为我不想成为汽修师。但她问我对什么感兴趣时,我又答不出来。"她叹了一口气,"我不想让她失望。"

特雷兹拍了拍任的肩膀。"年轻的人类,换作我就不会担心。不是每个人都知道自己长大后想做什么。我的个头只有你这么大的时候，我还想当厨师呢。"

任抬起头来看着她。"你个头有我那么大的时候是几岁？"

"只有三岁，但在我的星球上，时间是不一样的。"特雷兹摇了摇她毛茸茸的脑袋，"关键是，有时感到迷茫是正常的，你最后总能找到自己的使命，而且你还有这些贴心朋友的支持。"

塞西莉把铁浪头盔摘了下来，塞回背包里。"我刚刚想到一个办法，我们可以用头盔来阻止战争，"她说，"也许我们可以让维京人的首领戴上头盔？那样的话，他们就能看到所有战士的希望和抱负。战士们一定已经厌倦了无休止的战争。也许，如果我们能让首领看到士兵的心声，就能劝他们讲和？"

"万一我们没机会把头盔带给首领怎么办？"亚瑟说，"他们可能一见面就要杀了我们！"

塞西莉迟疑了。"那么，我们就有麻烦了。"

前面有灯光在闪烁。亚瑟听到有声音传入隧道——粗声粗气的说话声和沉重的脚步声。

"那边就是出口，"特雷兹向他们说明，"我最好回更衣山洞去，我三十分钟后就要进摄影棚了。如果现在战场上还有其他的铁浪参赛选手，等待他们的将是一场惊魂好戏。"她眨了眨眼，把手伸进口袋，掏出一叠签名照片。"请拿一张吧。很高兴认识你们。"

　　塞西莉夸特雷兹的演员头像照是多么可爱（她的头发烫成粉红卷儿，涂着亮粉蓝色口红），亚瑟则把照片放进了背包。和特雷兹告别后，他们就出发了。

　　"等我们到……呃，维京人的营地后，我们就照塞西莉的计划行事。"亚瑟说。试着做心理准备的时候，他能感觉自己的血压在升高。维京人可能不喜欢不速之客，"找到维京人的首领，说服他们戴上铁浪头盔。"

　　远处吹响了战争的号角，大地开始颤抖，小云"呜呜"直叫。

　　"万一出差错了怎么办？"任紧张地扯着背包上的带子问道，"我们怎么逃跑？"

　　亚瑟紧张地咽了一口唾沫，怀疑他们能不能跑得过成群的训练有素的战士。

　　"特雷兹说的话你们都听到了，"塞西莉把小云抱起来搂在怀里，眉宇间透着坚定，"只要我们足够努力，就能获得能量，实现所有愿望。也就是说，我们能成功。"

　　钻过一个狭窄的洞时，任不得不把背包放在前面，把它推过去。出了山洞，他们就来到了一个白雪覆盖的 A 字型帆布帐篷旁。夜幕已降临，维京人的营地被红灿灿的火盆照亮，空气里满是烟味，寒风带着烤肉冷掉的臭味呼啸着吹过帐篷。强壮的男女战士手持长剑和木头圆形盾牌有目的地走来走去，还有的在忙着穿锁子甲，其他的在往腰带上系剑鞘。所有人都留着大胡子。

看到他们的武器尺寸，亚瑟差点儿爬回隧道。"我觉得他们还没发现我们。"他有气无力地说着，把头灯扯下来，塞回口袋里。

"很好，"任一边说，一边盯着靠在附近帐篷上的一把巨大的斧头，"最好永远别发现。"

塞西莉把一只手放在亚瑟的肩膀上，把他按得蹲下来。"也许我们边走边躲，就不会引起他们的注意了？他们好像都很忙，不会发现我们。"

塞西莉说得没错。这里每个人都奔来跑去地忙着各自的事情，仿佛在赶时间。亚瑟听到咚咚的鼓声后才意识到发生了什么。

战争即将打响。

第十八章

铁浪头盔的力量

四周响起震天动地的鼓声，帐篷都在颤抖。维京人加快速度完成战斗准备，戴上头盔，拿起长剑。

亚瑟、任和塞西莉贴着岩壁躲在阴影里，一排战士踏步走过，呼出来的气在寒冷的空气中变成了白雾。

"我们怎么找到首领？"任低声说。

亚瑟的心都快跳出来了。他希望他们不会被发现。"我不知道。也许他们在一个特殊的帐篷里制订作战计划？我们到处找找。"

"我们这身衣服混进军营太显眼了，"塞西莉说着，把保暖外套的领子拉起来。她指了指对面一个废弃的帐篷，帐篷外面晒着兽皮，"那边——我们去找点儿伪装。"

他们等到周围没人了才冲过一条泥泞的小路，飞快地进了帐篷。帐篷中央有一个冰冷的石火盆，里面放满了木炭，石火盆上方挂着各种动物的皮毛和鞣制过的皮革。整个地方散发着皮革和油脂的臭味。塞西莉解下来几块灰色狼皮，给任和亚瑟各扔了一块。"把这个穿上。"

亚瑟猜想这毛皮是人造的，因为它出奇地轻，材质也很柔软，感觉像一件舒适的旧睡衣。"你们觉得这真能帮我们混进去吗？"他一边问，一边把狼皮披在肩上。

"有了这个，还要有胡子，"塞西莉说着，用手指了指火盆炭黑的边缘，"过来，我给你脸上抹点儿。只要我们一直躲在暗处，维京人应该发现不了。"

她在亚瑟的下巴和上唇抹了些草木灰，也给任抹了。亚瑟担心他们最后会像刚吃完巧克力蛋糕的邋遢孩子，但他看到塞西莉给任做了一个很好的胡子造型，看起来能蒙混过关。

"如果我们过得了这一关，"塞西莉说着，把灰抹在自己脸上，"谁也别提今天的事。"

"别说提了，我想都不敢想。"亚瑟忍住笑。

小云把头歪向一边，仔细地看着他们。

"我觉得它不知道该怎么评价我们，"任看着它说，"也许这是好事。走吧，我们去找首领的帐篷。"

塞西莉把小云抱在怀里（没法给它做伪装），他们就大着胆子走了出去。

军营周围越来越吵，动静也越来越大。靴子重重地踏在地上的声音从四面八方传来，喊声响彻天空。一个强悍如公牛、金色的胡子编成辫子的战士撞开塞西莉走了过去，差点儿把她撞倒。"哎哟!"她揉着胳膊咕哝道。

但那个战士没有搭理她。

"我们的伪装大概起作用了,"任说,"往哪边走?"

亚瑟往两边看了看。在他们右边约 10 米的地方,帐篷一直搭到了悬崖边,看起来摇摇欲坠。远处的战场就像一片无边的黑暗。在山谷对面,亚瑟能看到海盗营地里的篝火在群山间摇曳。"这边,"他说着,往右边走去,"我们到营地的中心去。"

他们以最快的速度在泥浆和冰雪中艰难地行走。为了躲开维京人,他们时不时地躲进阴影里。营地很可能有一个足球场那么大,由于建在山坡上,他们时不时地还得爬梯子或翻过巨石才能进入下一个区域。透过几个敞开的帐篷,亚瑟看见用稻草当作床垫的床、装着粮食的柳条筐和在炭火上熏制的鱼。他想知道这是不是很久以前真正的维京战士生活的方式。

走着走着,他们来到一个帐篷前,这个和其他所有帐篷都不一样。稻草帐篷顶上有一个洞,有蒸汽从洞里冒出来,帐篷外还有一口石头砌的井。任把帐篷的帘子拉开一点,把头伸了进去。

"发现什么了吗?"亚瑟问。这时又一团蒸汽从里面冒了出来。

任飞快地把头缩了回来。"维京人,"她说着,眼睛瞪得老大，"大个头，浑身是毛，半裸的维京人。"

他们都打了个寒战。

"这儿肯定是个桑拿室，"塞西莉说，"我们继续找。"

最后，他们看到一个很显眼的红色帐篷，外面站着两个手持长矛的守卫，俩人都留着卷曲的姜黄色胡子，上面有做装饰的铁珠子。"这个很有希望，"亚瑟说，"我们去看看。"

他们偷偷地绕到后面找进去的路。塞西莉对着帐篷的钉子踢了一脚。"我们得把它拔出来，再从下面钻进去……"

她话说到一半没声儿了，因为一个守卫出现在帐篷旁边，用长矛指着她。"喂！你在国王的帐篷旁边做什么？"

国王？亚瑟慌忙向后转，却发现另一个守卫已经悄悄来到他们身后。"你们都别动，"他用矛尖戳着亚瑟身上的狼皮，"盗窃是死罪。"

亚瑟侧身让开长矛，紧张得想吐。他疯狂地寻找逃生路线，但他们周围全是帐篷，出口都被守卫堵住了。

塞西莉双肩下沉，挺胸抬头，语调强硬地说："我们有紧急事务要和你们的国王谈谈。我们有一项提议要呈交，事关即将开始的这场战争的成败。"

离她最近的守卫透过镶了铆钉的铁头盔的窥孔打量着她。"好吧。但如果你撒谎，你将面对国王的斧头。"

守卫扯下他们的毛皮伪装，带他们绕到红色帐篷前面，再把他们推进门。帐篷里面一股泥土和汗臭味，让人想起没洗过的体育课用具。他们拖着脚走过几个摆着木头弓箭和寒光闪闪的剑架，来到一张大圆桌前，桌上铺开了一张和他们那张一样的地图，但更详细。一个灰熊那么大块头的维京人背对他们站着。他又粗又蓬乱的金发编成辫子披在穿了锁子甲的肩上，腰间厚实的皮带上挂着一把大斧头。"你们惊动本王，最好有个好理由。"他恶狠狠地说。

他的声音低沉嘶哑，吓得亚瑟的肋骨都在颤抖。

"我们有。"塞西莉拉着小云的绳子，往前走了一步。

"真的？"国王说起话来就像打雷，"你们的听众是伟大的拉格纳·洛斯布鲁克①，给我快说！"

亚瑟没听过拉格纳这个名字，但他想，他应该是传说中的维京国王。随着拉格纳转过身来，亚瑟发现了两件事。首先，尽管拉格纳的脸饱经风霜，带有伤痕，却流露出一种粗犷美。他有一双目光敏锐的绿眼睛，金色胡子又浓又密，装饰华丽的胸甲上有一条蛇的图案。其次，也是最重要的，他身后有好几个上了锁的笼子。其中一个笼子里，一个人的手和脚都被粗绳捆着，那个人是耶塞妮娅·科尔特！

亚瑟与耶塞妮娅目光相遇时，她一皱眉，转过头去。不管她为了完成任务都干了些什么，她肯定错得离谱……

塞西莉也发现了耶塞妮娅。"要改变计划吗？"她压低声

---

① 维京时期的传奇海盗领袖，传说统治范围包括当代的丹麦和瑞典南部。

音对亚瑟和任说，"也许我们终于能让耶塞妮娅告诉我们时间密钥在哪儿了？"她抬起黑乎乎的下巴，对拉格纳·洛斯布鲁克一本正经地说："陛下，我们想跟您做个交易。我们拥有一个传说中的头盔，能赋予戴头盔的人在激烈的战争中洞察真相的本领。"

国王捻着他的金色胡须，一副很感兴趣的样子。"你们是说，做交易？"

亚瑟的脸抽搐了一下，希望塞西莉此举不会让他们落得被关笼子的下场。

"是的，"她说，"作为交换，我们要那个囚犯。"

塞西莉指向耶塞妮娅的时候，拉格纳轻轻地笑了一声。"是你们的朋友吧，这个人？"

"差不多。"塞西莉不动声色地说。她从背包里拿出铁浪头盔，让国王查验。

拉格纳·洛斯布鲁克用手指滑过金色头盔光滑的表面。"做工精良，但我已经有一件让我坚不可摧的传奇衬衫了。"他拽了一下穿在锁子甲里面的银色布料，"这是我妻子，拉葛莎缝制的。我为什么要放掉我的囚犯，来换一个我不需要的头盔？"

亚瑟不知道塞西莉怎样才能说服他。他心想，"要是我们知道更多关于拉格纳的传说就好了。"

塞西莉的注意力落在了国王巨大的斧头上。"传说，只有最让敌人闻风丧胆的战士才能让头盔发挥神力，"她故作夸张地说，"戴上它，你就能向你的军队证明，你是他们所有人中最强大的。"

拉格纳的目光中有几分心动。亚瑟知道塞西莉在干什么了——她在唤起国王的虚荣心。

"你干吗不试试头盔的力量呢？"她冒险提议道，"戴上它，去营地里走走。如果你对结果不满意，我们就离开。"

拉格纳大笑起来，他挺起他宽厚的胸膛。"小孩，如果我对结果不满意，我就把你们三个关起来。卫兵！"

一个尖利的东西戳了下亚瑟的肩胛骨，他转过身去，看到守卫拿着一支长矛正指着他的胸膛。他的后脖颈上冒出了冷汗。显然，交易已经在进行中了。

他们被带到外面的时候，任小声地说："也许耶塞妮娅就是这么变成囚犯的。如果头盔不能让拉格纳结束和海盗的战争，我们该怎么办？"

"我不知道。"亚瑟坦白地说。他警惕地瞥了一眼拉格纳的几个手下，"如果我们逃跑，就会被抓住。"

拉格纳走到帐篷外一片泥泞的空地上，把铁浪头盔胡乱地往头上一套。亚瑟在几米外屏住了呼吸。

营地里一片忙碌的景象，战士们在为开战做准备，只听得武器锵锵，盔甲铛铛，篝火噼啪。拉格纳慢悠悠地审视着这片场景。他的目光扫过守卫后，又转回看了一眼。

"埃纳尔，你是怎么回事？"他粗暴地问，"你怎么拿着一把犁，而不是斧头。还有，你脚边放的，是一篮子卷心菜吗？"

守卫的脸变成了麦子秆的颜色。"我……"

拉格纳欢乐地大笑了一声。"这头盔是用来逗乐的吧！海尔吉，你全身都是面粉，你还系着围裙？！"

国王的另一个守卫听到后，低头盯着自己的脚，耳朵尖发红。

"小姑娘，这种愚蠢的玩笑怎么能帮我打仗？"拉格纳质问道。

塞西莉紧张地走上前去。"头盔能让你看见人们对未来的期望，"她解释道，"它让你看见，如果他们不在这里战斗的话，会是什么样子。"

"不打仗？！"国王昂起头来，"埃纳尔，她在说什么？解释给我听！"

埃纳尔清了清嗓子。"我爸爸在老家打理着一个卷心菜农场，那里非常美。我一直渴望有一天能拥有自己的农场。"

"是吗？"拉格纳皱起了眉头，"你呢，海尔吉？你的梦想是当烘焙师？"

"面包是我的生命。"海尔吉坚定地回答。

拉格纳环视四周，变得更加慌乱。"难道你们没一个想成为伟大的战士吗？你们不想怀着赤诚之心和满腔热血奔向战场吗?"

　　咣当、哐啷声在营地里此起彼伏,拉格纳的战士们纷纷放下武器,说话、喊叫声也停止了。其中一个留着蓬松的灰色胡子、拿着长剑的女人拖着脚步走上前来,把剑插进了土里。"我一直想当珠宝工匠。"她坦白道。

　　"我想卖布。"另一个人说。

　　"我想去造船!"

　　"我想当渔夫!"

　　拉格纳的男兵、女兵们一个接一个地宣布他们更愿意去过的另一种生活。

　　塞西莉凝视着他们,她的眼睛里闪烁着希望的光芒。"他们梦想和平,陛下,这是您能给予他们的。"

　　"是啊,"拉格纳说,声音有些颤抖,"他们都善良又忠诚。他们值得拥有幸福。"他望着黑色的天空,"也许我们在这儿逗留得太久了。说实话,我都不记得一开始我们为什么要和海盗作战了。如果能回家看看我的家人,那该多好。"他重重地叹了一口气,对塞西莉点了点头,"你没撒谎,你的头盔确实能让戴上它的人洞察真相。"他对埃纳尔和海尔吉打了个手势,"我们要言而有信。把俘虏交给他们。"

　　营地里爆发出阵阵欢呼声。斧头被抛到了空中,战士们开始唱歌。亚瑟松了一口气。

　　守卫们回帐篷时,塞西莉说:"等等!别着急把她放出来。我们要先问她几个问题。"

"那海盗的问题怎么处理？"亚瑟好奇地问拉格纳。

"那些卑鄙下流之徒？"维京国王摘下铁浪头盔，捋了捋胡子，"我猜我只能和黑胡子讲和了。也许我能把你的头盔给他……"

也许这只是亚瑟的幻觉，但他看到，当国王迈着大步走向海盗营地时，他的脚步似乎更轻快了。

塞西莉扯了一下亚瑟的袖子。"走——我们得和耶塞妮娅谈谈。一旦拉格纳和黑胡子握手言和，探险任务就完成了，我们就会回到百慕大三角。"

他们急忙地跑回红色帐篷，看到耶塞妮娅正在试着挣脱绳索。"我敢说你们现在一定得意极了，"她说，"但别以为这就说明你们比我厉害——想都别想——你们只不过侥幸得手而已。"

塞西莉甜甜地笑了。"我觉得拉扎勒斯·斯隆会管这叫作'爆冷门'。"

尽管亚瑟很想细细品味反败为胜的喜悦，但他知道他们没时间了。"只要你答应我们的条件，我们就放了你：说出特攻队给你的设备在哪里。"

"我不知道，"耶塞妮娅说，"东西不在我这里。它没正常起作用。"

这没什么好奇怪的，亚瑟想。他想知道如果耶塞妮娅发现她的躲避石实际上是一台时间机器，她会做些什么。大概不会干什么好事。

"那你把它怎么样了？"任说着，踢了一下耶塞妮娅的笼子一角。

耶塞妮娅充满仇恨地瞪了她一眼。"我跟死锁投诉了。我正要把装置还回去，收取退款的时候，东西就从我房间里被偷了。"

"所以……现在它可能在任何地方。"亚瑟意识到。他逐字逐句地把耶塞妮娅的话梳理了一遍，一阵恐慌涌上心头，"你说你向死锁投诉。怎么投诉的？"

耶塞妮娅挪了挪她的屁股。"我把话写在一张纸上。3 个字。全部大写。然后放进一个爆米花盒子里，摆在克拉肯体育场的 645A 号座位上。这就是死锁沟通的方式。"

亚瑟还没来得及细想这些话，一阵锣声响起，震得帐篷都在抖。

帐篷窸窸窣窣地响，拉格纳的一个手下顶着大胡子，把嘴凑着帐篷说："营地中央的半空中出现了一双护手甲，就在烤猪旁边，"他不高兴地嘟囔道，"拉格纳说那是你们的。"

第十九章

短暂的休息

　　狗仔队在百慕大三角的包厢里推推搡搡。"小小屁孩，看这边！"一个人喊道，"你们为什么帮助耶塞妮娅·科尔特？你们做了什么交易吗？"

　　亚瑟几乎没听到他们在说些什么。他的胳膊无力地垂在身体两侧，融化的雪从他的保暖外套上滴下来，他的内心和外表一样狼狈不堪。"我们该怎么办？"他小声地说，"从耶塞妮娅的房间偷走时间密钥的人，现在可能在已知宇宙的任何一个地方。"

　　小云哀叫着扑倒在地上，表达出所有人的感受。

　　"下一张地图来了。"任说。一幅地图在一米外的空中出现，亚瑟伸出手，在它掉入脚下的泥潭之前抓住了它。

　　这是一块用铁锈红色墨水画在亚麻布上的地图。亚瑟把表面的几粒沙子拂去，看到上面画的是一片有很多岩石的沙漠，往西边有一道峡谷，往南是几座沙丘。地图顶端潦草地写着：

LEGENDARI◈M

幻境传奇

认真回应其呼唤，
就会发现隐藏的墙垣。

— 沉睡王之地 —

塞西莉从他身后凑过去看。"我想不出任何与沉睡的国王有关的传说。你们觉得这些标注是什么意思？"

地图边上有注释，还有箭头把它们和沙漠的各个区域连接起来：

登上了这些高山，但没发现 Z 的踪迹。

Z 会在这里吗？

商人说在这里看到了 Z。

"看起来写下这些字的人在寻找 Z。"亚瑟发现，下一个铁浪盔甲的部件——是什么且不管——没有被标记在地图上的任何地方。他想知道这个部件会不会在 Z 躲藏的地方。

"你们在这里！"一个声音从大厅对面传来。

亚瑟以为是"小小屁孩"的粉丝发现了他们，结果却是米洛·赫兹像耍杂技一样抬着三个纸包和一袋巨大无比的炸海藻脆片，正朝他们跑来，旁边是阿基米德端着一个杯架，杯架上放了三个印着"优美的圆周率"的咖啡杯，他一边小跑着，一边不让杯子里的东西泼出来。

"你们都没事，"米洛走到他们面前，眼里流露出欣慰的光芒，"你们有没有受伤？"

他们都摇了摇头。塞西莉举起了他们从维京人营地里得到的铁浪护手甲。"我们干成了一件事。"

阿基米德微笑地递给他们每人一个杯子。"这样的话，这就是你们的奖品。三楼咖啡机里的热巧克力——我的秘密配方。"

"另外，这些是给大脑补充能量的。"米洛一边说，一边把纸包分给他们，并撕开那包海藻脆片。

纸包又软又暖和，亚瑟把它打开。里面的东西，他猜想是 25 世纪的汉堡。这是一个松软的白色小圆面包，上面撒着钻石形状的灰色种子，夹着酥脆的绿色肉饼和闻起来像冷掉的中餐外卖的黏稠的棕色酱汁。亚瑟饿了，尝试着咬了一口——味道出奇得好。

"比赛的时候发生了什么？"米洛压低声音问道，"你们和耶塞妮娅·科尔特之间的关系看起来很紧张。"

任往左右看了看，确定没有狗仔队能听见她说话。她在那杯热巧克力上焐了焐手，又让热气蒸了蒸她的脸。"我们发现特攻队把时间密钥带给了耶塞妮娅·科尔特。"她一边说，一边深深地叹气，"她本来要把钥匙还给死锁的，但今早就被偷了。"

"被谁偷了？"阿基米德问道。

亚瑟正准备告诉阿基米德他们一点儿头绪都没有，他突然意识到事实并非如此。"我想这就是我们要弄清楚的问题。也许死锁为了不给耶塞妮娅退款，把它偷回去了。"

"我看不一定，"米洛摇了摇头说，"闯入酒店太冒险了，因为到处都是摄像头和宇宙游戏警察。让耶塞妮娅自己把设备还回去要安全得多。"

"我猜可能是某个特攻队员为私利偷的吧？"塞西莉大胆地猜测道，"不过……他们似乎都害怕死锁，而且他们都不知道什么是时间密钥。"

任用手指敲打着杯身。"只有一个人知道这个设备的存在，这个人就是制造它的工程师。"

"前提是这个设备不是死锁亲自制造的。"亚瑟指出。

"对，但就算有那么一个工程师，他为什么要把它偷回去呢？"塞西莉说，"如果他想要这个设备，他一开始就不会把它给死锁。"

米洛耸了耸肩，"也许当他意识到像死锁这样的人不应该拥有时间密钥的时候已经太晚了？"

亚瑟知道，米洛说的是他的亲身体验。发明时间密钥后，米洛才了解到它的危害性。也许新的时间密钥工程师也感同身受。亚瑟喝了一口热巧克力——焦糖味，带一丝香料味——然后认真地想了想。"我们下一步应该调查耶塞妮娅的非法闯入事件。希望偷东西的人手段不高明，给我们留下一些线索。"

"这是一个很好的计划，"米洛说着，打开了他的手环显示屏，"还有 23 个小时就要……嗯，你知道的。收到我的信息了吗？我把死锁的基地范围缩小到了《幻境传奇》里的一个地方。确切位置我还定不下来，但我还在努力。"

"我不知道这件事能不能帮得上忙，但耶塞妮娅把死锁的沟通方法告诉我们了。"亚瑟把细节转述给他。

米洛在手环上记了笔记。"是的，很有用。我会派一架无人机去监视体育场的那部分区域，搞不好能看到行踪诡异的人。谁知道呢，也许这些人能把我带到死锁的基地。"

亚瑟用眼角余光瞥见格里芬·拉姆齐从大厅的另一头望着他们。他一定刚从大胡子之地逃出来，因为他穿着一件厚厚的黑色滑雪夹克，右手拿着一副铁浪护手甲。亚瑟感觉如芒刺在背，就挪到其他人身边寻求安全感。格里芬肯定知道是亚瑟把他困在了失落之地，现在打算让亚瑟付出应有的代价……

"走吧，"任说着，喝光了杯里最后一点热巧克力，"我们该回酒店搜查犯罪现场去了。"

"我觉得不行，"米洛说。他的声音让亚瑟想起自己的父亲，"离午夜淘汰还有一个小时，你们三个必须去睡会儿觉，不然会崩溃的。我来深入调查一下入室盗窃的案子。你们明早 8 点在我房间外面等我，我会告诉你们我的发现。"

任张开嘴想要争论，但又放弃了。亚瑟能看到她眼里的疲倦。"遵命，教练。"

"你们都去睡觉的话，有什么事我能帮着做吗？"阿基米德一边问，一边把所有人的空杯子都收了起来。

阿基米德是仿生人，他不需要睡觉。亚瑟把沉睡王之地的探险地图给了他。"如果这样做符合比赛规则的话，也许你可以帮我们弄清谁是 Z？"他提议道，"在明天中午开始的比赛里，要想不被淘汰，我们必须把这个问题弄清楚。"

第二十章

入室侦察

亚瑟醒来时，感觉有一条光滑湿润的舌头在舔他的脸。他睁开一只眼睛，看见小云对着他的脸喘气。这条狗呼出来的气闻着像汽车尾气，但亚瑟觉得既然它是仿生狗，这种情况很正常。

有那么一瞬间的幸福，他忘记了自己的处境——四柱床、松绿色的地毯、方格花纹的窗帘……

然后看见墙纸上是一个背部隆起、在水里蜿蜒游动的怪兽时，他打了个寒战，他全都记起来了：

他来到了470多年后的未来，进入了一款实景冒险游戏，这里是一家尼斯湖水怪主题酒店。

他用胳膊肘撑着半坐起来，看到手环显示屏还开着。他之前一直在看关于耶塞妮娅·科尔特的房间被闯入的新闻，然后不知不觉地睡着了。

门外传来脚步声，然后有人敲门。"亚瑟？你醒了吗？"

是塞西莉。她的声音听起来很疲惫。

"醒了。你还好吗？"

她叹了一口气。"我睡不着。"

"好吧，等我一分钟。"他下了床，双腿落地后差点儿没站稳。雪地徒步和昨天爬了那么久楼梯之后，他的腿酸痛得几乎迈不开步子。他从衣柜里拿出免费使用的尼斯湖酒店长袍，穿好后走进了套房的客厅。

塞西莉在壁炉前踱来踱去。任睡眼惺忪地坐在扶手椅上看着她。壁炉上方的全息屏幕正在静音播放《拉扎勒斯秀》。时钟显示现在是早上 7 点 06 分。

"耶塞妮娅进入比赛的下一阶段了，"任说，"野蛮出击被淘汰了，所以现在只剩下格里芬、耶塞妮娅和我们了。"

"你该不会看了一晚上电视吧？"亚瑟问道。他突然感到很内疚，居然只有自己没心没肺地睡了一觉。

任打了个哈欠。"没，争霸赛的新闻每小时重复一次，我看的是 1 个小时前的。"她用下巴指了指房间一角的客房服务推车，"我们点了早餐。骷髅果松饼味道还行，海洋莓果酱就算了，味道太恶心了。"

亚瑟不是很饿，但考虑到接下来的 13 个小时里不知还会发生什么，他决定吃点东西。他掀开推车上的银色罩子，下面是撒了粉红色糖霜的松饼，弓箭形状的糕饼和冒着热气的粥，里面是一些深色的亮晶晶的东西。他猜那就是海洋莓果酱。

"我们怎么找到进入耶塞妮娅房间的小偷？你们有没有什么想法？"塞西莉咬着指甲问道。

亚瑟拿了一块粉红色的松饼，坐在沙发上吃起来。松饼的顶部画着一个骷髅头，他想，这应该就是任说的骷髅果。"我昨晚又看了一遍新闻。耶塞妮娅的房间是昨天上午 10 点被闯入的，所以小偷一定是在那之前到达的。也许前台会看见有什么人在酒店里鬼鬼祟祟？"

"或者其他客人，"任说。她站起来，研究了一下房门旁的《消防安全和紧急疏散指南》，"从这上面看，走廊唯一的出入口就是主楼梯。也就是说，小偷要么是从大堂上来的，要么是从楼顶下去的。"

亚瑟不知道酒店的楼顶是什么样的。也许楼顶和旁边的建筑相连，成了小偷的一条逃跑路线。"我们和米洛碰头后，就去把大堂里的人都问一遍，然后再去楼上看看。一定有人看见过什么。"

"我们也应该问问小缎带，"塞西莉建议道，"也许宇宙游戏警察的侦破已经有了进展。"

他们洗完澡，穿好衣服，亚瑟把铁浪护手甲塞进背包，他们就出门了。小缎带的房间是教练层的 167 号，在米洛的房间前面，所以他们决定先去找她。

亚瑟敲了敲门。"小缎带，我是亚瑟，还有任和塞西莉。

我们想和你聊聊……"

他一敲门，门就自己开了。亚瑟对着其他人皱了皱眉头，然后从门边探进头去。"小缎带？你没事吧？"

没人回应。于是他们小心翼翼地走了进去。

小缎带不在。她的床只随便铺了一下，衣柜门开着，浴室的镜子还雾蒙蒙的。"她可能刚走，"亚瑟意识到，"也许她忙着去处理宇宙游戏警察那边的事了。"

"但她没把门关好，感觉很奇怪，"塞西莉分析道，"尤其在酒店刚发生了一起入室盗窃案以后。"

任翻看了小缎带桌子上的文件夹，上面印着宇宙游戏警察的标志。"我觉得她肯定没事。要是她出了事，游戏警察局肯定会知道的。我们应不应该找找关于入室盗窃的信息？也许这儿有小缎带不能告诉我们的宇宙游戏警察的机密。"

亚瑟往门口瞥了一眼。他又一次觉得乱翻别人的私人物品是不对的，但他们的黏液末日即将到来，他认为小缎带能理解这样的困境。"好吧，但我们必须把门关好。动作要快。要是被人抓住，我们就有麻烦了。"

任负责查看书桌上的文件，塞西莉去搜查浴室和衣柜。翻看废纸篓的重任就落在了亚瑟的肩上。他皱着眉头从废纸篓里倒出来几个空的新星能量饮料罐和一个棕色的苹果核。

里面还有几张写着字的纸片，但看起来一定是从一张更大的纸上撕下来的，因为这些字单独来看并无意义：

没 / 完成 / 耐心 / 要 / 勿 / 质疑

"文件夹里有没有和盗窃案件有关的东西？"他问任。

"没，只有小缎带给宇宙游戏警察做的一些设计。她真是天才，这些设计很复杂。我猜是用来阻止作弊的装置。"

亚瑟想起督察长多夫顿曾评价小缎带的天分"没得说"，也许这就是原因。

塞西莉坐在床尾，晃荡着腿。"要不我们走吧？我们什么都没找到，待会儿还要见米洛。"

但就在这时，她的脚跟碰到了床下一个硬硬的东西。她"哎哟"了一声，蹲下去看那是什么，然后就从床底拽出来一个小小的黑色公文包。她试了试前面的插扣锁，锁居然"啪"的一声打开了，让亚瑟觉得很意外。

在她把公文包打开前，他完全想不到里面装的会是什么，也绝没料到这东西竟是红白条纹，可以折叠成型的爆米花盒。"小缎带为什么要把这些盒子藏起来？"塞西莉喃喃地说着，飞快地翻了一下这叠纸盒。

亚瑟看到箱子侧面的章鱼怪标志，这才恍然大悟。"那是他们在体育场用的爆米花盒子，"他意识到。他想起耶塞妮娅说的与死锁沟通的方法，"三个字。全部大写。然后放进一个爆米花盒子里……"

"我觉得……"他惊讶得快说不出话来了，"我觉得小缎带一直在和死锁通话。"

任手里的文件夹掉了下去。"不是吧。"

亚瑟一把抓起废纸篓，把里面有字的碎纸片全拣了出来。它们可能是发给死锁的草稿碎片，也可能是死锁发过来的信息。他把纸片铺在地上，就像拼图一样按边缘拼在一起：

　　　勿质疑 / 要完成 / 没耐心

他一边读，一边试着弄明白小缎带和死锁在说什么。"我觉得这可能是死锁发来的。看起来好像他们对小缎带不满意……他们让她'完成'，但是'完成'什么？"

塞西莉皱起了眉头。"小缎带遇到麻烦了吗？也许这就是她急着离开这里的原因吧？"她的眼珠滴溜溜地转了一圈，"你们说会不会……小缎带就是时间密钥的工程师？"

"她肯定有这个能力，"任说着，用指尖敲了敲小缎带书桌上的文件，"她进入耶塞妮娅的房间也很容易——手段和动机都有了。"

塞西莉把爆米花盒子收回公文包里，"啪"的一声关上了。"走吧，我们得告诉米洛。"

他们走的时候让小缎带的门开着，然后跑去米洛的房间。一个留胡子、身穿浅棕色灯芯绒裤子和酒红色针织上衣的男人站在外面看自己的手环显示屏。

他们走近后，亚瑟说："阿基米德？"

这位学者抬起头来，他脸色发红。"你们有米洛的消息吗？你们看到他了吗？"

"我们约了在这里和他见面……"塞西莉不解地说。

"那么，果然和我担心的一样。"阿基米德的两道浓眉拧成了一个结。"昨晚，米洛派了一架无人机去监视体育场的那个座位。机器莫名其妙地没电了，他就去现场调查。"这位学者打开手环屏幕，按了一下，"他在体育场给我打过电话。看。"

阿基米德划了一下手指，就把屏幕转了过去。上面显示米洛坐在体育场看台上，场内很黑，只有几盏灯照亮了椅子和出口。米洛旁边的座位上放着一架带反光镜的小无人机，和那些在探索之地拍摄亚瑟他们的那种无人机很像。

"拍下这段视频的人有人体模控武器，"米洛说，"阿基米德，你知道这意味着什么——"

就在这时，无人机晃了一下，接着掉到了地上。随着看台上传来沉重的脚步声，米洛发出一声闷叫。一双带扣的黑色靴子出现在画面的一角，然后画面就变黑了。

塞西莉倒抽了一口凉气。"那是特攻队的靴子！他们对米洛做了什么？"

阿基米德摇了摇头。"我不知道，但我去体育场找过，他不在那里，也没有无人机的踪迹。"

"死锁是一个心狠手辣的人，"任焦急地说，"如果他们发现米洛在找他们的基地，米洛可能会有生命危险。"

亚瑟感到非常难过。米洛是他们的朋友，也是唯一能帮他们回家的人，还是唯一一个能阻止死锁的人。"我们一定要弄清楚特攻队把他带到什么地方去了。没有米洛来阻止死锁使用时间密钥，整个宇宙都会有麻烦。"

塞西莉在走廊里回头朝小缎带的房间看了一眼。"我们还得找到小缎带。如果她在为死锁工作，她可能知道米洛被关在哪里。"

"小缎带？"阿基米德一脸困惑。

"我们怀疑她就是时间密钥的工程师。"亚瑟说。

"什么？"阿基米德挠了挠他的胡子，"我刚刚还在图书馆见过她。她在执行宇宙游戏警察的公事，正要去沉睡王之地。"

亚瑟看了看表——还剩不到 12 个小时，时间还在不断地减少。"我们得跟着她。阿基米德，你能继续找米洛吗？在体育场附近问问——我知道现在去已经晚了，但特攻队离开的时候，也许有人看见。"

学者点了点头，把手伸进口袋，拿出昨天他们给他的那张破旧的亚麻布地图。"你们需要这个。我想 Z 指的是扎祖拉，尼罗河西边某地的一个失落的绿洲。15 世纪的一个赶骆驼的人把这个神秘的地方报告给了班加西国王，传说就从那时流传了下来。"

　　"还有别的什么我们应该知道的吗？"亚瑟问。

　　"是的，"阿基米德说，"显然，那是一个由巨人看守的地方。"

第二十一章

沉睡王之地

这里感觉比在烤箱里还热。亚瑟把印着 YP 的棒球帽往下拉了拉，挡住炙热的阳光时，他感到汗水在顺着 T 恤往下滴。

他在《幻境逃生》里见过沙漠，但沉睡王之地的沙漠却不一样。在这片平坦的沙地上，没有圆滑、起伏的沙丘，而是遍布在地平线的岩石和像尖刺一样的草。在远处，闪着微光的薄雾中有几座平顶山，就像大树被锯掉后留下的树干。

似乎他们来到了一个荒无人烟的地方，直到一架无人机从空中落下，观察着他们的举动。

小云在泥沙里打滚，任把她的马尾辫盘了起来。"我们必须尽快找到小缎带，"她说着，用橡皮筋把发髻绑紧，"不仅是为了米洛，也因为我们出汗量很大，很快就会需要喝水。而我们只有三瓶水。"

"你们觉得小缎带会在哪里？"亚瑟问，"我们以前从没在探险之地见过宇宙游戏警察。"

"她的工作是阻止玩家作弊，所以她很有可能驻扎在探险地的重要区域——比如铁浪盔甲出现的地方，"塞西莉一边说，一边把背包解下来，扔在地上。她从侧袋里取出任务地图，"认真回应其呼唤，就会发现隐藏的墙垣。你们觉得'隐藏的墙垣'指的会不会是阿基米德说的'失落的绿洲——扎祖拉'？"

亚瑟专注地看着地图边上那些手写的注释。它们可能出自一个寻找扎祖拉的探险家之手。"铁浪盔甲大概就在绿洲的某个地方。这就解释了为什么它没有被标记在地图上。"他不知道其余的线索是什么意思——"认真回应其呼唤"——他们只能在路上弄明白了。

"那么，我们的任务就是——找到扎祖拉，也许就能找到小缎带。"任从背包里翻找出一副望远镜，她刚把望远镜举到眼前，一时间风谲云诡，随着"咔嗒"一声巨响，一根光柱显现在几米之外。亚瑟跳了起来，只见一个身穿黑衣的庞大身形从光柱中走出，手上戴着一副金色护手甲。

"格里芬！"此刻，亚瑟真希望能找个地方躲起来。

这位运动游戏冠军愤怒地瞪了亚瑟一眼，但什么也没说。他轻装上阵，除了标志性的护身甲和短棍，只在腰带上挂了一根绳子和钩锚。他扶了扶墨镜，观察了一下地形，转向南方，顿了顿，又看了看探险地图，就开始往西朝着平顶山飞速地跑去。

看着他离开后，塞西莉叹了一口气。"我最好戴上我们的铁浪护手甲。格里芬都已经戴上了。"她把手伸进包里，把它们拿了出来。他们决定不带上铁浪头盔和靴子，因为他们发现每个盔甲组件都只为下一个任务服务。

"格里芬看起来好像知道要去哪里，"亚瑟说，塞西莉把护手甲套上。就像铁浪盔甲的其他部件一样，护手甲变成了适合她的尺寸。"我们该不该跟着他？他的任务大概也和扎祖拉有关。"

"也许吧，但如果他发现我们跟着，就只会把我们引入陷阱。"塞西莉一边说，一边赞叹铁浪护手甲的手指做工竟然如此精细，"你们一定发现了，他一直在密切关注我们，就好像在搞什么复仇计划。"

亚瑟想起了他们在格里芬房间发现的《"小屁孩们"去哪了？》，还有他们第一次探险归来的时候他愤怒地瞪着他们的样子。亚瑟不知道"孤狼"心里在打什么算盘，但有一件事是肯定的：他们不能相信他。

任面朝南方，举起望远镜。"我不知道那边是什么东西吸引了格里芬的注意——"忽然，她开始发抖。

"怎么了？"亚瑟问。

"沙——沙……"

"是的，我们能看见沙子。"

"不，是沙尘暴！往这边来了！"

亚瑟抓起望远镜。难怪格里芬以那么快的速度跑开了。一团有章鱼怪体育馆那么大的黄云在地平线上翻滚而来。由于距离太远，很难判断它移动的速度，但它的体积绝对在越变越大。"我们得跑——快！"

亚瑟一跑，脚下的沙子就塌陷了，让他很难保持平衡。小云小跑着跟在旁边，惊恐地把耳朵都放平了。

"把这些戴上，"塞西莉喊着，把亚瑟在大胡子之地戴过的有色护目镜扔给了他，"如果沙尘暴来了，能保护你的眼睛。"

亚瑟在空中接住护目镜后，立刻往头上套。塞西莉说"如果"也太乐观了。他已经感觉到身边的风速越来越快。"我们得找掩护，"他告诉她。他把周围的环境扫视了一圈。格里芬已经不见了，也没有耶塞妮娅的踪影，但一块露头岩石下面有一小群棕白相间的山羊。在另一个方向，一个人影拿着一根长棍子，正在把几头离群的山羊赶拢过来，"那边怎么样，岩石下面？"

他们改变方向，急忙地往安全地带跑去。亚瑟想把膝盖抬高，加快速度，但风暴跑得更快。大风狂啸，沙子打在胳膊和腿上，把他打得生疼。

任从背包里拿出一根绳子。"登山者会用绳子把几个人连起来，在能见度低的时候就不会走散了。"她解释道。她把绳子的中段系在自己腰上，然后艰难地把一头系在塞西莉和小云身上。与此同时，天色暗了下来，空气也变成褐色，空中全是泥沙。

风像野兽一样吼叫着，抽打着他们的身体。沙子打在亚瑟身上，给他每一寸裸露的皮肤都去了一层老皮，让他的皮肤光滑得像婴儿一样。他把 T 恤拉起来罩在嘴上，把肺里的灰尘咳出来。他只能看到前方一臂远的距离，他突然想知道这时无人机怎么拍摄。

"任？塞西莉？"他试着把护目镜擦干净，但几秒钟后又脏了。他心中充满了恐惧。没有任的绳子来引导他，他不知道其他人在哪里，也没有希望能找到他们。

然后……

"亚瑟！"

是任。他感觉到她的手在拍他的背，摸索着他在哪里。

她慢慢地把绳子绕在他腰上，还牢牢地打了个结。

"岩石在这边，"她一边喊，一边拽绳子，"我们快到了，来呀！"

亚瑟开始跟着绳子走，这时他听见了羊叫的声音。

"咩咩……"

这一定是他刚才看见的山羊中的一头，它听起来很痛苦。他想起特雷兹·迪富尔对他们说过，《幻境传奇》里所有动物都是真的。"等等！"他大叫，"我们得去另一个方向！"

"咩咩！"山羊的叫声又传了过来，这次听起来更痛苦。

"为什么？"任大喊。

"相信我！"亚瑟不等她回应，就拖着任和塞西莉往羊叫的方向走。他不想把朋友的生命置于危险的境地，但他不能在恶劣的天气里撇下那些无辜的动物——那样太残忍了。他知道，等她们听见山羊的叫声，她们就能明白了。

"咩！咩！"山羊的声音比刚才更大，也更绝望。亚瑟在昏天黑地中艰难地行走，直到一个阴影出现在他面前：一个渐渐被沙子掩埋的石堆。一头长着琥珀色眼睛、卷曲的白胡子的小山羊在石堆旁颤抖着。

"咩……"它虚弱地哭喊道。

亚瑟走近后才看见山羊的蹄子被卡在了三块岩石中间的缝隙里。"怪不得你叫得那么伤心，"他用抚慰的语气说道，"别担心，我来把你救出去。"

亚瑟研究了一下那几块岩石，想确定挪开哪块才能把山羊放出去。他认为关键在于最大的那块，但石头太重了，他一个人搬不动。

"亚瑟，怎么回事？"任一边说，一边从他身后的黄沙风暴里走出来，塞西莉和小云紧跟在她后面。他们从头到脚都是沙子，就像奇怪的砾石怪物。

"它的蹄子卡住了，"他指着山羊解释道。任和塞西莉满脸是泥沙，看不出表情，但亚瑟感觉她们能理解，"你能帮我把这个抬起来吗？"

　　任张开双臂环抱住巨石，亚瑟抓住另一头，两人一起发力。石头纹丝不动。亚瑟咬了咬牙。"塞西莉，我们也需要你。"

　　他移开，给她让出位置。她戴着铁浪护手甲抱住石头，所有人一起用力抬。

　　这次立刻不一样了。石头抖动了一下，便被举了起来，而亚瑟都没用多大的力气。它突然变得只有一团纸那么轻了！他不明白发生了什么，直到他发现塞西莉的铁浪护手甲在闪闪发亮……

　　"哇！"她喊道。她戴着护目镜盯着自己的手，"我猜这双铁浪护手甲给了我超级力量！"

　　亚瑟和任松开手，让塞西莉把石头移开。山羊的蹄子自由了，它咩咩地叫着，一瘸一拐地离开了岩石堆。

　　然后，一件不可思议的事发生了。

　　狂风止住了，一粒粒沙子悬停在半空中，就像有人按下了沙尘暴暂停键。随着一声悠长、嘶哑的啸声，沙子像一场金雨般落到地上。

　　亚瑟吓得站不稳，又推了推护目镜。

　　在他们面前矗立着一道白得耀眼的城墙。棕榈树从墙里伸出来，一群色彩鲜艳的鸟儿在树枝间飞来飞去。

　　这只有一种可能——他们找到了失落的绿洲，扎祖拉。

第二十二章

直面特攻队

在远处的扎祖拉城墙下，一个身穿宽松棉质束腰短袍、脚蹬凉鞋和头戴白头巾的男人，正在轻抚一头琥珀色眼睛的山羊的后脖颈。那头山羊看起来很眼熟。

那男人有着夺目的棕色皮肤，脸上刻着饱经风霜的皱纹。他的另一只手拿着一根长长的竹竿。"朋友们，这边！"他一见他们就喊道，"来，来喝水！我得谢谢你们救了我最爱的山羊！"

亚瑟伸手扶着塞西莉的肩膀才站稳。沙尘暴来得猛烈，他几乎不敢相信它已经结束了。"认真回应其呼唤，"他一边说，一边把嘴里的泥沙咳出来，"这句话说的一定是那头山羊。我们回应了它求救的呼唤——所以扎祖拉的城墙才出现了。"

另外几头山羊在旁边一块草地上吃草，亚瑟猜那个穿凉鞋的陌生人是牧羊人。那人身旁的墙上伸出来一个水龙头，水从里面流出来，在沙漠的阳光下显得晶莹透亮。亚瑟的嘴里干燥得就像砂纸，他立刻接受了去喝水的邀请。

他们三人轮流大口喝水。水冰凉清澈，沁人心脾，就好像刚流出来的山泉水一样。他们喝足后，又把脸上和手上的沙子洗掉。亚瑟能肯定，如果他们回得了家，之后的几个星期里，他的耳朵和鼻孔里都还会有沙粒。整顿完毕，小云喝了几口水来冷却它的内部电路，任用流水把它的毛尽量冲洗干净。

"你该不会碰巧是个商人吧？"塞西莉一边问牧羊人，一边拍掉连体裤上的沙子。

"除非你们想买羊奶。"这人热情地说。他安详的笑脸和平静的语气让亚瑟立刻放松了下来。

他有一群羊，所以肯定不是探险家，也就是说，他是仿生人。

"你是传说里的人物吗？"亚瑟问道。他们救了牧羊人的羊，从而发现了扎祖拉，其中一定有某种联系。

牧羊人不好意思地耸了耸肩。"有些人是这么认为的。我的名字叫卡尔迪。"

"卡尔迪？"塞西莉皱起了眉头，"我发誓，我以前听过这个名字。"

亚瑟伸出手来。"我叫亚瑟。她们是任、塞西莉和小云。很高兴认识你。"

卡尔迪和亚瑟握手时，小云试探着闻了闻卡尔迪的一只凉鞋。

"你好呀，"卡尔迪说着，俯身下去挠了挠小云的下巴，"你真是个好奇的小家伙，是不是？"

亡命徒之地的经历告诉亚瑟，不是所有传奇人物都是好人，但他觉得卡尔迪不是那种需要提防的人。"卡尔迪，也许你能帮帮我们。我们在找一个名叫小缎带·雷克斯的宇宙游戏警察。她比任高一些，梳着黑色的大背头。"

"小缎带·雷克斯……"卡尔迪挠了挠下巴上的胡楂，"我不知道这个名字。但我想我见过一个符合这些特征的警察。她在扎祖拉的西北角，就在沉睡王的旁边。"

沉睡王……亚瑟踮起脚尖，越过绿洲的城墙往里面看，想知道这座城是什么样子。在荒凉的沙漠里，这座城的存在就像一个梦。

"需要的话，我可以带你们过去，"卡尔迪提议道，"我的山羊喜欢走绿洲，那里总能找到好东西让它们边走边吃。"

"谢谢你，那就太好了，"亚瑟说，"不过，呃，我们有点赶时间。"

卡尔迪把竹竿往前一挥，就走了起来。"那就快走吧。"

小云在它新结交的山羊朋友身边快乐地小跑着，卡尔迪带领一行人沿着扎祖拉的城墙朝几扇大铁门走去。铁门两侧各有一个高大无比、身穿厚重盔甲的砂岩战士。亚瑟仰头看他们的时候，才想起来阿基米德说过，这座城是由巨人看守的。

"别放松警惕。"他小声地对任和塞西莉说，担心这些雕像会活过来。但当他们从巨人之间走过时，它们都一动不动。亚瑟心想，"格里芬和耶塞妮娅走过这里时，情况会不会不一样……"

进了大门，亚瑟看到的扎祖拉确如想象中宁静。街两旁是整洁的白色人行道，喷泉哗哗地喷涌着，落下的水花晶莹剔透；空气清新芬芳，鸟儿在唧唧啾啾地歌唱。所有墙上都有五颜六色的几何图形壁画，每一栋建筑都有马赛克拼花台阶，上面摆满了花。衣着和卡尔迪差不多的仿生人提着装满水果或刚洗干净、叠好的衣服走来走去。这儿看起来更像一个五星级豪华度假胜地，而不是一个传说中失落的绿洲。

塞西莉从背包里拿出探险地图，把上面的沙子抖干净。"看——现在扎祖拉出现在地图上了，所以，铁浪战袍也出现了。"

果然，在地图上，山谷西边现在能看到一片白墙的绿洲，里面画了一件金色短袍。

卡尔迪带着他们转了一个弯，浓香的咖啡味便扑鼻而来。这让亚瑟想起了工作日的早晨，爸爸一边喝着浓缩咖啡，一边给亚瑟装饭盒的样子。

他望着街道，发现到处都是各种各样的咖啡店。有的店有带遮阳篷的阳台，咖啡师正在从金色的长嘴壶里往外倒黑咖啡，有的在室内吧台摆上了泡沫丰富的卡布奇诺。所有的店面都挂有印着不同国旗的小彩旗，大概是为了让你知道店里卖的是哪国的咖啡。很多国旗亚瑟都没见过，但他认出了印度、肯尼亚和哥伦比亚。仿佛已知宇宙里最好的咖啡馆都在这里了，阿基米德肯定会喜欢。

"我还以为在我家附近的商业街有星巴克、尼路咖啡和咖世家就很了不起了。"任感叹道。这时卡尔迪正忙着把他的一头山羊从一排庭院植物边哄走。

"真奇怪……我从没听说过这几个公司。"卡尔迪摇了摇头，"这些场所是因为我才存在的，这是我的传说。"

塞西莉的眼睛瞪得圆圆的。"这下我想起来在哪里听到过卡尔迪这个名字了——这是我爸爸、妈妈用的咖啡豆的品牌！你的传说是不是和咖啡有关？咖啡是不是你发明的？"

牧羊人盯着自己的凉鞋。"我不会说是我发明的，应该说是我发现的。我注意到当我的山羊咀嚼某一种植物的浆果后，它们就开始活蹦乱跳，变得精力旺盛。我想，这些浆果可能有些特别，我就把它们带到本地的修士那里。"他的表情变严肃了，"修士说那些浆果很危险，就把它们扔进了火里……"

他们都停下来让一个服务员走过，这个服务员抬着一个放满咖啡杯的大托盘。

"然后呢？"塞西莉问道。

"火烤着浆果，"卡尔迪回忆道，"修道院里就充满了这种美妙的香味。我和修士用耙子把烤过的浆果从炉灰里刨出来，磨碎，加上热水。"他淡然地耸了耸肩，补充道，"那是我喝的第一杯咖啡，大约在公元 850 年。”

“太神奇了。”亚瑟说。他回头看了一眼街上那些国旗，“不知道这个宇宙中有多少人因为你而开始种植咖啡。”

卡尔迪看起来很忧郁。“是的，一个小小的行为可以导致如此巨大的影响，想想还真奇怪。”

“看，”任说着，用胳膊肘推了塞西莉一下，“小事情也能有大影响。你永远不知道你为对抗气候变化所做的一切对别人会有怎样的影响。比如，那些洗手间里的化妆品回收箱就能鼓励其他学生回家后对各种物品积极地回收再利用。真的，你应该把你做的一切乘以 20，才能理解其中蕴含了多大的力量。”

塞西莉笑了笑，低头看着铁浪护手甲。“是啊……我想我确实有超能力，只是效果不像超级力量那么直观。”

这时，他们身后响起了汽车喇叭声。卡尔迪的山羊“咩咩”叫着跳到了一边，一辆敞篷的四驱车疾驰而过，轮胎扬起了阵阵灰尘。亚瑟看到车身上印着头骨和交叉的扳手。“特攻队！”他惊呼道，“他们在这里做什么？”

“也许他们发现小缎带偷了耶塞妮娅的时间密钥，他们要把它拿回去？”任脱口而出。

亚瑟紧张起来。他们不能让这种事发生。“谢谢你的帮助，卡尔迪，”他着急地说，“但我们得走了。”

探险队和牧羊人匆匆地挥手道别，就开始跟踪特攻队。尽管他们的速度比四驱车慢，但要跟着他们并不难。车所到之处，成群的绿色长尾小鹦鹉就会被惊飞到空中，只要看着鹦鹉找过去就行了。

很快，他们就追上了那辆四驱车。车停在几栋建筑后面一个僻静的庭院里。这里四周围着棕榈树和盆栽灌木，中心是一座宏伟的石雕坟墓。亚瑟以前在古老的教堂里见过这种坟墓。墓顶是两个戴王冠的人的雕像，他们躺着，双手合十放在胸前做祈祷状。

沉睡之王。

"这里就是卡尔迪说的，他见到小缎带的地方！"任小声地说。这时，他们一起冲到他们能找到的最大的灌木丛后面，看着三个特攻队员从四驱车上下来。亚瑟看清来人后，心里一沉：沃鲁、蒂德和鲁尔坦。蒂德脸上带着阴险的笑容，鲁尔坦在摆弄他手臂上的模控机械，而沃鲁呢，还是高大魁梧、肌肉发达的样子。他笨拙地跟在两人后面，肩上的火炮发出"咔嗒、咔嗒"的声音。

一个穿宇宙游戏警察制服的矮小身影突然从沉睡王的墓旁跳了出来。

"看——她在那儿！"亚瑟低声说。他注意到她在四处张望，好像在找出路，"她找不到逃跑的路了。我们必须帮助她，否则时间密钥就会落在特攻队手里。"他不知道他们要怎么解救她。如果他们都冲进广场，沃鲁大概就会在全息电视直播上用肩炮把他们全消灭。

小云摇摆着尾巴，做出要冲锋的样子。

"不，孩子，"塞西莉说着，抓住小云的项圈，"我有超级力量，记得吗？我用护手甲把特攻队引开，你们三个去帮小缎带。"

她没有给亚瑟和任争论的机会，因为他们还没开口，她就站了起来。

"你们三个，看这边！"塞西莉吼着，摆动双手朝着特攻队员冲去。她脸上流露出坚毅的表情，亚瑟为自己是她的朋友而感到自豪。

鲁尔坦惊讶地瞪着她。"这是什么——"他对着蒂德和沃鲁喊，"别傻站着！把她干掉！"

蒂德的背包底部喷出火焰，她嗖地一下飞上天空。沃鲁的肩炮嗡嗡作响，开始变红，就好像在预热。尽管有超级力量，亚瑟也不知道塞西莉能和他们对战多久而不被杀死。

小缎带还站在坟墓旁。特攻队员被引开后，亚瑟有了救她的机会。他把小云抱在怀里，对任说："现在，走！"

他们从灌木丛后冲出来，朝着沉睡之王飞跑过去。这时，鲁尔坦还在弄他的机械手臂。

"小缎带！"亚瑟一边喊，一边招手。

"亚瑟！任！"小缎带提心吊胆地朝特攻队员那边看了一

眼，然后才向他们跑去。

"我们来帮你了，"亚瑟一边着急地说，一边在她面前急刹车。他不知道自己能透露多少，只知道要引起她的注意，"特攻队员是来抢时间密钥的。你必须去安全的地方。"

小缎带的脸变得灰白。"时间密钥？"

"我们就是那样叫它的。"任解释道。庭院里响起炮声，把她吓得低头弯腰。

在炮弹的震撼下，亚瑟的肋骨都在颤抖。他看了看塞西莉，沃鲁用肩炮发射火球时，她躲在了特攻队的四驱车旁。挡风玻璃被震碎了，两个车轮爆炸了，一个火球熔化引擎盖后掉进去，熔化的金属液就从引擎盖里喷了出来。

沃鲁暂停射击，给肩炮上炮弹的时候，塞西莉抓住机会反击。她用护手甲猛击地面，把铺路的石板震成了碎块，再把碎石块捡起来，一块接一块地朝沃鲁和蒂德砸去。

亚瑟在运动日见过塞西莉参加女子七项全能比赛[①]。她第二拿手的项目是铅球，此刻正表现得淋漓尽致。

在空中的蒂德一会儿往左，一会儿往右，忙着躲避石块。沃鲁太笨重，完全躲不开。一块石块砸中他的小腿，疼得他哀号了一声。

---

① 女子七项全能比赛包括跳高、跳远、铅球、标枪、100 米跨栏、200 米赛跑和 800 米赛跑。

　　小缎带的目光紧张地跟随着这场混战，脸色发红。"我……"她手忙脚乱地把手环显示屏打开，输入几条命令，"我已经向宇宙游戏警察发出警报，增援马上就到。"

　　"我们要找掩护。"亚瑟把庭院扫视了一圈，指着一个镶嵌着马赛克的大花坛，"那边！"

　　他们跑过去，身后亮起一道强光——鲁尔坦打开了光传送门。

　　"该走了，"鲁尔坦吼道，"宇宙游戏警察来了！"

　　蒂德的喷气背包底部喷着烟雾，降落在地面上，然后跟着沃鲁往光传送门跑去。亚瑟在花坛后面来了个急刹车，脚踝差点儿被扭到。他的心在狂跳。他看到塞西莉躲在四驱车后面，放下心来。但还有一个人影在院子入口观察着这一切。亚瑟从人影的脑袋和肩膀的轮廓看出，那人是格里芬·拉姆齐。

　　"一群毛孩子，你们根本不知道自己惹了谁！"蒂德走近传送门时狂笑道。

　　任对着亚瑟的耳朵说："哼，她叫谁毛孩子？她最多比我们大两岁。"

　　蒂德和沃鲁进入光柱，消散不见后，鲁尔坦抬起下巴。"给你个建议，"他对着他们的方向喊，"死锁没耐心了。如果你还想再见到米洛·赫兹，趁早把你偷走的设备还回来，小缎带，别等到无法挽回。"

第二十三章

时间密钥再现

特攻队的光传送门消失后，亚瑟、任和小缎带跌跌撞撞地从马赛克花坛后走了出来。庭院里到处都是烧焦的痕迹和冒着烟的弹坑，空气中翻腾着砖石灰尘。

"他们要杀了他，"任急得有些喘不过气来，"他们要把米洛杀了！"

亚瑟感到身体里的血都变冷了。鲁尔坦的威胁在他脑海中回放：如果你还想再见到米洛·赫兹……在他的想象中，他们的朋友被捆着关在某个地方，既害怕，又孤单。他们不能让他死。

塞西莉瘸着腿从废墟里走了过来。她的下巴被擦伤，连体服左膝盖的部位被撕开，大腿上有一道血淋淋的伤口。亚瑟急忙过来，用右臂架着她，减少她伤腿上的承重。"你怎么受伤的？"

她疼得咧嘴。"我不知道，发生得太快了。"

亚瑟想知道摄像机拍下来多少镜头，以及拉扎勒斯·斯隆会不会向观众解释这一切。

"你太厉害了，"任说，"你没有给蒂德和沃鲁攻击我们的机会。"

"都是护手甲的功劳。"塞西莉不以为然地说。

小缀带看着塞西莉的伤口。"来，我给你处理一下……"她从挎包里拿出一个银色的小工具，对准塞西莉的腿。

塞西莉担心地看着。这个工具的一头有一个十字标记，另一头发出蓝光。

"这只是一个细胞再生器，"小缀带解释道，"也许你们在纳瓦古尔的外星环不用这个，但在这里，已经是基本操作了。我只要扫描一下伤口，按下'修复'就行了。"

细胞再生器一定相当于 25 世纪的急救箱。塞西莉又看了看这个仪器，然后点了点头。

细胞再生器开始工作，帮她愈合伤口时，她的皮肤上出现了很多小蓝点。亚瑟看得津津有味，但很快就被院子里显现的几根光柱分散了注意力。宇宙游戏警察从几个传送门中大步走出，有些人拿着武器和油灯，其他人着急地敲着他们的手环显示器。

他们的到来似乎给了格里芬·拉姆齐一个暗示。他跳了出来，像一名强壮的奥林匹克运动员一样冲向沉睡王。

他爬上坟墓后，转过来看着亚瑟的方向。亚瑟咽了一口唾沫，感觉自己就像一头被狮子发现的小羚羊。但格里芬的表情看起来更像在沉思，而不是发怒。过了一会儿，格里芬从口袋里拿出一个小锡罐，打开盖子，往两个沉睡王的脸上撒了一些鲜红的粉末。

大地开始隆隆作响，所有大树和灌木上的叶子都在抖动。庄严的锣声在庭院中响起，沉睡王上方出现一道光，一件金光闪闪的束腰短袍在光柱里旋转。

格里芬毫不迟疑地伸手去拿。他的手指刚碰到袍子，就响起"啪"的一声，他也随之消失在一道亮光中。

"我们还得找到我们的铁浪战袍，才能离开这里回到图书馆，"任说着，从背包的侧袋里掏出了地图，"也许这里还有一条线索？我们回应呼唤，找到了隐藏的墙……然后呢？"

亚瑟仔细地看了看地图，但没有看到任何能帮他们的东西。

"我要是知道答案就告诉你们了，"小缎带不好意思地说，"但他们只给高级宇宙游戏警察提供这些信息。"

"没关系，"亚瑟只微微地笑了笑，"你没事吧？"

小缎带点了点头。虽然她脸上恢复了血色，但动作有点颤抖。"我会没事的，但你们的教练有危险。周围有太多警察，我不能再说了，等回到图书馆，我会去找你们的。我保证。"

小缎带小跑着去找最近的宇宙游戏警察时，塞西莉踮着脚尖往前晃了一下。"等等，"她说。她望着之前自己在特攻队的四驱车后面躲过的地方，"我打碎了一块铺路石以后，看到下面是空心的，是一个类似密室的空间。如果线索中'隐藏的墙'不仅指扎祖拉的城墙，还包括它下面的墙呢？"

他们匆匆地穿过满是灰尘的院子，宇宙游戏警察还在明亮的光柱中不断赶来。"在那儿，"塞西莉指着说，"你们能看见吗？"

一块石板缺了个口，从那里可以看到下面有部分屋顶房梁。亚瑟跪下来，从他们的背包里拿出头灯，往里面看了看。"塞西莉说得没错，"他说着，感到有了希望，"庭院下面有一个很大的房间。"房间边缘镶了马赛克的墙壁在闪闪发亮，透过一片林立的柱子，亚瑟看到房间正中有一个空的底座，就在沉睡王雕像的正下方，"我想我看见铁浪战袍可能出现的地方了，但我们要怎么才能下去呢？"

任已经从包里拿出一段绳子。"我有这个。攀岩课不会只教你如何往上攀登。我还知道怎么往下爬。"她把绳子的一端系在特攻队四驱车的一根杆子上，然后把另一端从洞口扔了下去。她坐在洞口，用双膝夹紧绳子，带着一副毫不畏惧的表情向下降落。

亚瑟看着任下去，蹲着落在下面的地板上。她双脚着地时，锣声便在地下密室中响起，房间中央闪现出亮光。

"你说得对，亚瑟！"任喊着，冲向底座，上面有一件金光闪闪的束腰短袍在旋转。

任伸手去拿短袍时，庭院就变成了刺眼的几道光，亚瑟的身体变得轻飘飘的。他立刻意识到自己被传送回了百慕大三角，任一定已经拿到了铁浪战袍。当四肢再次能感觉到重力时，他脚趾着地，然后试着往前走了一步……就进入了亚历山大图书馆的大厅。

他摇摇晃晃，还在适应环境突如其来的变化。大厅比扎祖拉凉快得多，随处可见媒体的人。紧张的说话声在他耳边回荡，嗡嗡的无人机像蜻蜓一样在他头上盘旋。他没有理会朝他冲来的几个人，转身去找其他队友，

小云亮晶晶的黑色鼻子最先出现在百慕大三角，然后才是它身体的其他部分。它浑身都是泥沙，但眼睛明亮，还摇着尾巴。跟在它后面的就是迈着大步的任，之后是塞西莉，她现在不用扶也能自己走了。亚瑟看到她的伤口时，必须掐一下自己才知道这是真的。伤口现在只是她大腿上的一条黑线，血不流了，皮肤已经愈合。

他想问她感觉怎么样了，这时一群人吵吵嚷嚷地喊："小小屁孩！"听得他直冒火。如果经历过这些他还能活下来，他希望再也不用听到这个名字。

"小小屁孩，特攻队是怎么回事？"一个梳着马尾辫的记者问道。

"他们和尼斯湖酒店的闯入事件有关吗？"另一个问。

亚瑟试着不去理会那些叫嚷和难应付的问题。他的脑子在飞速地运转：他们依然没拿到时间密钥；米洛危在旦夕；距离他们变成黏液已经剩下不多时间了。

"宇宙游戏警察执行公务，请让一让！"小缎带大声地说着，用手肘开路，挤进人群。走近以后，她压低嗓子，"我们到阅览室说话。那里很安静，也不允许媒体进入。"

他们急忙走出大厅，塞西莉在任的耳边说了些什么，然后侧身走到亚瑟身边。"我刚刚告诉任——我们必须给小缎带一个十分可信的理由，她才会让我们使用时间密钥。"

"比如，说实话，"亚瑟顺着塞西莉的思路说道，"这样做很冒险。任怎么看？"

"她说我们没有其他选择。"

他们来到的第一个阅览室没有空桌子，所以继续去了下一个。第二个阅览室大得让人心生怯意，里面有拱形天花板，每一面墙都摆满了一个挨着一个的红褐色书柜。探险家坐在小型无人机里上下飘浮，在书架之间移动。

他们在房间深处找到一个安静的地方，那里有一张很大的长方形桌子。小缎带抱来一堆书，摊开放在桌上，大概是为了让他们看起来像是在讨论探险问题的样子。亚瑟和塞西莉在任和小缎带对面坐下，小云则坐在他们之间的椅子上。

他们仔细地检查过没人在偷听，就互相靠近了一些。

"那么，你们是怎么知道——你们叫它什么来着——时间密钥的？"小缎带问道。

亚瑟看了一眼其他人，得到许可后，才回答："我们来自21世纪，就是那把时间密钥把我们带到了这里。"

小缎带一口气喘不上来。"什么？"

"在你告诉我们有关你的真实身份前，我们不会再多说了，"任说道，"还有，你为什么在为死锁工作？宇宙游戏警察的职责不就是阻止像他那样的人吗？"

小缎带把眉心皱出了一个"川"字。"关于死锁，我别无选择。"她卷起制服的袖子，露出胳膊肘内侧一个褪了色的纹身：头骨和交叉的扳手，"当我还是婴儿的时候，特攻队把我从父母身边抢走，把我培养成死锁的手下。年纪够大以后，我就逃跑了，为自己开辟新的生活。所以我才为宇宙游戏警察工作。我希望为保护他人而战斗，借此来忘记过去。"

小缎带曾经是一名特攻队员？亚瑟打了个寒战。和蒂德、沃鲁和鲁尔坦这样的人一起长大，他可以想象小缎带有过怎样悲惨的童年，她大概觉得自己的整个人生都被偷走了。但至少她在死锁给她进行机械改装前就逃走了。

"然后呢，发生什么了？"任轻轻地问。

小缎带长长地叹了一口气。"我接受宇宙游戏警察的任命后，过了一年，死锁就找到了我。"

"你知道死锁是什么人吗？"亚瑟问。

"完全不知道。"小缎带恼怒地说，"不管他或他们是什么人，他们都很聪明，把自己身份的保密工作做得很好。他们从来不和我们面对面交流，只用容易销毁的纸条传递信息。当死锁发现我在为宇宙游戏警察工作时，他们威胁我，要把我的犯罪历史告诉我的新雇主，除非我帮他们制造那个东西——时间密钥。"她把手伸进书包，取出一个只有冰球大小的黑色圆盘。

亚瑟的心脏差点儿停止了跳动。他仿佛已经花了一辈子时间寻找时间密钥，好不容易才忍住把它从小缎带手里抢过来的冲动。

小缎带用疲惫、发肿的眼睛看着他们。

她没有把时间密钥放在桌上，而是一直把它握在手掌中。"你们知道它有多危险，对不对？它能赋予某些人随意改变历史的能力。"

"这就是你把它从耶塞妮娅那里偷来的原因吗？"亚瑟小心地问，"因为你不想让死锁得到它？"

小缎带瞥了一眼制服上的油灯标志。"我为宇宙游戏警察的职位奋斗了很久，不想失去它，"她坚定地说，"那就是我制造时间密钥的原因——因为我害怕死锁会把我努力得到的一切毁掉。但现在我明白了，公平和正义比我的过去更重要。我制造了时间密钥，我有责任不让它落到坏人手里。"

她听起来很像亚瑟认识的另一个发明家。"最早的时间密钥是我们的教练米洛·赫兹设计的。他和你一样，不想让自己的技术遭到玷污。他以为他做到了……然后死锁出现了。"

"那么，他们给我的技术图纸一定是米洛的，"小缎带意识到，"死锁让我照着做一个，但我忍不住添加了我的一些改进。我想我有些忘乎所以了。你们说，是时间密钥把你们带到这里来的？"

"但这不是我们的本意，"塞西莉说，"我们正在任家院子里做自己的事，突然出现一个薄雾传送门，把我们卷了进去。"

"然后我们就发现自己在死锁的仓库里，"任继续道，"我们觉得是时间密钥放在仓库里的时候，特攻队员意外地把它触发了。但我们还是不知道为什么它会在我们所在的地方打开传送门。"

小缎带挠了挠头。"这一定和锚定点有关。"

"锚定点？"亚瑟重复道。

她从书包里拿出一支触控笔，在空中潦草地写下了一系列的算式。笔写出来的线条是淡白色的。"时间密钥本来应该正常工作，但无论我试着打开多少个不同的传送门，它只会把我连接到 21 世纪的某一年。就像一个下沉的锚一样，最终固定在一个地方。在最后几周里，我反复测试了很多次，最后把它交给死锁并解释了问题。死锁很愤怒。在得出处理意见之前，他们把时间密钥放在仓库里。看到耶塞妮娅想使用这个设备的时候，我才意识到出事了……"

"但是，21 世纪的事怎么会和时间密钥有关联呢？"任问。

当她说到"关联"时，亚瑟的记忆中闪现了塞西莉说过的话——小云在过去几个星期里的异常行为。"万一小云就是锚定点呢？这就解释了为什么它会先于我们消失在薄雾传送门里——门就是在它的位置打开的。小缎带对时间密钥的测试也导致了小云经常僵住不动。"

小云竖起了耳朵。塞西莉弯下腰把它抱起来。"我不明白。小缎带的时间密钥和小云没有关系呀，它们怎么会连接在一起？"

"我不知道，"亚瑟坦白道，"小缎带的时间密钥是在米洛旧设计的基础上造出来的，而米洛也设计了小云。我们可能得问他才行。"

任望着桌子那边的小云，瞪大了眼睛。"哦，不……如果时间密钥只能通往小云所在的地方，那么……它只能把我们带回到这里！"

亚瑟一时间感觉自己无法呼吸。任是对的。只要小云和时间密钥都在 25 世纪，他们就不可能回家。也许正因为如此，他们第一次到达死锁仓库的时候，时间密钥就没起作用，因为小云也在那里。亚瑟的目光落在了自己的手表上。表盘被沙尘暴磨损得很厉害，几乎整个都刮花了，但他还是能看清下面发光的绿色数字。"这样的话，我们有 8 个小时的时间想办法断开小云和时间密钥的连接。小缎带，你能做到吗？"

"我，呃……"小缎带在空中挥了挥手，擦掉了她的算式。"我很抱歉，但光是弄清它们产生连接的原因就要花好几个月，更别说把连接断开了。"

亚瑟感到很紧张。"那么米洛就是唯一能帮忙的人了。而且，如果让他变成死锁的囚犯，我们永远都会受良心的谴责。我们要集中精力拯救他。"

"为什么只有 8 个小时了？"小缎带很疑惑。

"再过 8 个小时，宇宙就……"亚瑟说着哽咽起来。他咬紧牙关，集中注意力，"8 个小时后，我们的身体会被分解成原生质。"

大家的手环同时震动了起来。亚瑟打开他的显示屏，看到是多夫顿督察长在桌后对他微笑着。小缎带急忙放下袖子，把时间密钥塞回挎包。

"小小屁孩，我很遗憾地通知你们，"督察长声音洪亮地说，"耶塞妮娅·科尔特和格里芬·拉姆齐在铁浪束腰短袍比赛中用时更短。所以，你们被淘汰了。你们的传送许可被取消了，你们已经从尼斯湖酒店退房，快递无人机就会把你们的物品送过来。"

视频戛然而止，手环屏幕变成了黑色。

亚瑟还没来得及细想督察长的话，门就"砰"的一声开了，打破了阅览室的寂静。穿着玫红色西装的拉扎勒斯·斯隆昂首阔步地走了进来，尾巴在身后摆动。身后簇拥着一群拿相机和写字板的工作人员。

"小小屁孩!"他和颜悦色地喊道,"在最后一个探险任务之前被淘汰,你们的心情一定很沉重!"

任不满地皱了皱眉头,关掉手环显示屏。"我们现在最不需要的就是和这个怪胎做采访。我们走,去救米洛。"

"这件事我能帮忙,"小缀带提议道,"我知道特攻队员的运作流程。你们愿意让我帮忙吗?"

亚瑟点了点头。如果他们要和死锁对战,他们需要尽可能多的帮助。

他们一起飞跑向另一个门,拉扎勒斯在后面叫:"那么快就跑啦?难道你们没有什么话要对粉丝说吗?"他的声音里有一丝恼怒,却让亚瑟听得称心快意——他们不接受采访就跑掉,节目效果一定大打折扣。

"既然我们回不了酒店,你知道亚特兰蒂斯有什么地方能把这些沙子洗掉吗?"塞西莉一边说,一边挠她的腋窝,"身上太痒了,我没法集中注意力。"

"'飞翔的荷兰人'怎么样?"小缀带建议道,"你们可以换换衣服,找些东西吃,然后我们就能安静地讨论行动计划。那个地方一直都死气沉沉的。"

"飞翔的荷兰人"……亚瑟以前听过这个名字。"听着不错。快走,我们还要制订救援计划呢。"

第二十四章

幽灵鬼船

"飞翔的荷兰人"是一艘巨大无比的的旧战舰，亚麻船帆已破旧不堪，停泊在亚历山大图书馆西边的一条运河上。锈迹斑斑的大炮从爬满藤壶的船身上伸出来，褪色的红白蓝三色荷兰国旗在三根桅杆上飘扬。

亚瑟一看到那艘船，就明白为什么小缎带说它"死气沉沉"的。船身上的每一根肋板和肋骨都在发出诡异的绿光，透过纵横交错的索具，可以看到一些半透明的船员在甲板上飘来飘去。

"飞翔的荷兰人"是一艘幽灵船。

他们走近后，小云吓得耳朵贴在了脑袋上。

"我们真的要进去吗？"任说着，弯下腰安慰地摸了几下小云。"我能肯定《加勒比海盗》系列的某一部里就有'飞翔的荷兰人'。传说这艘船永远无法入港，船也注定永远在四大洋间航行。"

"我知道这里有点阴森，"小缎带承认，"但鬼影水手都是仿生人，现在船被改装成购物中心了。炮甲板上有一家美国餐厅，经常没人。"

不难想象那儿为什么没人。不过亚瑟不介意，只要有东西吃就行。他需要给大脑补充能量。

他们哄着小云往前走，踩着长满海藻的踏板登上了"飞翔的荷兰人"号，再从主甲板的梯子下去，进入下面第二层的火炮甲板。船里播放着让人毛骨悚然的音乐，混合了海浪的拍打声、海鸥的叫声和瘆人的鬼声。亚瑟不得不提醒自己，他是在一个 25 世纪的购物中心里，而不是在一部恐怖电影里。

他们继续前行，走进对开的厨房门后，闻到了一股烤肉和油腻的薯条的味道。在右舷，一名身穿厨师围裙的水手在烤架后面上上下下地飘着，翻动着带蓝色蛋黄的鸡蛋和带黑色旋涡花纹的圆面包。甲板上只有几张没什么人的桌子，每张桌子上都飘浮着一个旋转的全息菜单。大炮周围是餐厅卡座，让顾客可以通过炮眼看到亚特兰蒂斯城里的人群。一个巨大的全息屏幕在吧台上闪烁，上面播放着《拉扎勒斯秀》。

"再下两层甲板有一个健身房，"小缎带说着，带路走进一个卡座，"快递把你们的东西带来以后，你们可以去更衣室洗漱，把脏衣服换下来。"

亚瑟侧着滑进卡座，在塞西莉和小云身边坐下时，感觉有沙子在磨他的大腿。任和小缎带坐在对面。菜单上有一种名为拉扎勒斯·斯隆的植物汉堡包，还有以各种传说为名的小吃和奇怪的奶昔。亚瑟飞快地看了一遍，要了"青春之泉"煎蛋卷、薯条和沙拉；任点了"黄金国"华夫饼，塞西莉和小缎带选了"亚瑟王"吐司三明治。他们所有人都点了骷髅果奶昔。

"那么，"亚瑟给大家传递用餐巾包好的刀叉，"如果我们要去救米洛，首先要找出特攻队把他关在哪儿。"

"也许在死锁的仓库里？"塞西莉一边猜测，一边抽出一副餐具。

"那其实不是仓库，"小缎带告诉他们，"更像一个基地。死锁的生意都是在那栋建筑外面进行的。那是特攻队员使用的、最安全的地方——所以死锁才把时间密钥放在那里。我敢保证米洛就在里面。麻烦的是，入口是移动的，我现在不知道怎么进去。"

亚瑟猛地一抬头。"入口是移动的？"

"入口就像一种传送门，"小缎带详细地解释道，"那是一个非法的传送门。死锁为了守住基地的秘密，每周移动一次传送门。除非你知道它在哪儿，否则很难找到。它就像一幅薄薄的光幕，不细看都看不见。"

"就像一个力场，"亚瑟心想，"它可能在任何地方。"一个穿着破水手服，长得像食尸鬼的侍者飘了过来，用一只手臂端着四个盘子和四杯奶昔。他把全部食物轻轻地放在桌子上，给大家一个恐怖的微笑后才离开。

任用叉子把华夫饼叉起来。"米洛说他已经把死锁基地的位置缩小到《幻境传奇》里的某个地方了。他一定是在追踪移动的入口，但它在哪儿呢？"

他们在"咀嚼"这个问题的时候，厨房门开了，一个大纸箱进入餐厅，往他们这边滑动。到了面前，亚瑟听到了发动机呼呼作响的声音，才看见箱子是被一架小小的、形如飞碟的无人机抬进来的。

"小小屁孩，"无人机嗡嗡地说，"尼斯湖酒店的快递。"

亚瑟飞快地喝了一口奶昔，从卡座里走出来，把箱子放到地板上。箱子出奇得轻。

"看来只有这一个，"无人机"呜呜呜"地飞走后，塞西莉说，"也许我们那位神秘的'关心你们的赞助者'把所有的赞助商品都拿回去了？"

"神秘的赞助者？"小缎带笑了起来，"你们是说，你们还没想到那是谁吗？想想看：如果你们三个看起来是一支更专业的队伍，对谁有好处？"

亚瑟思考了一下。如果"小小屁孩"看起来更有水平，就能吸引更多的粉丝观看比赛。"拉扎勒斯·斯隆？"他猜道，"他的收视率就更高，他就能收到更高的广告费。"

"答对了！"小缎带用手指在空中赞许地点了一下。

亚瑟打开纸箱，里面是三天前他们在任家院子里穿的衣服，现在叠得整整齐齐：塞西莉的连衣裙、任的牛仔裤和连帽无袖 T 恤，还有亚瑟自己的短裤和"曼达洛人"T 恤。他一边把衣服分发给他们，一边想象如果能回到任家，他们的爸爸、妈妈在屋里做柠檬水，整个暑假还在等着他们，他会有什么样的心情。这些似乎变成了一场朦胧的梦。

"就算能找到死锁的总部，我们又如何绕开防御措施，进到里面去呢？"塞西莉一边搅拌奶昔，一边发问。

"而且还要和特攻队员对战。"亚瑟闷闷不乐地补充道。如果有一群英雄和他们并肩作战就好了，就像在《幻境逃生》里一样。他们可以请阿基米德帮忙，但亚瑟觉得对付特攻队，他可能帮不上什么忙。他能怎么帮，朝他们扔公式吗？

这时，厨房门"砰"地一下打开了。

"你们在这儿。"一个声音吼道，"我到处在找你们。"

当格里芬·拉姆齐绕过几个餐桌向他们走来时，亚瑟呆住了。他没有穿往常的那一身护身甲，而是换成了金色的铁浪战袍，袍子合身地裹在他肌肉线条清晰的身体上。除了短棍，他的腰带上还挂了几个新工具。

"完了，"亚瑟心想。他的腿在桌子底下颤抖，"他来报仇了！"

但格里芬没有攻击他们，而是在任身边的长靠背椅上坐了下来，把任吓得直往里让。

"你——你来这儿干吗？"任紧张地问。她指了指正在播放《拉扎勒斯秀》的全息屏幕，"你不是应该在下一个探索之地吗？"

"我不知道，也许吧。"格里芬皱着眉头，"我不得不对教练撒了谎。没人知道我在这里。"他给了小缎带一个警告的眼神，然后才继续说，"我今天早上终于认出来你们的教练是谁了。他是米洛·赫兹，对不对？《幻境逃生》的创始人之一？"

"呃……是的。"亚瑟说着，心想讲实话对他们来说没什么损失。

"他被死锁绑架了？"格里芬问。

亚瑟的嘴抽搐了一下，他不知道该怎么回答。

"我在扎祖拉听见特攻队是这么对你们说的，"格里芬继续道，"每一个运动游戏冠军都知道死锁。我们经常收到他们的信息，表示可以提供非法设备——门缝底下会塞进来纸条，在训练室里悄悄地联络——黑市一直存在，就像看似平静的水面下涌动的暗流。"他张了张鼻孔，"但我从不作弊。拉扎勒斯·斯隆提到的那些谣言是在我拒绝和特攻队员做交易后才冒出来的。我相信那是死锁散布的。这就是我到这里来帮助你们的原因。"

"帮助我们？"亚瑟惊讶地说。他不知道自己是不是听错了，"我以为你到这儿来是为了和我们对质——关于在失落之地的那件事。"

格里芬的眉毛皱拧成了疙瘩。"你们通过第一次淘汰赛后，我就开始怀疑你们在作弊——我从没见过没经验的参赛者能有这样的成绩。于是我一直在密切地监视你们。我承认，我的确计划在沉睡王之地复仇，但特攻队出现了，我发现你们不是我想象中的骗子。"

亚瑟意识到："这就是他一直在监视我们的原因。他以为我们会作弊。"

"但比赛还在进行，你怎么帮助我们呢？"塞西莉质疑道。

格里芬耸了耸他壮硕的肩膀。"不管怎么样，我都是亚军了，而且打击死锁更重要。我关心我的这项运动。像死锁这样的坏蛋想毁了它。他们必须被阻止。"

亚瑟感到一阵内疚，他回忆起自己曾轻率地认定格里芬会作弊。但是，他们真的能信任他吗？他是孤狼，他做什么都只为了自己。

"如果你是来帮忙的，现在就可以开始了，"任说，"米洛被关在死锁的基地里。我们认为入口在《幻境传奇》的某个地方……"

当她把自己知道的情况告诉格里芬时，亚瑟的目光被全息屏幕上的东西吸引住了。在《拉扎勒斯秀》的直播上，耶塞妮娅正在沿着一条黑暗、地上满是沙子的通道奔跑，通道里只有火把照亮。转眼间，她就跑过了一尊立在壁龛里的金色太阳形雕像。

亚瑟立刻就想起了他在哪儿见过这座雕像。"耶塞妮娅在哪里？"他拍了拍格里芬的肩膀问道。

格里芬瞥了一眼全息屏幕。"我想是在蔽日之地吧。这是争霸赛中进行最后一个探险任务的地方。"他从口袋里掏出探险地图，在桌子上摊开。地图上有一片茂密的雨林，林中有一条河流蜿蜒而过。在树林里的空地上画了一块金色的盾牌，地图的侧边写着：

LEGENDARIӨM

幻境传奇

在沙滩上写下你的传奇，
让盾牌随着你的指挥转移。

— 蔽日之地 —

"你为什么想知道？"格里芬问道。

亚瑟深吸了一口气，试着理清思路。"因为我见过那座太阳雕塑——就在死锁基地门外。"

任靠近了一些问："你确定吗？"

"他是对的，"塞西莉激动地说，"我也记得。"她用手重重地砸在探险地图上，"所以，死锁的总部肯定在蔽日之地！"

他们同时从座位上站起来，走出了卡座。亚瑟在黑暗中看到了一丝希望。他们还有希望成功。死锁不知道他们会来，这意味着他们能出其不意地展开攻击。如果运气好的话，他们可以悄悄地进入死锁的基地，救出米洛，然后在变成原生质之前回到 21 世纪。

"等等——你不明白！"小缎带抓住亚瑟的胳膊说，"你们无法穿越百慕大三角——你们的传送门许可证被注销了。"

"什么？"亚瑟又跌回了座位上，"你不能重新给我们发一个吗？"

"你参加了比赛，我才能发许可证。"小缎带答道。她的下巴绷得紧紧的，"死锁很狡猾。蔽日之地是宇宙游戏警察最不可能去仔细监视的地方，因为赛场简直就在我们鼻子底下。"

格里芬摸了摸自己铁浪战袍的领子。"我真不敢相信我会说出这种话，但是……你们三个可以作为我的队员再次参加比赛。"

"这符合规定吗？"塞西莉问。

小缎带打开了她手环的显示器，急不可耐地敲击着屏幕。"你可以四人一组参赛，所以从技术上讲，格里芬的队里还有三个空位。是的，看这里——银色之星 –79 那次比赛时就是这么做的，所以这场比赛应该也可以。我现在就把情况告诉拉扎勒斯·斯隆。"

亚瑟不好意思地朝格里芬笑了笑，因为他知道，格里芬平时都是单打独斗，要他的队伍里一下加入三个陌生人，他一定很不舒服。"除了不穿绿色队服外，你还需要我们做什么吗？"他问。

格里芬皱了皱眉头。"你只要闭上嘴就好了。在蔽日之地，《拉扎勒斯秀》的工作人员一定会问你们很多问题，我需要维护我的名声。所以由我来回答问题。"

"《拉扎勒斯秀》的工作人员？"亚瑟问。

"最后的任务不像其他任务那样有时间限制，"小缎带解释说，"剩下的两支队伍领到的任务是一样的，谁先拿到铁浪盾牌，谁就获胜。冠军不会被立即送回图书馆，而是留在探索之地，继续参加《拉扎勒斯秀》的特别环节。"

格里芬说："是的，耶塞妮娅已经在任务中领先了。但这不会妨碍我们找到死锁的基地。只要跟着我走就行，希望这件事不会让我后悔。"

第二十五章

蔽日之地

亚瑟不敢相信，在过去的两天里，他曾沿着结冰的海岸线跋涉，在沙漠中经历了沙尘暴，现在又徒步穿越茂密的雨林。但，这就是实景运动游戏的运行方式。

他跟着排成一排的队伍，穿过密密层层的蕨类植物的叶子。在到达探险之地后，小缀带很快就加入了他们。自己的队伍后面竟跟着一个见习宇宙游戏警察，亚瑟不知道观众会怎么想，但他们可以在稍后解释。"所以我们现在到底在哪里？"他问道。他把声音提得很高，因为周围的鸟儿实在太吵了。

空气又湿又热，气味闻起来就像在温室里一样。青苔生长在笔直挺拔的树干上，娇美的白兰花在枝头摇曳。格里芬作为开路先锋，用自己的能量短棒挑开一幅爬虫组成的帘幕，虫子嘶嘶叫着掉落在地上。"我不确定这是什么行星，但如果我的研究结果是对的，蔽日之地的设计灵感应该来自传说中印加王国的失落之城——帕提提。据说那是秘鲁偏远雨林中的一个地方。"

亚瑟在学校学过印加帝国的历史。印加文明是数百年前存在于南美洲西部的一个古老文明。印加人建造寺庙来崇拜自己的神，此外还会用活人祭祀。想到这儿，亚瑟不禁打了个寒战。"你觉得我们看见耶塞妮娅的时候，她就是在那里吗？在帕提提？"格里芬压根就不告诉他们要去哪里，这让亚瑟不太高兴。也许是因为他不习惯与他人合作，但这仍然让亚瑟感到格里芬对他们不信任。

"没错，"格里芬说，"如果我的推测是对的，迷失之城的入口应该在这里。"

"什么推测？"任尖声问。

亚瑟一直跟在她身后，能看到她背部和颈部的肌肉是多么紧张。他知道，昆虫发出的巨大"嗡嗡"声一定让她很难集中精神。"你做得很好。"他小声说着，拍了拍她的肩膀。

格里芬说："关于蔽日之地，有这么一个说法。寻找帕提提的探险已经失败了无数次，我想这个探险之地的设计者为此提出了一个解释：帕提提只能在蔽日之地才能找到。"

亚瑟琢磨着格里芬话里的意思。"太阳照耀着地面上的一切，所以……帕提提位于地下？"

格里芬停了下来，指了指一段凿得很粗糙的石阶，石阶倾斜着通向下面一个黑暗的洞穴。"看吧，我说得是对的。"

塞西莉看了一眼洞口，从背包里取出他们的头灯。戴好头灯后，队员们慢慢地走进了洞穴。

越往下，空气就越潮湿。台阶的尽头，一条长长的、白石板铺成的隧道出现在他们眼前，里面布满蜘蛛网和阴森的影子。植物从地板的缝隙中一丛丛地冒出来，洞穴顶部垂吊着爬虫。

任贴近亚瑟的耳朵说：“如果有什么东西跳到、飞到或爬到我身上，你能把它赶走吗？”

“不用担心，”他说，“包在我身上！”

当他们进入隧道时，亚瑟检查了一下他卡西欧手表上的计时器。他们有 5 个小时来营救米洛和回家。一旦失败，他们可能就永远都看不到太阳了。

格里芬说：“铁浪盾牌很可能位于失落之城中心的某个地方。我们看见耶塞妮娅在隧道里的时候，她一定是在找那个地方。找到她跑过的那尊雕像，就能找到盾牌。”

亚瑟很紧张，他不知道一路上会遇到哪些挑战。他在脑海中重复着探险地图的建议：在沙地上写下你的传奇，让盾牌随着你的指挥转移。

“这里肯定有特攻队，”小缎带警告说，“他们会有伪装，保持头脑清醒，不要相信任何人。”

他们来到了一个丁字路口。亚瑟用头灯往右手边的岔路照了照，那里有什么东西在闪动。“看！”他叫了一声，急匆匆跑了过去。墙里的壁龛中有一个金圆盘,四周围绕着金色等腰三角形——太阳雕塑,"这和我在死锁基地外看到的一模一样,我能肯定!"他用手在对面的墙上摸来摸去,搜寻着小缎带向他描述过的那层透明光幕。

"这里还有一个太阳雕塑,"塞西莉说着,用头灯去照左边的岔路,"实际上……还有很多。"

亚瑟的笑容渐渐凝固了,因为他看到每隔几米就有一尊位于壁龛中的太阳雕塑。

"这下完了,"任说,"如果失落之城的每条隧道里都有这个装饰,那么死锁的基地可能位于任何地方。我们得花好多个小时才能把这些地方找齐!"

格里芬若有所思地打量着左右两个岔路。"印加王国的建筑注重对称。如果这两条隧道如镜像一样都通向同一个地方,我一点儿都不会感到惊讶。我们可以分成两个小组,分别沿着这两条路前进。这样,我们就不会在搜索中遗漏任何东西,而且所有人都能在终点碰面。"

亚瑟仔细地打量着格里芬的脸,思考是否应照着他说的去做。分开搜索当然会节省时间,但在这个深邃、黑暗的迷宫中,多个人就多一分力量,谁知道下一个角落等待他们的是什么?"我不知道。你们有什么想法?"

"格里芬说得有道理,但我认为我们三个应该在一起,"塞西莉在自己、亚瑟和任之间画了一个三角形,"格里芬和小缎带搜索一条隧道，我们三个搜另一条。这样可以吗？”

　　小缎带点头表示同意。“也许格里芬和我应该把小云也带上。这样的话，如果我们找到了米洛，他就会相信我们。”她又低声补充说，“因为如果他看到我的文身，可能会有不同的想法。”

　　“呃……”亚瑟并不愿意与他们毛茸茸的伙伴分开，但小缎带说得不无道理。时间紧迫，他们需要米洛毫不迟疑地信任她和格里芬，“你不能通过手环联系我们，让我们向米洛解释这一切吗？”

　　“这项功能在探险之地不起作用，”格里芬摇了摇头说，“一旦我们分开，我们将无法进行联络，直到我们再次见面。你需要抓紧时间做出决定。”

　　任转身背对着格里芬，压低声音说：“小缎带有时间密钥，所以她带上小云也是有道理的，对吧？这样的话，如果她先发现了米洛，他就可以断开它们的连接。”

　　塞西莉叹了一口气，向小云走去。

　　“你是对的。现在每分每秒都很重要。”她挠了挠小云的额头，“做一个好孩子。我们很快就会再见到你。”

　　“祝你好运，小毛球。”任说。

　　小缎带牵着小云的狗绳，和格里芬跑向其中一条隧道。亚瑟看着他们消失在阴影中，不知这决定是否正确。

　　“来吧，”任说，并转向另一条岔路，“我们一定要找到死锁基地的入口，在米洛受到伤害之前把他救出来。”

随着他们的前进，帕提提的隧道发生了变化。潮湿的气味逐渐消失，空气变得又冷又干燥。墙壁上出现了火把，让隧道中闪烁起琥珀色的光芒。他们每转过一个角落，亚瑟都希望能找到他们想要的东西。他几乎可以感觉到，他们每前进一步，时间都在溜走。

"你认为其他人搜索得怎么样了？"塞西莉问道，她拿掉了头灯，现在用不着它了，"你认为他们找到入口了吗？"

亚瑟仔细地搜寻着墙壁，检查是否有闪光力场的迹象。"也许吧。他们的运气肯定比我们好。"

他绕过一个拐角，还没等大脑给身体做出警告，他的脚已经踩到了悬崖边上。"哇——！"他大叫一声，挥舞着手臂试图避免摔倒。

"亚瑟！"塞西莉一把抓住他的 T 恤，把他从悬崖边拉了回来。

当他踉踉跄跄地退到墙边时，心怦怦直跳。"谢谢。"他大口地喘着气说。

塞西莉凝视着周围的环境，不由得睁大了眼睛。他们进入了一个长方形的大房间中，地上有一个很大的洞。一条绳索桥将洞两边的狭长地面连接起来。离他们很近的墙上放着 6 个装满谷物的麻布口袋，3 袋是绿色的，3 袋是红色的。在洞的另一边，一座天平通过齿轮和滑轮系统连接着一个封闭的石门。

这似乎是唯一的出路。

任走到绳索桥边上，摇了摇扶手。"感觉挺牢的，能承受我们的体重……"

但当她抬起脚想踏上绳索桥时，塞西莉喊道："等等——看看天花板！"

亚瑟仰起头。这个房间的屋顶被分成了三部分，每部分都画着房间里的一个场景。在第一幅画中，一名扛着两个绿色麻袋的印加战士从绳索桥上的裂隙中掉了下去。第二幅画内容一样，不同的是战士手中抓着一个绿色袋子和一个红色袋子。第三幅画中，战士手中则没拿粮食袋子。

这些画让他们感到似曾相识。亚瑟拼命地想。"我认为这是一个过河谜题。"他对其他人说。

任蒙了。"过河谜题？"

"也不一定是河，就是这类谜题的统称而已，"亚瑟详细地解释说，"基本上，你必须按照某些规则，把物件或人从河流或桥梁上运过去。"他指了指对面的那些天平，"我们可能得把 6 麻袋粮食都放进那些天平里，才能打开门。天花板上这些画告诉我们哪些东西可以运过河，哪些不能。"

塞西莉注视着天花板，眉毛拧成了一股绳。"所以，如果我们同时搬运两个绿色的麻袋，或者同时搬运一个绿色麻袋和一个红色麻袋，或者手中没有任何袋子，桥都会断裂。"她摇了摇头，"这简直不可理喻。"

　　"我们只需要找出正确的顺序来搬运就可以了，"任说，"这太难了，因为我们无法手中空空地从桥上返回。也许第一步是让我们中的一人把两个红色麻袋带过河？这样，下一个人就有袋子可以拿回来。塞西莉，你想先过河吗？"

　　塞西莉叹了一口气。"好吧。"

　　在任和亚瑟的鼓励下，塞西莉带着两个红色的麻袋过了绳索桥。"现在怎么办？"她把它们丢在另一边的地板上，朝同伴喊道。

　　亚瑟试着提前计划好接下来的步骤。"啊，我的脑子现在跟浆糊一样，"他说，"我记不住我们每次过桥时带了什么，只要做了一次错误的决定，我们就彻底完蛋了。"他望着地板边缘那个无底的黑洞。一旦掉下去，你将万劫不复。

　　"我觉得这有点像在下象棋，"任咬着嘴唇说。他们看着她打量天花板和绳索桥，试着解答谜题，"我明白了：亚瑟和我应该各自拿一个绿袋子过河，然后再拿着两个红袋子返回。之后我把最后一个绿色袋子拿过河，和塞西莉留在河的另一边。然后亚瑟把两个红袋子拿过河，把其中一个留在我们这里，然后回去把最后一个红袋子拿过来。"

　　"我根本不知道你在说些什么，"塞西莉喊道，"但我们就这么干吧。"

　　亚瑟在脑海中把任的方案过了一遍，认为这是可行的。他过桥时，绳索桥摇摇晃晃。但他一点也不慌。他和任把绿色麻袋放在对岸后，塞西莉就把它们堆到了天平上。

"我很高兴我们当中至少还有一个人明白我们在做什么，"当他们各自带着一个红色麻袋返回时，亚瑟对任说，"这种谜题让我头昏。"

"是的，但如果没有你，我根本不会知道这是个谜题。在这类事情上，你的直觉很准。所以，总有一天你会成为一名杰出的游戏设计师。"

他们走到桥的另一边时，亚瑟的腿颤了一下。"你怎么知道我想成为游戏设计师？"

"因为我告诉她了，"塞西莉喊道，"我用铁浪头盔看到的。"

拿起另一个红袋子时，亚瑟的脸颊也红彤彤的。的确，他玩过很多游戏，凭直觉就能判断出在哪里寻找隐藏的线索，或预测通关必须打败的大魔王可能躲在下一个房间里。"光有愿望还不行，我还得精通物理和电脑。"

"两样都是你在行的。"任说着，把自己的红麻袋换成了剩下的绿麻袋。

亚瑟耸了耸肩，再次回塞西莉那边时试着不再去想这件事。但过去以后，塞西莉却站在那里，双手叉腰盯着他。

"亚瑟，你真的要对自己有信心，"她说道，语气就像他的老师，"你发现这是个谜题，你找到了破解亡命徒之地的关键，你还单枪匹马地在失落之地救了任和我。"

"另外，你还斗智打败了格里芬。"任补充道，"这些都不是小事。你一定会成为一名出色的游戏设计师。你以后赢得的奖杯也许比特雷兹·迪富尔的还要多。"

亚瑟哈哈大笑地把一个红麻袋扛过桥，再把最后一个红麻袋也拿过去凑成一对。

"如果我们能顺利回家，你应该重新考虑一下参加游戏学习班的事情，"塞西莉说，"你将拥有比其他所有人都要强大的优势——你见过未来的游戏。"

"好的，也许。"亚瑟说。

塞西莉清了清嗓子说："也许？"

"好吧，是一定。如果我们能活下来的话。"

亚瑟返回来时，任和塞西莉已经将第三个绿麻袋放到了天平上。他帮助她们把三个红袋子放上去时，仔细想着她们刚才说的话。当然，她们是对的。亚瑟和其他所有报名的学生一样有实力。

当最后一个麻袋也被放到天平上时，天平沉了下去，拉动了锁链。齿轮组和滑轮系统嘎嘎吱吱地运转起来。墙壁震动，原先封闭的石门轰隆一声打开了。

门后面又是一条走廊，一侧装着金色的壁板，上面装饰着印加王国的各种文化符号。亚瑟走近一点儿打量着。"你们觉得这个是不是死锁基地的入口？"他用手摸着壁板的边缘问道。

塞西莉说："我看不像。小缎带说了，入口是几乎看不见的。”

亚瑟发现壁板的一侧有个凹槽，就试着压了一下。一声轻响，面板滑开，里面是个放了很多箱子的小房间，箱子上都印着《拉扎勒斯秀》的爬虫眼标志。

“这些东西怎么会在这里？”他们在箱子间走动时，任问道，“难道我们又不小心走进了一个员工区域？”

塞西莉围着一个特别高的货箱绕了一圈。“如果是这样的话，我们现在就没有被拍摄了。”

房间另一头是一扇加厚的金属门。亚瑟试着转动门把手，门就开了，里面是一个有灯光设备和摄像机的大录影棚，就跟他们在亚特兰蒂斯的《拉扎勒斯秀》工作室里见到的一样。金太阳雕塑沿墙壁排列，房间最里面有一扇敞开的门，通向一条铺满沙子的走廊。房间中央是《拉扎勒斯秀》的舞台，包括闪烁的亚特兰蒂斯夜色做背景，还有拉扎勒斯的绿色绒面椅。舞台周围没有任何工作人员，但所有摄像机的“待机”指示灯都闪着琥珀色的光芒。这让亚瑟感到非常奇怪。

“这一定是拉扎勒斯打算采访‘铁浪争霸赛’冠军的地方，”他们走上舞台时，塞西莉说，“我想这说明耶塞妮娅还没有赢得铁浪盾牌。她拿到盾牌，他们就会火速送她去化妆，然后坐上那里的沙发。”

忽然，任惊呼了一声，她朝飘浮在摄像机旁边的一块全息屏幕跑去。“看，是格里芬！”

亚瑟跑了过去。《拉扎勒斯秀》正在直播格里芬在房间里辗转腾挪。那个房间跟他们刚逃离的房间一样大，但那里没有绳索桥，也没有装粮食的麻袋，而是三名身着印加羽毛盔甲的骷髅弓箭手在地上朝着格里芬射箭。

一支箭贴着格里芬的脑袋飞了过去，亚瑟吓得差点儿闭上眼睛。"他的铁浪战袍让他有了飞行的能力。我没看到小云和小缀带。他们在哪里？"

塞西莉一边在屏幕上搜寻着，一边大声说："万一他们被骷髅抓走了怎么办？"

"我们不应该分开，"亚瑟心想，他很生自己的气，他一开始就不应该同意这样做，"这下我们除了救米洛，还要去救小云。"

任往他们来时的方向走去。"我们去找他们吧？死锁基地的入口显然不在这里，否则拉扎勒斯的员工早就发现了。"

任的话让亚瑟感觉脑袋里的齿轮开始转动。他想起小缀带曾警告过，他们在帕提提肯定会遇到乔装打扮的特攻队员。问题是，除了宇宙游戏警官和耶塞妮娅·科尔特之外，只有一类人能进入蔽日之地——《拉扎勒斯秀》的工作人员。

他估算了一下将节目设备从一个实景冒险游戏运到另一个实景冒险游戏所需的储存箱数量，想到了无处不在的黑市交易，突然冒出了一个让他不寒而栗的想法：

拉扎勒斯·斯隆难道就是死锁？

第二十六章

谁是死锁？

塞西莉用手捂住了自己的嘴巴。"你可能是对的，"亚瑟告诉了她自己的推测之后，她说，"那位制片人告诉我们，《拉扎勒斯秀》将在整个已知宇宙中进行巡回演出——他可以在不引起任何怀疑的情况下运输非法物品。"

"而且拉扎勒斯·斯隆的伪装堪称完美，"亚瑟说，"没人会怀疑这个充满魅力的全息影像主持人会是黑市帝国背后的主谋。"

任仔细地查看了这个录影棚。"也许我们还是应该在这里找一找死锁基地的入口。但小云和其他人怎么办呢？"

亚瑟又看了一眼全息屏幕上的景象，他感到很痛苦。在两组朋友之间做选择实在太艰难了。

他不想抛弃任何人，但拯救米洛是他们回家的唯一途径，时间也一分一秒地在流逝。"格里芬是一名高手；我确信他能自己打败这些骷髅射手。至于小云和小缎带——"他的心一阵刺痛，"希望他们平安无事，之后能和我们碰头。"

塞西莉咬了咬牙。"那么，来吧。我们来找入口。"

他们朝不同的方向分散开来，仔细地检查录影棚的墙壁。亚瑟小心翼翼地避开电线，搬开各种盒子，挤到货箱之间。他的眼睛很累，因此他对每个区域都会检查两遍，看是否有力场的迹象。他走到远处的墙边，转了一个角，听到有人在说话。

"神庙里一切都准备好了吗？"有人问。

亚瑟朝任和塞西莉挥手，示意她们赶快躲起来。5个戴着棒球帽、穿着印有《拉扎勒斯秀》标志的黑色T恤的人扛着沉重的电缆圈走进录影棚时，他躲在了一个离他最近的箱子后面。

其中一位工作人员说："音响已经设置好，摄像机已就位。只要探险者打开那个箱子取出盾牌，麦克风就会开始录音，直播将自动开始。观众将能够看到和听到获胜者的反应。"

"很好，"另一位工作人员说，"我去为拉扎勒斯做准备。"

其中一名工作人员身上背着一个大背包，走在所有人后面。亚瑟发现这人的棒球帽露出了一缕红头发，当这人转过身时，亚瑟整个人都呆住了。

是蒂德！

他是对的：拉扎勒斯·斯隆就是死锁——蒂德就是伪装

成他的工作人员的特攻队员。蒂德几步便躲到一个箱子后面，避开了其他员工。等其他人都离开后，她从藏身处走出来，打量着房间。亚瑟收拢双肩，尽可能地缩得更小。万一被发现，他就永远无法知道她的计划了。

她的目光越过他蜷缩躲藏的地方，望向他还没搜索过的一堵墙。她大步地走过去，把几个带轮子的箱子踢到一边。

亚瑟屏住呼吸。那堵墙上覆盖着一层几乎看不见的薄膜，像气泡表面一样闪动着七色光芒。亚瑟仔细地望向对面，看到一堵沙墙的凹处，有一尊金光闪烁的太阳雕塑。虽然这里没有那么黑暗，也没有燃烧的火把，但这与他在死锁基地内看见的景象完全一样——也就是说那大概就是他们正在寻找的入口！

蒂德用手指触摸传送门的边缘，薄膜晃动了起来，后面的石墙也跟着扭曲变形。亚瑟听到一扇沉重的门被打开的声音，门后是一片黑暗。蒂德最后看了一眼录影棚，向前走去，消失在墙壁里。

亚瑟的背后随即响起了脚步声，把他吓了一跳。

"那一定是死锁基地的入口！"任大喊着，跑了过去，"我们要在它关闭前进入基地。"

塞西莉也过来了。亚瑟小心地靠近入口。小缎带告诉过他们，这是一个非法传送门，这意味着它可能很危险。亚瑟把手指伸过去的时候，他的整条手臂都在颤抖。

"怎么样?"任问。

"感觉就像它会粘在我身上一样……"亚瑟担心地答道。

"我们只能冒险试一试了,"塞西莉说,"没时间了。"

他们三个同时深吸了一口气,进入了传送门。

这段旅程瞬间就走完了。他们刚离开录影棚,就发现自己已走入死锁的基地,它就在大门的另一边。

这个地方和亚瑟记忆中的一样——寒冷、落满灰尘,到处是顶到天花板的货架,上面放着蓝、红、绿色的货箱。除了远处角落里一个黯淡的聚光灯外,其他的灯都被关了。蒂德已不见踪影。

"他们会把米洛关在哪儿?"他们蹑手蹑脚地朝前走时,任问。

"不知道。"亚瑟看了楼厅,但那儿没有任何一扇门下有灯光漏出,"我们去看看那个角落里有什么。"

当他们走过三天前第一次现身的地方时,亚瑟注意到,原先烧焦的痕迹已经消失了,那个曾经装着时间密钥的箱子也不见了。他心想,也许拉扎勒斯已经知道发生了什么,并惩罚了那个失误触发装置的特攻队员。当他们靠近那块亮着灯的地方时,亚瑟听到了说话声。他示意任和塞西莉加快脚步,朝着声音传来的方向前进,尽可能不发出一点儿声音。

"……死锁得到了他需要的一切,"一个声音得意扬扬地说,"这意味着你对他们再也没有利用价值了。"

是蒂德。亚瑟认出了她独特的口音。他将身体紧贴在货箱上，从转角处向外窥视。

蒂德站在货架之间的一个聚光灯下。她旁边的地板上有一个已经打开的红箱子。弓着腰坐在对面椅子上的，是蓬头垢面的米洛·赫兹。他嘴唇流着血，眼睛肿胀，尽管手脚都被塑料绳绑住，他眼里却流露出毫不屈服的神情。"死锁什么都没有得到，"他咆哮着说，"设计图已经没了，时间密钥也将被销毁。"

蒂德用手指在红箱子上随意地划着。"这我不管，我来这里只是奉命行事。怎么样，你选个死法吧？"她把手伸进箱子里，挑了一把霸王龙爪——亚瑟认得它——这是带有恐龙爪柄的匕首。蒂德将刀指向米洛，嘴唇翘起，露出邪恶的笑容。"这个够锋利了……"

亚瑟惊得颤抖了一下。他意识到，蒂德要杀死米洛。他想都没想就冲了过去，把她拦腰抱住，推翻在地。

俩人都摔到地上，蒂德的喷气背包重重地砸在水泥地上。

"放开我！"她大喊一声，对着亚瑟的胸口就是一拳。

蒂德的指关节击中他的肋骨，他疼得几乎无法呼吸。"不……除非……你放下刀，"亚瑟哑着嗓子说，挣扎着想把她手上的龙爪匕首打掉。急速飙升的肾上腺素冲淡了他胸口的疼痛。

随着"咚咚咚"的脚步声，任和塞西莉从他身后冲了出来。任从红箱子里抓出另一只霸王龙爪，赶去救米洛，而塞西莉则伸手拿了别的武器。

亚瑟与蒂德搏斗时，他听到了一阵机械转动的"嘎吱"声，蒂德的额头上出现了一个红色的标记点。

"放下匕首！"塞西莉喊道，亚瑟从来没听她用那么愤怒的语气说话。她手上的岩石爆破枪微微颤动着，"否则就让你尝尝这个……不管它叫什么东西的厉害。"

"你不能在这里开枪！"

"我会的！"塞西莉霸气十足地说，"除非你放下武器，松开我的朋友。"

蒂德吼了一声，扔掉霸王龙爪，松开了抓着亚瑟的手臂。"好吧。"

亚瑟急忙地爬了起来，他不顾肋骨的疼痛，跟跟跄跄地走向米洛。"你还好吗？发生什么事了？"

任用匕首割断绑住米洛的最后一根绳索。米洛揉着手腕上的勒痕说："特攻队在体育场抓住了我，把我带到了这里。后来我设法逃了，潜入楼上的一间办公室。在那里，我进入了死锁的主机，删除了所有时间密钥设计图纸的副本。"他愤怒地瞪了蒂德一眼，"倒霉的是，我刚想走就又被人抓住了。"

"你确定你删了所有的副本吗？"任问。

米洛有气无力地笑了笑。"大家听着，接下来唯一要做的就是摧毁时间密钥。你们拿到钥匙了吗？"

"没，但我们知道谁拿着。"亚瑟答道，"我们还知道，死锁的另一个名字叫作拉扎勒斯·斯隆。"

"拉扎勒斯？"米洛皱皱了眉头，"不会吧——"

但他还没来得及继续，挂在他脖子上的红宝石色吊坠就闪了一下，投射出小缎带·雷克斯的全息图。

这时亚瑟跌跌撞撞地走了过来。"小缎带？"这个见习宇宙游戏警察低着头坐在一张长桌边，桌上散落着金属丝碎片和旋转金属颗粒的烧瓶。她梳得高高的黑色飞机头上架着一副 X 眼镜，一只手上拿着一个顶端闪红光的工具。放在桌子一端的时间密钥在闪闪发亮。在全息图像的一角还能看到一双软绵绵的白爪子。"你们在哪里？"亚瑟焦急地问，"你还好吗？那是小云吗？"

小缎带跳了起来。"亚瑟？！"她放下了手中那个闪着红光的工具，摆弄着全息图像之外的什么东西，"你们在干什么？你们在哪里？那是米洛·赫兹吗？"

她的语气有些不对劲。亚瑟原本以为她看到他们会很开心，但她听上去却有点恼火。

"这就是我要告诉你们的，"米洛说着，用手戳了一下全息图像，"我正要离开时，抓住我的人就是小缎带。特攻队员执行的都是她的命令，她才是这一切的主谋！她就是死锁！"

第二十七章

死锁现身

亚瑟愣住了。小缎带不可能是死锁。这没道理呀，小缎带一直在帮助他们。她是他们的朋友。

但米洛严肃的表情却在告诉他，事实正好相反。

"你把小云怎么样了？"米洛对小缎带的全息图像大喊道，"你肯定动了他的内部系统，才触发了此次呼叫。"

"小云，不！"塞西莉用手捂住了嘴，手里的岩石爆破枪差点儿掉在地上。

蒂德弯着膝盖，似乎正在考虑逃跑，甚至是启动自己的喷气背包。

"我没有对你宝贵的模拟狗造成什么永久性的伤害，"小缎带冷笑地说，"我只是切断了它和时间密钥之间的连接。"

任怒吼道："你说你要几个月才能做到！"

"好吧，我撒谎了。"

亚瑟觉得自己的脑袋乱作一团。如果小缎带在这件事情上骗了他们，那么她告诉他们的一切可能都是谎言。

蒂德笑了，她注意到了亚瑟脸上的表情。"我以前就告诉过你们：你们这些毛孩子根本不知道自己惹了谁。"

小缎带对着全息图像外的一个人喊了一声。"蒂德，我能听到！他们就在基地。"她向前探了探身子，把小云的身体拖了过来。看到小云松松垮垮的腿和暗淡的皮毛，亚瑟的心一阵疼。小云眼皮紧闭，像是在睡觉，但亚瑟知道，小缎带一定是把它的系统关闭了。

"我很快就能和你们碰面了。"小缎带不怀好意地说。

她说完，全息图像就被关掉了。亚瑟的脑袋嗡嗡作响，试图搞清楚这一切是怎么回事。他看了看手表。还有 3 个小时，他们就会变成原生质。"我们现在该怎么办？"他问其他人，"时间密钥仍然在小缎带手上，我们还要把小云救出来。"

"我们根本不是她和特攻队员的对手，"米洛说着，把塞西莉手中的岩石爆破枪拿了下来，"目前，我们只能做一件事：跑。"

他们把蒂德按倒在地板上，用原来捆米洛的绳子把蒂德的手绑在仓库的货架上，然后跑向基地的门。亚瑟一边跑，一边感到自己的血液在沸腾。他的脑子里一片混乱，反复想着小缎带是如何玩弄花招的。当他们在隧道中分头搜索时，正是小缎带建议小云加入她和格里芬的队伍。她精心策划了这一切，为的是抢走小云，并将小云与时间密钥的连接

断开。也许，如果格里芬没有出现，她在那之前就会把小云
抢走……

他们到达基地大门时，看到门还开着。突然，他们身后
一阵嘈杂，聚光灯亮了起来，把整座建筑不留死角地照亮了。

"小缎带在这里！"任喊道。蒂德的喷气背包发出的声音
在墙壁间回荡。一定是另一名特攻队员解救了蒂德，"快跑！"

他们穿过大门，进入传送门，终于回到了《拉扎勒斯秀》
的录影棚。亚瑟环顾左右。这里有两个出口——他们第一次
进来的那扇厚重的金属门，还有一个是蒂德和拉扎勒斯的员
工出现的那条通道。他瞥了一眼摄像机，突然有了主意。"我
们去帕提提的中心，就像我们依然要完成'铁浪争霸赛'的
任务一样。我有一个想法。"他希望它能发挥作用……

他们离开了录影棚，沿着那条有火把照明的通道前进。
如果他们当初没有进入金色壁板后面，他们本来会选择这条
通道的。

"我无法相信，死锁竟然就是小缎带，"任气喘吁吁地说，
"我们为什么没有发现？"

塞西莉摇了摇头。"这不是我们的错。她骗了所有人——
包括宇宙游戏警察。"

亚瑟带着因为小缎带的背叛而刺痛的心，在脑中把过去
三天发生的一切都重放了一遍，试图找出他们在哪个环节出
了错。他们轻率地认为，小缎带酒店房间里的那些信息是她

从死锁那里收到的回复。其实那些也可能是她以死锁身份起草，并准备发出去的信息。在沉睡王之地，他们也贸然认定，特攻队员去那里是为了把时间密钥从小缎带手上抢走。实际上，或许这只是小缎带为了赢得他们的信任而演的一场戏。或者，他们还忽视了哪些细节。

当他们继续沿着隧道前进时，空气变得像臭鸡蛋一样难闻。塞西莉把衣领捂在鼻子上。"太恶心了，是什么东西？"

"硫磺，"米洛阴沉地说，"我们肯定是快进入下一个任务了。"

在前方，隧道右侧的一个拱门附近的空气格外浑浊。他们越是接近右侧的拱门，硫磺的臭味就越浓烈。穿过拱门后，眼前是一个巨大的洞穴。一条光滑的黑色小径通向洞穴中心，小路两侧是起伏的熔岩。熔岩发出噼噼啪啪的沸腾声，一阵阵灼热的气体随之腾起，亚瑟觉得自己的皮肤要被烤焦了，眼睛也被刺激得泪流不止。洞穴的另一边，小路通到岸上的台阶，上台阶能进入三座印加神庙。一座神殿是用白色大理石筑成的，另一座是半透明的红色岩石，第三座是黄色砂岩。通往砂岩神殿的台阶有一段缺失了。

"小小屁孩！"一个声音从上面传来。耶塞妮娅·科尔特在一块飘浮的砂岩上面努力地保持着平衡，这块砂岩的形状和神殿台阶上缺失的地方一样。她脸上满是汗水，头发披散着，紧身衣上的标志已经开始融化了。"我以为你们被淘汰了！"

亚瑟想给耶塞妮娅解释一下，但这个念头转瞬即逝，因为他觉得他不欠她任何东西。既然她已经存活到了现在，她就能等到这一切结束，不管结果如何。

他环视四周寻找格里芬，但没有看到他的踪影。无论这位运动游戏冠军在哪里，亚瑟都希望他能成功。亚瑟现在才明白，格里芬对他们一直都是诚实的，亚瑟对他的所有怀疑都是错的。

塞西莉完全无视耶塞妮娅。她紧张地瞥了一眼熔岩。"亚瑟，你最好还是把你的计划告诉我们……"

"好。"亚瑟用手遮住脸，试图抵挡灼人的热浪。他指了指神殿说，"拉扎勒斯的一个工作人员说过，他们在一座神庙里安装了摄像头和麦克风，一旦有人打开箱子拿到铁浪盾牌，设备就会开始录制，直播也会开始。我认为开启设备之时就是我们的最佳防御方式——如果宇宙游戏警察在全息直播上看到和听到了正在发生的事情，他们立刻就能赶到这里。"

任被臭气呛得咳嗽。"好计划。但我们怎么才能把时间密钥从小缎带那儿——"这时，他们身后的通道突然响起"隆隆"的脚步声，打断了她的话。

米洛转过身，他的岩石爆破枪已经准备好开火。"走啊！"他让亚瑟和其他人都闪到一边去，"我会尽量跟他们耗时间，让你们开启直播。"

现在已经没有时间讨论了。亚瑟、任和塞西莉把米洛留在房间的入口，三个人顺着熔岩中间的小路冲向神庙。亚瑟的每一次呼吸都能感觉到硫磺的灼烧，但他依然振作精神朝前冲。塞西莉挽起裙子，这样跑起来更快；亚瑟想，以他们流汗的量，她的裙子现在一定像玻璃纸一样粘在她身上。跑了一会儿，他不得不把脚从地面上扳起来，因为他运动鞋的橡胶鞋底总是被粘住。

"我们去哪座神庙？"当他们走到小路的尽头时，他问道，"耶塞妮娅选了黄色神庙，但她显然错了。我们必须做出正确的决定，否则我们就会像她一样。"

亚瑟努力解开谜题。"每座神庙肯定都代表着不同的东西。黄色，红色和白色代表什么？"

"这不是它们之间唯一的区别，"塞西莉说，"白色神庙有个小门廊，黄色神庙要大一点，红色神庙就更大了。"

不同的门廊，不同的颜色，不同的神庙……

尽管周围有沸腾的熔岩、有毒的空气和灼人的热气，亚瑟还是尽力理清思路，集中注意力。"也许每座神庙都是为不同的印加神明而建造的，我们必须选择正确的一座。"

"但印加人的神肯定是太阳神，那不应该是黄色吗？"

任说。

想到太阳，亚瑟的大脑又迅速地转动起来。与所有恒星一样，太阳有着数十亿年的生命周期。他试着回忆起他上学期在物理作业里画的图表。"也许每座神庙代表太阳生命周期的不同阶段。起初，太阳是一颗持续燃烧的黄色恒星。然后，当日核中的氢气用完时，它会变成一颗红巨星。最后，当日核崩溃时，它将变成一颗白矮星。"

塞西莉说："你说的红巨星和白矮星的部分，的确跟神庙庙门的大小匹配。"她眼中反射着熔岩的光芒，"所以我们选择哪一个？"

"我不知道。这里是蔽日之地，或许我们应该选白矮星。"亚瑟说，"太阳死亡后就会变成白矮星。"

他们小心地往白色神庙的台阶走。塞西莉把一只脚踩在最下面的台阶上，腿抖个不停。"感觉没事，但我们还是得悠着点，以防万一。"

突然，他们身后传来撞击声，洞壁上的尘土纷纷下坠。亚瑟转过头去，看到米洛对着外面的通道，用岩石爆破枪喷射绿色的火焰。

"我改主意了，"塞西莉说，"直接冲吧！"

他们两步并作一步冲上神庙的台阶。亚瑟只顾着跑，等到了台阶顶，他才发现他们没一个人像耶塞尼娅那样被困在空中下不来的，看来他的选择是对的。

他们弯腰穿过小门廊，进入白色的神庙。任拍了拍他的背表示感谢。

神庙里面是一个很大的正方形空间，没有其他出口。橘红色的光线透过天花板上的一道道缝隙照下来，在铺着沙子的地板上组成了充满印加特色的几何图形。虽然这里凉快些，令人心生感激，但亚瑟知道，这也只是与外面沸腾的熔岩洞穴相比而言。在沙子地板的中央，放着一个长方形的石柜。它的盖子至少有 10 厘米厚，上面雕刻着一个盾牌。

"铁浪盾牌一定在里面。"任说着，快步走了过去。

亚瑟在墙上找摄像机和麦克风，但什么也没看到。不过他并不怎么担心，摄像机可能藏起来了。"石柜的盖子看着太重了，根本抬不起来。我们只能把它推开。"

他们走到石柜的一边，用肩膀顶着盖子一起用力推。

"一点儿都没动，"任紧咬着牙关说，"你们觉得还有别的方法能打开它吗？"

塞西莉看着脚下移动的沙子，眼睛亮了起来。"在沙地上写下你的传奇，让盾牌随着你的指挥转移，"她低声地重复着探险地图上的线索，"肯定与这个有关！为了移开石柜上刻着盾牌的盖子，我们必须在沙子上写下我们的传奇。"

"但我们没什么传奇啊，"任说，"我们才 13 岁而已。我们这点儿'事迹'不够让别人来传颂。"

亚瑟耸了耸肩。"我不知道——但克拉肯体育馆外面有我们的雕像……"

塞西莉又仔细地检查了一遍石柜顶部的盾牌。"阿基米德是不是说过，'传奇'这个词有好几个不同的含义？我敢肯定，传奇'legend'这个词，含义之一是纹章上的格言。纹章通常是刻在盾牌上的，不是吗？"

"是的……"亚瑟试图回忆纹章是什么样子的，"中世纪的骑士常常在盔甲上展示他们的纹章，以表明他们出身于哪个贵族家族。与纹章相配的格言往往是：勇者天助，或为了爱情、生命和荣誉之类的话。"他能听到外面搏斗的声音，"快，我们每个人最好快点想一想自己的经历。这个传奇必须是能代表我们的东西。"

他跪在地上，把手指放在沙子上。如果他是一位在战场上奋勇厮杀的骑士，他纹章上的格言会是什么？他反思了他在过去三天认识到的关于自己的一切；回忆了自己如何鼓起勇气爬上比林根幽灵城的塔，拯救了任和塞西莉，以及如何在沙尘暴中保持专注，救下了卡尔迪的山羊。他认为自己一点儿也不像他玩的电子游戏中的英雄，但这些英雄的品质——勇敢无畏，快速应变，意志坚定——他也有，只是他以前从未意识到。

他深吸了一口气，把手指插入沙中，写下了勇气和信心。三天前，他可能会写下不同的词语，但在《幻境传奇》的经历让他知道了自己是谁，拥有什么样的力量。

他瞥了一眼任和塞西莉，想知道她们在写什么。他明白塞西莉有时会感到自己软弱无力，但其实她是他认识的最令人敬畏的人：她曾说服嗜血的维京王停止战斗；在扎祖拉，她一人掩护了所有人。而任，她非常怕辜负别人的期望，但无论是绳降进入地下洞穴，在沙尘暴中保护大家的安全，还是骑机器马，她总是自己承担风险来帮助别人。她从未让人失望过。

塞西莉从亚瑟身后望过来，说："你的格言很准确。"

他站起来看了看她写了什么。"获胜的力量，"他读了出来，脸上浮现出灿烂的笑容，"非常适合你。你呢，任？"

"不证自明，"她耸了耸肩膀说，"只要我能做真实的自己，我觉得就足够了。"

"我们是格里芬的团队成员。我们也应该为他写一句格言，"塞西莉说着，也跪在沙地上，"你们有什么想法吗？"

"就写'真相至上'。怎么样？"亚瑟提议说，"格里芬为了帮我们救米洛、打击死锁，宁肯放弃夺冠的机会。我想他会认同这句话的。"

任肯定地点了点头，于是塞西莉飞快地把这句话写在沙子上。他们写下的字立刻开始放出光芒。外面，战斗声越来越大，这里，石柜的盖子溶化成一团闪闪发光的纳米粒子。神庙中响起洪亮的锣声。亚瑟悬着的心终于放下了。

他们成功了，他们完成了任务——这意味着他们同时也

启动了隐藏的麦克风和直播。在万丈金光中，石柜上方出现
一个风筝形的盾牌……

　　……这时，神庙一侧的墙壁被炸开了一个洞。

第二十八章

终极对决

墙上的砖石轰然坍塌，熔岩洞穴里的热浪喷了进来，冲击着地面上的沙子。尘霾飞扬，亚瑟被呛得连声咳嗽，眼睛也只能眯着。墙上不知被什么东西炸出一个洞，洞周围的石头被烧得通红。

一群黑影冲了进来，"咣咣当当"一阵响——是特攻队员。

铁浪盾牌仍在空中旋转。亚瑟快步走过去，伸手把它拿了下来。

"这边！"任从石柜的另一边冲他喊。铁浪盾牌和铁浪护甲的其他部件一样，都是用一种轻质金属制成的，当亚瑟将铁浪盾牌的带子套在他的手臂上时，他感觉到它自行调整到了适合他的尺寸。他飞快地绕过石柜，在任和塞西莉旁边蹲了下来。

此时神庙里到处是人，从墙上看，仿佛一道道影子蹦了起来。亚瑟背靠着石柜，呼吸急促刺耳。他不禁好奇为什么他们还没有被敌人包围。然后他听到了一个冰冷的声音。

"如果我没记错，你们仨再过 1 个多小时就要吧唧倒地了吧。"

是小缎带。亚瑟从石柜后面瞧见了她。她身边是一群神情凶恶、穿着风衣的少年，每个人都有恐怖的人体模控机械改装，有的是脚上焊了带喷气推进的轮子，有的是头上装了火箭发射器；另一些人的肩上"长着"螺旋桨的桨叶。

在这些一脸不屑的面孔中，有三张是亚瑟认得的：蒂德、沃鲁和鲁尔坦。

但他没看见米洛、小云和格里芬。

"麻烦的是，如果观众看到你们突然变成了黏液，他们就会开始问问题，"小缎带说，"我不能冒险让任何人知道时间密钥的存在，否则他们可能会试图阻止我。最好就是你们现在就死掉。"她向特攻队员们做了个手势，"干掉他们。"

亚瑟利用石柜左躲右闪，心怦怦直跳。小缎带说的"阻止我"是什么意思？阻止她做什么？他朝四周看了看，但找不到逃生路线。他们被困在了这里。听到武器预备发射时的"嗡嗡"声，亚瑟跳了起来。"等等！"他大喊着，像疯子一样挥舞着胳膊。他打算迷惑特攻队员们，给任或塞西莉争取时间想出一个计划来。

"别管他，"小缎带不耐烦地说，"他想拖延时间。"

"不是的！"亚瑟不得不即兴发挥，"如果你现在杀死我们，你们就不知道时间旅行的其他副作用了，等你们自己弄明白就太晚了。"

小缎带把双臂交叉抱在胸前问："什么副作用？"

"宇宙不仅仅能把你变成原生质，"亚瑟情急之下编了一个谎，"当你穿越到未来时，还会发生其他事情。"

"真是这样吗？"小缎带的语气中带着怀疑，"我不用担心这个。我不穿越到未来。"

这时亚瑟想起了小缎带在亚历山大图书馆中提到的一些事情。她说，"时间密钥可以让人拥有随意改变历史的力量"。"这就是你的计划对吧？"他忽然明白了这一点，心中感到一阵恐慌，"你想回到过去，按你的意愿改写历史。"

小缎带只是得意地笑了一声。

"但你不能那样做！"亚瑟脱口而出，"你会毁掉数百万人的生活！这可不能胡来。"

"你说起话来就像我爸一样，"小缎带用蔑视的语气说，"在我之前，他就是死锁。他让我加入宇宙游戏警察当双面间谍。他从来都没什么雄心壮志。他知道时间密钥的设计图蕴含了强大的力量，但他不知道如何解读。他去世后，我继承了设计图，后来我打响的名声，超越了在我之前的任何一届死锁。"

亚瑟百感交集，不住地颤抖——他既愤怒、恐慌，又深感绝望——但他尽量不表现在脸上。显然，小缎带已经忘记了这一切都是带着声音现场直播的，她相当于已经向所有观众宣布了自己的真实身份！

但这不会使亚瑟和其他人免于被杀害的厄运。他记得宇宙游戏警察抵达扎祖拉需要 6 分钟的时间。亚瑟必须让小缎带说够那么长的时间……

"我们还以为拉扎勒斯·斯隆就是死锁呢，"他希望小缎带能纠正他，"我们看到蒂德伪装成他的工作人员。"

他的话让特攻队员发出一阵窃笑。小缎带轻蔑地"哼"了一声。"拉扎勒斯·斯隆连自己穿什么衣服都决定不了。他根本没能力像我这样经营一个帝国。"

计划似乎生效了，但亚瑟还是紧张得胃里抽筋。*记住，勇气和信心。*他对自己说。"在扎祖拉，你被特攻队员追击的时候，我们救了你。但那一切都只是演戏吗？"

沃鲁、鲁尔坦和其他几个特攻队员"咯咯"地笑出了声。"当然是演戏，"小缎带说着说着勃然变色，"抓住米洛以后，我的特攻队员用尽各种方法，也没从他那里问出一个字来。所以我才决定探探你们仨对时间密钥知道多少，说不定你们更有用。为了赢得你们的信任，我把我的房门开着，让你们找到那些信息，并相信我并不愿意为死锁工作。我主动提出帮你们找到米洛，这样我就可以和你们待在一起，等待时机抓住小云。我本可以早点用武力夺走小云，但这意味着暴露我的身份，并失去在宇宙游戏警察中那份有价值的工作。"

亚瑟绷紧了下巴。他简直不敢相信小缎带就是这样把他们耍得团团转。她故意留下各种线索，牵着他们的鼻子走，他们却从来没有质疑过。

他正想着说点什么接上她的话，塞西莉突然跳到他身边，挥舞着拳头。"我们那么信任你！我们把你当作朋友！"

任也站了起来。她被气得发抖。"如果你敢伤害小云或米洛，我发誓我会——"

小缎带笑了起来，打断了她的话。"我告诉过你们不要相信任何人。哪有什么真朋友。我开始对你们好是因为我想看看你们会不会成为我的潜在客户。"

突然，鲁尔坦指着墙壁喊道："这里有麦克风，老大！正在现场直播呢！"

小缎带气得鼻孔都要翻过来了。"所有人，撤退！"她喊道。她从一名正要离开的特攻队员手上抓过来一把岩石爆破枪，瞄准了亚瑟和其他人，"你们要付出代价。"

就在她开枪的一瞬间，亚瑟本能地将铁浪盾牌挡在自己面前。意想不到的事情发生了。

只见一朵纳米粒子云团升腾而起，盾牌随之变成一个闪闪发光的球形能量场，就像一个巨大的泡泡，把亚瑟、任和塞西莉包裹进去。泡泡带着他们从沙子地面飘浮起来。

亚瑟感到失重——就像他进特攻队传送门的时候一

样——但这一次，他可以看到周围的一切。

小缎带发射的绿色弹药打在气泡上，一阵绿烟弥漫开来，弹药随即被反弹了回去，直直地向小缎带飞去。小缎带及时躲开，但跟在她后面逃跑的鲁尔坦就没那么幸运了。弹药击中了他的臀部，烧穿了风衣和裤子，在屁股上留下了一块冒着烟的红印。

"哎呀！"他惊慌地喊叫着，赶紧用手去扇。

几名特攻队员目睹这番奇观后拔腿就跑，一边跑，一边回头开枪。这其中也包括沃鲁。他用肩扛炮向盾牌发射了一枚炮弹，炮弹像烟花一样噼里啪啦地喷着火，冲亚瑟他们飞去，亚瑟吓得一缩……

然后炮弹就像橡胶球一样被能量场弹开，并以火箭般的速度飞向特攻队员，顷刻间四下逃窜的特攻队员乱作一团。

"你在干什么，你这个大傻瓜！"蒂德大喊道。她的喷气式背包呼呼地喷射着火焰，她一边在空中盘旋，一边吼，"下次开枪前，先动动脑子！"

她只顾着斥责沃鲁，没有注意到几米外一个飘浮的石块上，还有一个在尽力保持平衡的耶塞妮娅。耶塞妮娅流露出急不可耐的目光，她感觉自己回到地面的机会来了。她等到蒂德盘旋到附近时，往她面前纵身一跳，然后紧紧地抱住不放手。

"放开我！"蒂德大喊大叫，对耶塞妮娅又踢又打。她的喷气背包承受着两个人的重量，发出了刺耳的轰鸣声。

与此同时，亚瑟身边的任在失重状态下翻了个跟头，她的发髻松开了，散开的头发拂过亚瑟的脸。"看，那是格里芬！"她大声喊道，用手指着外面。

这位身穿铁浪护身甲的运动游戏冠军手握能量短棒，冲进山洞，左挥右击，与特攻队员搏斗。他肩上的伤口还淌着血，嘴巴紧紧地抿成了一根线。他挺过了骷髅战士的攻击，现在赶过来帮助他们。

亚瑟发现小缎带正慌慌张张地跑下神庙的台阶，一边跑，一边敲击着她的手环屏幕。在神庙大厅的中央，一根绿色光柱从地板上冲天而起。他忽然明白了："小缎带要带着时间密钥逃走了！我们必须阻止她！"

他不知该如何操作能量盾，所以试着踢了它一脚。当他的鞋子踢到能量盾时，力场立刻分解成一团纳米粒子，随即回到他的手臂上，重新形成了铁浪盾牌。重力把他拉回地面，他跌落到了沙子上。

他姿势别扭地着地，扭到了脚踝，但斗志帮助他缓解了疼痛，他坚持站了起来，和其他人从神庙墙上的洞里爬了出去。

熔岩室里弥漫着烟味，到处一片混乱。特攻队与格里芬和耶塞妮娅激烈交火，绿、红、蓝色的能量光四处横飞。在热浪的刺激下，亚瑟只能眯起眼睛搜寻小缎带的身影。她此刻已经快到传送门的入口了。

"来吧！我们还来得及抓住她！"任一边喊道，一边朝小缎带跑过去。

他们冲下神庙台阶，但亚瑟一踏上熔岩室的地面，他的脚踝就支撑不住了。他喊了一声，摇摇晃晃地就要摔下去。突然，塞西莉跑到他身旁，把他的胳膊搭到自己肩上，扶住了他。"这时候别停下！"

亚瑟紧咬着牙关，拖着脚步，竭尽全力地艰难前进。他忍着钻心的疼痛，依然紧盯着小缎带——不能让她带走时间密钥。

他们尽力地追逐，但小缎带还是离他们越来越远。

"不！"塞西莉尖叫道。

亚瑟不想放弃希望，但小缎带距离传送门只有几米远了，即使任全速追赶，她也不可能追得上。"不，这不可能……"他的声音沉闷而绝望。小缎带一旦消失，他们也将彻底失去回到 21 世纪的机会。

失去回家的机会。

失去回到爸爸身边的机会。

亚瑟一瘸一拐地向前走，他的眼睛里充满了泪水。他再也见不到爸爸了。他们再也不能在后院踢足球，不能一边看电影，一边大笑，不能打雪仗，不能一起做煎饼……

"只能这样了，是吗？"塞西莉抽泣了起来，脚步也放慢了。"我们将在这个臭气熏天的熔岩洞穴里化作一团黏液，我们的生命就要这么结束了。"

亚瑟瞥了一眼自己映在光滑黑色地面上的倒影。他们这么长时间的努力毫无意义。他们所取得的一切成就，他们所学到的关于自己的一切，此刻再也没有什么意义。他们的未来已经结束。

他听见了任的喊叫声，尽力地抬起了头。塞西莉抓住了他的胳膊。"看啊，"她无比激动地喊道，"看那边！"

小缎带离传送门入口只有一步之遥，但里面出现一团阴影，那团影子越来越暗……

一只戴红色项圈的巨型老虎冲出光传送门，将小缎带猛扑在地，小缎带发出一声惨叫。老虎厚厚的铁锈红色的皮毛上有黑色的条纹，额头和腹部有白色的斑点——是小云！

紧跟在小云后面的是米洛·赫兹，他颤颤巍巍地走出传送门，一只胳膊松松垮垮地垂在身体一侧，脸上有几道血痕。小云朝小缎带步步逼近，亮出明晃晃的利齿，小缎带慌忙地站起身来，向后退缩。

"太棒了，小毛球！"任欢呼着，挥舞着拳头。

亚瑟想向前跑，但脚踝传来一阵疼痛，他倒在塞西莉身上。她稳住了他，握着他的手，紧盯着眼前。

"结束了，"米洛对小缎带厉声说，"把时间密钥给我。"

小缎带一边慢慢地向后退，一边把手伸进包里，拿出时

间密钥。"很抱歉让你失望了，但死锁绝对不会白白地把任何东西送给别人。"她在熔岩上方晃着时间密钥，"你和我得谈一谈了。"

亚瑟紧张地屏住了呼吸，但米洛似乎仍然很镇定。"你想错了，"他说着，用下巴指了指小云，"你有资格谈条件的日子已经结束了。"

随后发生的事情如此之快，亚瑟可能一眨眼就看不到了。随着一声低沉的"噗"，小云先是变成了一团纳米粒子的薄雾，然后又变成了一只有着淡粉色脸和圆圆黑眼睛的小猴子。

其他人还没反应过来，小云已经蹿了出去，它摆动着自己的长尾巴保持平衡，一下子便跳到了小缎带的肩膀上，从她手中夺走了时间密钥，又蹦回了地面。

"滚开！"小缎带尖叫着，发疯般地挥舞着双臂。

亚瑟不明白小云怎么会自主变形，它以前从来不会这样……

变成猴子的小云手脚并用，跳跃着奔向米洛，发出胜利的嚎叫。时间密钥牢牢地卷在它尾巴上。米洛收起钥匙并把它放入自己的上衣口袋时，亚瑟的心总算回到了原处。终于，它又回到了他们手中。

一道道光门开启，宇宙游戏警察们终于也赶到了。他们背上都绑着与格里芬的武器相似的能量棒，还戴着配有黑色面罩的作战头盔。他们冲向特攻队员，大声地发出警告，从肩上抽出了警棍。小缎带盯着他们，脸上露出震惊和沮丧的表情。警察的数目远远超过了正在试图逃跑的特攻队员们。当特攻队员们被制伏时，他们不甘心地大喊大叫。亚瑟注意到，督察长多夫顿正怒不可遏地朝小缎带冲去。

任跑过去拥抱了亚瑟和塞西莉。"总算结束了！"她喊道，"我们要回家了。"

第二十九章

回 家

亚瑟不知道自己流泪是因为脚踝的疼痛、熔岩洞的酷热，还是因为拿到了时间密钥喜极而泣，可能三者都有。

"会很疼，尽量不要动。"一位跪在亚瑟身边的宇宙游戏警官说。他是一个身材瘦削的人，手指又细又长。他非常小心地脱下亚瑟的袜子，检查他的受伤情况。

亚瑟疼得脸都变形了。他的脚踝肿得像一个发面面团，颜色像煎熟的火腿。"我的脚断了吗？"

"有可能。"警官从他的挎包里拿出一个细胞再生器，"但我马上就能让你站起来走动。不用担心。"

亚瑟手表上的计时器只剩下7分40秒了。他打量着周围的环境，寻找其他人的踪影。

洞穴里乱哄哄的。小缎带和她的特攻队员被警官们押送离开后关了起来。米洛正在与督察长多夫顿热烈地谈论着什么，其他几名警官正在治疗任和塞西莉的烧伤和擦伤。

小云重新变回了狗的样子，坐在亚瑟的身边，用黑色的大眼睛注视着他。亚瑟伸手拍了拍它的头。"你是个好孩子，"他说，挠了挠小云的下巴，"一个非常好的孩子。"

小云高兴地叫了一声，亚瑟笑了。

"好了，不要动，"正为亚瑟疗伤的那名警官说。他把细胞再生器对准亚瑟的脚踝，亚瑟的皮肤上出现了几个蓝色的小点。他感到受伤的地方有一股舒适的凉气吹过，仿佛自己的血管里流淌的是冰水。这种舒适的感觉让他忘了疼痛。

几秒钟后，细胞再生器发出"哔哔"的响声，亚瑟皮肤上的蓝色小点消失了。"好了，现在你可以动了。"警官一边说，一边把细胞再生器塞回他的挎包里。"感觉如何？"

亚瑟转动了几下自己的脚——一点儿也不疼了。他的脚踝又像从前一样结实，足以承受他的体重了。他尽量不露出惊奇的表情。"好多了，谢谢。"

"接下来的1个小时不要剧烈运动，"那名警官说，"这几天内不要再玩运动游戏了，明白吗？"

"这个我能做到。"亚瑟一边说，一边站起身来。

任和塞西莉的伤也已经处理好了。她们跑到了亚瑟身边。

"我们还有多少时间？"任问道。她用牙齿咬着一根皮筋，正在梳理头发，重新扎成马尾。

"7分钟，"亚瑟答道，"我们去找米洛。"

塞西莉把小云抱在怀里，找到米洛，他仍站在那里与督察长谈话。当他看到他们的时候，眉毛扬了起来。"失陪一下，"他对督察长说，"我还没跟我的队员了解情况呢。"

督察长点了点头。"走廊外面有一个储藏室，你们可以在那里说话。那里空气更凉爽，也不会有人知道你们在那里。拉扎勒斯和他的手下已经在外面四处打探了，我不知道能把他们挡在外面多久。"

"太好了。"米洛笑着感谢督察长。他走到亚瑟和其他队员跟前，压低了声音说，"你们听到了吗？咱们离开这儿吧。"

他们向右转，走出了熔岩室，再沿着隧道快速地前进，到达一扇敞开的门前。门的正面被做成石块的样子，里面却是钢铁。如果它是关着的，亚瑟不知道自己能不能发现它的存在。

亚瑟走在大家前面，第一个跨进门口，然后感到自己全身都起了鸡皮疙瘩。这个房间装了空调。塞西莉不喜欢空调，因为对环境不好，但此刻亚瑟再也想不出能比这更令人惬意的东西了。他吸了一口清新的空气，喉咙和鼻孔都感到了凉意，其他人也挤到了他身边。房间很小，但光线明亮。靠墙摆着一排排不锈钢货架，上面塞满了帕提提的各种道具，有金太阳雕塑、印加风格的火把和用来装粮食的空袋子。米洛关上了门，这里立刻变得很安静。

"我们的时间不多了，所以我长话短说，"他一边说，一边从上衣口袋里拿出了时间密钥，"特攻队在洞穴入口处抓住了我，但当我看到小缎带抱着小云时，我想起我给小云添加过一个选项，可以用这个远程激活。"他敲了敲脖子上的红宝石吊坠，"与此同时，我启动了小云系统中的实验模式，允许它按自己的意愿随意变形。于是它逃走了，还救了我的命，但那时小缎带已经找到你们了。"

塞西莉抱着小云，轻轻地抚摸着它的耳朵，骄傲地看着它。亚瑟已经记不清小云救了他们多少次。在他们见识过的所有令人难以置信的未来科技当中，最棒的就是小云了。

米洛认真地盯着时间密钥，把表盘分别朝几个不同的方向拨动了一下。"早些时候，当小缎带提到小云与时间密钥之间存在连接时，我就意识到了其中的原因：我把小云身上的一项设计机制也用到了时间密钥上。我就不啰嗦什么细节了，我只想告诉你们，它们之间是通过很少有人知道的天体物理现象而产生了联系。"他摇了摇头，好像在为自己没有早些发现这一点而感到懊悔，"但问题已经解决了。我把时间密钥设置好了，它会把你们送回你们离开任家花园的那一刻。在其他人看来，时间根本没有流逝。"

亚瑟心中激动不已。他要回家了——回到爸爸身边，重回他的生活、他的未来。

"等你们安全离开后，我会用时间密钥做最后一次时间旅行，回到过去待上几个小时，"米洛说，"我需要用神庙中的录音设备调整一下你们和小缎带之间的对话直播，这样我就能掩盖住时间旅行的所有痕迹了。"他又指了指自己腰带上的岩石爆破枪。"之后，我将销毁时间密钥，谁都不能再使用它。"

米洛的话让人感到宽慰。亚瑟希望他能从过去的错误中走出来，继续自己的生活。

"如果小缎带把时间密钥的事告诉别人了怎么办？"任问，"你认为他们会相信她吗？"

米洛"哼"了一声。"我觉得不好说。小缎带骗了很多人。如果没有证据，任何人都无法确定她是否在讲真话。时间旅行将一如既往地只是一个传说。"他又一次转动了时间密钥上的表盘，一股雾气从中心孔喷了出来。他小心翼翼地将它放在地板中央。

雾气逐渐形成了一个旋转涡流，每个人都后退了一步。渐渐地，涡流在房间里形成了大风，把架子上的道具吹得"哗哗"作响。

"你能替我们谢谢格里芬和阿基米德吗？"塞西莉高声问。

"一切交给我就好了，"米洛说，"不用担心。我已经想好怎么对拉扎勒斯·斯隆解释了。我要告诉他，你们为了不引起太多注意，已经像你们的父母亲一样隐遁了。"他重重地叹了口气，"不过，还有一件事。很抱歉，但小云需要跟我待在一起。让它回到 21 世纪，对每个人来说都太危险了。"

"什么？"塞西莉把小云贴在胸口，"不，我不明白你的意思。"

小云低低地叫了一声，垂下了尾巴。亚瑟突然觉得心里空荡荡的。小云一直和他们共患难，先是在《幻境逃生》，现在是《幻境传奇》。但他们以后再也见不到它了。

米洛眼中流露出安慰的神色。"我知道这会让你们很难受，但我不能再冒这样的风险。我当初把小云交给你们，是因为我认为它能在《幻境逃生》里帮助你们应对各种困难。"

"它的确帮了我们很多，"任平静地说，"小毛球是我们最好的朋友。"

"但你们再也不需要他了。"米洛温和地说，"你们三个人是一支很棒的团队。你们知道为什么吗？因为你们始终拼尽全力，为自己，也为别人。"

亚瑟勉强笑了笑。他相信这是真的，但这并不会减轻他失去小云的痛苦。

"时间已经到了，"米洛敦促道，"我们得说再见了。"

塞西莉哭着吻了一下小云的鼻子。"好孩子，我永远不会忘记你。"她抽噎着说，"你一定要好好的。"

"小毛球——"任的声音也哽咽了。她伸手抚摸着小云的下巴，"谢谢你为我们做的一切。"

亚瑟凝视着小云明亮的大眼睛，他的喉咙像被堵住了一样。"我会一直想着你的，伙计……"话还没说完，他的下嘴唇已经颤抖不已。

　　旋涡的速度越来越快。塞西莉把小云交还给了米洛。她全身都在颤抖。亚瑟感到她快要哭了，于是握住了她的手。

　　"小云和我会在历史书里找你们的故事，看看你们以后的生活是什么样的。"米洛说，"不要让我们失望！"

　　"不会的，"亚瑟说。他们三人在旋涡前排成了一排。任抓起塞西莉的另一只手，深深地吸了一口气——他们走了进去。

　　亚瑟感到脑袋一阵刺痛。他脚下的地面剧烈地晃动起来。他把塞西莉的手抓得更紧了……

　　随后，旋涡消失了。

　　他站在任家花园尽头的池塘旁边——这正是他们三天前消失的地方。他能感觉到阳光洒在脸上，空气清新甜美，鸟儿在唱歌。远处，邻居家的草坪上传来无人机的嗡嗡声。

　　任揉了揉眼睛。"我们真的回到家了！"

　　亚瑟一直紧绷着的肌肉松弛了下来。黏液末日的威胁已不复存在。

　　"得去告诉我们的父母，小云跑掉了，"塞西莉一边说，一边抽了抽鼻子，用外套袖子擦了擦眼睛。"得了，我们先进屋去吧。我想看看我的爸爸妈妈。"

　　他们穿过花园，朝房子走去。微风吹过亚瑟的脸颊，他觉得自己无比轻松。最终，一切都好好的。

　　"我们的暑假还没过完呢！"任挥了一下手臂。"我要尝试一下妈妈希望我做的工作。没准儿会很酷呢。你们两个有什么打算？"

塞西莉的泪水还挂在脸上，但她挤出一个笑容。她说："我肯定要去尼日利亚啊。家人对我而言非常重要，我可以努力做环保工作来抵消两次航班的碳排放量。亚瑟，在游戏学习班上，你要同别人好好相处啊。"

亚瑟投降似的抬起双手。"知道了，知道了。我明天就去注册。"

"明天是一个美妙的词，你们不觉得吗？"任说。

"绝对是，"亚瑟表示同意，"它就像一个承诺。明天什么都有可能发生。"

小岛童书

小岛童书是光尘图书旗下的儿童文学品牌。

我们希望有这样一座岛屿：在这里，阅读者可以释放想象力，在文字中感知更广阔的世界；在这里，阅读者内心的烦恼能在文字中找到出口。因为在这座岛上，我们相信文字的力量。

我们相信幽默的故事可以在插科打诨的包袱中触及生活中的严肃议题，比如友情的难题，父母的缺失、缺席或是过度控制，以及成长的烦恼。

我们相信写实的故事可以通过主人公的独白让阅读者直面那些容易被掩盖的情绪，那些有点自私、有点自大、有点不那么美好的情绪。

我们相信奇幻的故事可以让文字作为最便捷的载体，让阅读者不囿于方寸之中……

《我把哥哥换掉了》

完成日期 _____

英国亚马逊教师之选，众多小读者捧腹推荐，诙谐的插图降低阅读难度。

不想当独生小孩？不满意自己的兄弟姐妹？那就去"兄弟姐妹交换网"申请一个吧！太疯狂了？那不如先看看乔尼对换兄弟服务的"测评报告"吧！

弟弟乔尼如愿换走了老是欺负他的哥哥特德，满心期待着能迎来一个完美的新兄弟。然而，接替特德来跟他做兄弟姐妹的却是人鱼、狐獴、亨利八世的幽灵……他们的确让他的生活变得更"精彩"也更热闹，但也给他带来了种种意想不到的麻烦。

☆ ☆ ☆ ☆ ☆

著者：[英]乔·西蒙斯　　**绘者：**[英]内森·里德　　**译者：**阿昡　　**页数：**208　　**定价：**32元

《天才姐姐和我》

完成日期 _____

幽默的语言，脑洞大开的剧情，一本给孩子的积极心理学读物。

天才姐姐敏是妥妥的"别人家的孩子"，爸爸妈妈的重点培养对象。弟弟基思则是普通又平常的小学生，他对枯燥的课本知识得过且过，却知道鸵鸟跑起来比马快得多、狼蛛不吃东西可以活两年……他会把剪下来的脚指甲插在香肠里看它是否还会继续生长。

基思非常想参加位于巴黎的发明家大会，无奈爸妈脑子里只有敏。当基思得知参加知识竞赛能够获得奖金时，他决定偷取敏的大脑去参赛，拿到冠军，赢得奖金，参加发明家大会，走向人生巅峰！

☆ ☆ ☆ ☆ ☆

著者：[英]乔·西蒙斯　　**绘者：**[英]内森·里德　　**译者：**高源　　**页数：**152　　**定价：**28元

《小机器人布特》系列（3册）

小个头，大冒险：页数：232　　拯救锈锈：页数：240　　公园保卫战：页数：228

著者：[爱尔兰] 肖恩·赫加蒂　　绘者：[英] 本·曼特尔

译者：王浩；黄瑶；周颖琪　　定价：117 元 (3册)

惊险刺激的旅程，各具特色的人物，图文比例 1:1，
如同迪士尼动画大片，带给小读者快乐的阅读体验。

　　在垃圾堆里醒来时，布特——一个玩伴型小机器人，发现自己只剩下两段半记忆了，记忆中满是对他的主人小女孩贝丝的美好回忆。他确定贝丝还爱着自己，然而，自己该如何找回失落的记忆，又究竟为什么和主人分离？逃离垃圾场的布特，先后结识了"万事通"机器人诺克、拥有美妙歌喉却"易燃易爆炸"的机器人小红、"拍照狂魔"机器人塔格和无忧无虑的机器小狗普奇……

《我掉进童话世界的那一天》

完成日期 _____

☆☆☆☆☆

入选百班千人四年级阅读书单，亚马逊和《泰晤士报》畅销童书、教师选书。

拉娜和哥哥哈里森曾经很喜欢在一起玩儿，直到哥哥哈里森觉得自己已经长大了，就不再和妹妹拉娜一起玩儿了。拉娜觉得很孤单，直到一些神奇的事情发生……

在镇上一个奇怪的新超市里，拉娜发现了一个通往童话世界的入口！但这些童话都不是拉娜所知道的幸福快乐的童话，它们更黑暗、更危险，童话世界里的主人公需要拉娜的帮助来打败邪恶的女巫，但她一个人做不到。她能说服哥哥哈里森相信童话世界的存在吗？

著者：[英] 本·米勒　　　译者：阿吆　　　页数：215　　　定价：38 元

《让地球消失的男孩》

完成日期 _____

☆☆☆☆☆

英国亚马逊和《泰晤士报》畅销童书，教师选书。融合幽默、科学、想象，贴近孩子的家庭和学校生活。

哈里森想努力表现得更好。他从不偷拿东西，他总是懂得和妹妹拉娜分享，而且在下棋的时候也从来不耍赖。哈里森是一个友好、诚实、善良、宽厚的好孩子，但他也有个很大的问题——他不能控制自己的坏脾气！

当哈里森在生日聚会上得到一个像气球一样可以吞噬一切的"黑洞"时，他获得了可以摆脱一切让他生气的人和事物的机会。但接着连他喜爱的人和事物也消失在黑洞中，局面开始失控……

著者：[英] 本·米勒　　　译者：杨诚　　　页数：177　　　定价：35 元

《我变成了一只猫》

一场困在猫身体里的外星人和小女孩的冒险旅途。一次充满笑声、泪水、智慧和爱的心灵启迪。

在我的星球上，在我们 300 岁生日的前夕，我们这一族的每个成员都可以变成一个地球生物，去地球待上一个月，去探索，去瞄一眼别样的生活。在穿越到地球的旅途中，我本来应该成为黄石国家公园的森林护林员的。可是偏偏出了些差错，我变成了一只猫！

幸运的是，我遇见了一个叫奥里弗的人类小女孩。我们一起出发，踏上了寻找家的旅程……

著者： [英] 卡莉·索罗西亚克　　**译者：** 李抗抗　　**页数：** 272　　**定价：** 39.8 元

《我和我的人类朋友》

水石书店推荐版权销至美、法、意、波兰、冰岛等国家。从第一页开始就笑出来，读到最后却泪流满面。

我是金毛猎犬科斯莫，今年 13 岁了。我家里有爸爸、妈妈、麦克斯和小妹妹艾玛琳。我爱他们，希望一直陪伴和保护他们，一家人永远快乐地生活在一起。

然而，生活不是永远一帆风顺。比如，小区里有一只邪恶的牧羊犬，我需要时刻对它保持警惕。比如，爸爸妈妈争吵得越来越多，甚至可能要离婚。我焦虑得喘不过气，因为离婚可能带来分离。我以为，任何一个宇宙中，我们都不会分离。好在麦克斯知道怎么办。

著者： [英] 卡莉·索罗西亚克　　**译者：** 朱其芳　　**页数：** 304　　**定价：** 39.8 元

《和校长互换身体的男孩》

完成日期 _____

英国国民级幽默童书作家，帮助孩子理解在学校、家庭、个人成长中的矛盾。

如果整个学校里最淘气的学生和最严厉的校长互换了身体，会发生什么呢？

伍德小学有太多无法管教的淘气学生，他们的集体淘气行为气走了校长，学校只好派来了新的校长卡特先生。卡特先生以严厉知名，严厉到即使是别的老师也怕他。

可是在一次意外中，淘气大王瑞安和卡特先生互相交换了身体！一开始谁也接受不了这个事实，不知所措之下，二人不得不去适应自己新的身份……

著者: [英] 大卫·巴蒂尔　　**绘者:** [英] 史蒂文·伦顿　　**译者:** 苏心一　　**页数:** 304　　**定价:** 39.8 元

《开超级变形车的女孩》

完成日期 _____

《泰晤士报》畅销童书。集合了动作、幽默、友谊和对我们所处世界的思考等元素。

艾米喜欢汽车，从小就梦想成为一名车手，但六岁那年遭遇车祸后，就只能坐在轮椅上。这辆轮椅坏掉之后，跟妈妈分居已久的爸爸给她换了一台新的电动轮椅。仅仅是一台普通的电动轮椅那多单调啊。艾米的天才发明家朋友把这台轮椅改造成了具备变身功能的超级轮椅车！它可以化身房车、赛车、快艇……特别擅长驾驶的艾米很快就熟悉了超酷变形轮椅车的运作。无比思念爸爸的她带着小伙伴，开始了一场惊险搞笑的公路之旅。

著者: [英] 大卫·巴蒂尔　　**绘者:** [英] 史蒂文·伦顿　　**译者:** 程玺　　**页数:** 352　　**定价:** 39.8 元

《幻境逃生》

完成日期 _____

☆☆☆☆☆

让孩子放下手机，在阅读中感受游戏的惊险刺激！

　　亚瑟、塞西莉和任，三个在学校毫无关联的学生，为了解救一只小狗误入了《幻境逃生》的传送门，来到了四百多年后的遥远星球。他们在这里碰到了牛顿、爱迪生等历史名人。尽管身处游戏，这一切对他们来说却并非儿戏。他们需要在57小时内找到游戏创始人，否则他们会被系统清除掉，变成一摊原生质……

著者：[英] 詹妮弗·贝尔　　　译者：北橘　　　页数：344　　　定价：39.8元

深度思考 ◼️‖

《迷失深空》

完成日期 _____

☆☆☆☆☆

与 J.K. 罗琳新作《伊卡狛格》共同入选水石书店年度榜单，卡内基奖提名作品。

　　我们不能控制海浪，不能控制风向，但我们可以掌控自己的命运之船。一艘飞船在太空中迷路了。它正在不断播放带有坐标位置的求救信号。在这艘搭载着数百位星际移民的飞船上，绝大部分人都进入了无法被唤醒的昏迷状态。13岁的贝丝和她的朋友们要担起责任，驾驶飞船抵达安全地带。他们要面对破损严重的飞船，太空海盗的追击，与神秘外星种族的意外"碰面"以及贝丝不知道自己能否信任的人工智能……

著者：[英] 阿拉斯泰尔·奇索姆　　　译者：陈丽莎　　　页数：376　　　定价：38元

《十月，十月》

完成日期 _____

2022 年英国权威卡内基奖专家评审奖与读者选择奖双料获奖作品。

因为一场意外，小女孩十月的父亲在她十一岁生日那天重伤昏迷，她被迫离开自己从小生活的森林，跟随久未谋面的母亲来到了大都市伦敦。在森林里，她生活得自由自在，无拘无束，她相信那里就是自己的家。她救活了一只奄奄一息的小猫头鹰，将小猫头鹰视为自己最好的朋友。

然而，这一切都在十月踏入伦敦的那一刻戛然而止……

⭐⭐⭐☆☆

著者：[英]卡蒂娅·巴伦　　　**译者：**朱其芳　　　**页数：**226　　　**定价：**32 元

《我们之间的宇宙》

完成日期 _____

帮孩子接纳自己的负面情绪，包容不完美的自己和家人。

弗兰克今年十岁，和大部分十岁男孩一样，他喜欢骑车、踢足球、跟朋友们玩《我的世界》游戏……而和大部分十岁男孩不同的是，他有一个特别的弟弟。他的弟弟麦克斯今年五岁，他只吃没有鲜艳颜色的食物，他只穿同一种图案的灰色 T 恤，要让他洗澡必须遵循特定的流程，他心情好的时候电视机音量可以调到 20，但不能是 21……

⭐⭐⭐☆☆

著者：[英]卡蒂娅·巴伦　　　**绘者：**[英]劳拉·卡琳　　　**译者：**王执　　　**页数：**296　　　**定价：**38 元

《云上之国》

☆ ☆ ☆ ☆ ☆

入选英亚"教师选书",与《纳尼亚传奇》并肩的异世界奇遇冒险。

11 岁的男孩卡斯帕总是受到校园小恶霸歧视和欺负,缺乏勇气的他讨厌冒险,打定主意不再和任何人成为朋友,只有井井有条地完成待办事项表才能安心。

有一天,卡斯帕躲进客厅的古董摆钟里,竟穿越到了从未在地图上出现的魔法国度:云上之国,还遇到带着小龙的魔法女孩,她莫名其妙地认定卡斯帕是女妖莫格派来破坏两个世界的罪犯。卡斯帕为了回家不得不踏上一场充满云巨人、风暴食者和毛毛雨女巫的冒险之旅。

著者:[英]阿比·埃尔芬斯   **译者:朱其芳**   **页数:330**   **定价:39.8 元**

《雨林之国》

☆ ☆ ☆ ☆ ☆

英国图书信托基金会推荐:故作坚强并筑起心墙的孩子,会在爱里找回柔软纯真的自己。

11 岁的双胞胎兄妹费博和福克丝从小就针锋相对,因为在拯救日渐没落的佩迪-斯阔布家族的竞赛中,只有胜出者才能赢得父母的关注和爱,成为家族财产的继承人,而失败者的结局就是被孤零零地扔到南极。直到某天,福克丝在抢夺费博公文包里的商业企划书时,两人被一列神奇的蒸汽火车带到了一个从未在地图上出现的魔法国度:管控降雨的雨林之国。

著者:[英]阿比·埃尔芬斯通   **译者:张亦琦**   **页数:312**   **定价:39.8 元**

《珍朋友》

完成日期 _____

卡内基奖提名作品，英国图书信托基金会推荐。当机器人有了自我意识，TA 是否应该获得与人一样的尊重？

当妈妈将最新款的詹森－詹森 · 珍朋友 560 四代机器人带回家时，小主人萨拉并不兴奋。但为了不让爸爸妈妈失望，她给机器人起了名字——艾薇。但很快，萨拉就体会到了艾薇的好。艾薇可以帮她收拾屋子、陪她跑腿。可以陪萨拉玩上几天都不重样。最重要的是，下周三的"带科技产品上学日"她可以把艾薇带到学校出尽风头！

☆ ☆ ☆ ☆ ☆

著者： [英] 科丝蒂·阿普勒鲍姆　　　**译者：** 黄瑶　　　**页数：** 224　　　**定价：** 32

《寻找杰克的金钥匙》

完成日期 _____

重新认识自己的家人，用理解消除隔阂。

在爸爸眼里，杰克是一个不让人省心的孩子。但在弗利克眼里，杰克非常聪明。她非常喜欢杰克这个大自己六岁的哥哥。升入大学前的间隔年，杰克只身去往南美洲旅行。就在杰克到达秘鲁后不久，他因为地震与家人失去了联系。警察来家里调查杰克的线索，弗利克也开始了自己的调查。她溜进了杰克的房间，在杰克的床底下发现了一个黑色的盒子……

☆ ☆ ☆ ☆ ☆

著者： [英] 伊瓦·约泽夫科维奇　　　**译者：** 朱其芳　　　**页数：** 192　　　**定价：** 32 元

《幻境传奇》

完成日期 _____

《幻境逃生》续作，历史、科学与解密、闯关的完美融合，伦敦塔渡鸦、比林根魔笛、雪怪、维京人传说……幻境再度来袭！

《幻境逃生》中的冒险小队再次穿越时空，亚瑟、塞西莉、任还有仿生狗小云又一次来到四百年后的"已知宇宙"。

具备作战经验的他们本打算拿上时间密钥立刻穿越回家，谁知却碰上了超级反派"死锁"的巡逻队。冒险小队的时间密钥被带走了，为了追回密钥，他们不得不参加高手如云的"铁浪争霸赛"——一个高度危险的实景探险游戏。

冒险小队能否再次在被变成一滩粘液前及时夺回密钥，回到自己的时代？

著者：[英]詹妮弗·贝尔　　　译者：向丽娟　　　页数：308　　　定价：39.8元

《完美父母计划》

完成日期 _____

卡内基文学奖提名、森宝利童书奖获奖作家感动万千读者新作！

十一岁的山姆是个敏感又悲观的孩子，从六岁起，他就在不同的临时家庭中辗转生活。他渴望拥有属于自己的家，而不仅仅是有房子住。他还渴望得到某个爱他的人的拥抱，想去迪士尼乐园，想玩 Xbox 游戏机……

山姆决定掌握主导权，与最好的朋友莉娅一起，开始招聘他的完美的父母——制作海报并安排见面时间，面试任何可能成为他新爸爸妈妈的人……山姆完全知道自己要找什么，但他或许会慢慢发现，成为一家人是难以解释的缘分……

著者：[英]斯图尔特·福斯特　　　译者：刘勇军　　　页数：376　　　定价：48元

《海边的山洞》

斩获众多图书馆奖，一本赤裸展示孩子内心复杂情绪的文学作品。

　　丹，脾气极为暴躁，自从哥哥离开家后，丹把愤怒发泄到班级里最弱小的人——同学亚历克斯身上。亚历克斯患有严重的强迫症，有时甚至很难离开家门。因为一次帮助被霸凌的好友，又成为丹和伙伴们在学校中新的霸凌对象。

　　两个男孩的妈妈安排他们在丹的秘密基地——海边的一个山洞里见面，并共同完成丹和丹的哥哥曾经一起建造的木筏。两个敌人每周末都要单独呆在一起，这似乎将导致某种灾难。被迫待在一起后，他们慢慢发现：对方身上，有许多他们从来不了解的地方……

☆☆☆☆☆

著者：[英] 斯图尔特·福斯特　　**译者：**朱其芳　　**页数：** 360　　**定价：** 48 元

《一百座时钟的房子》

东安格利亚年度图书奖、斯托克波特儿童图书奖、马尔·皮特儿童奖获奖作品。

　　海伦娜的父亲是一名钟表匠，他接受了去剑桥镇一位富豪韦斯科特先生家做钟表管理员的工作。这份工作只有一个要求：房子里的钟表永远不能停。但等海伦娜和父亲来到富豪家时才发现，这座大房子里有上百个大大小小、各式各样的钟！除此之外，这座房子和这个家庭里也藏着很多秘密。

　　海伦娜一直在暗中寻找答案：为什么钟不能停？为什么韦斯科特先生总是那么阴郁？为什么这座大房子里没有其他用人？为什么他的女儿名叫"男孩"……她能在时间耗尽之前解开房子的秘密吗？

著者：[英] 安·玛丽·豪厄尔　　**译者：**张成

《指尖阳光》

两个少年的生命解放之旅，荣获意大利安徒生青少儿文学奖，入选德国高中必读教材

爸爸离家出走很多年后，达里欧成为了一个叛逆少年。

这天，再一次惹恼老师的达里欧被送进校长办公室，校长以学会扛起责任为由，要求达里欧照顾一个有语言障碍的重度残障学生安迪。达里欧发现，身边的人都把安迪当作一个不正常的可怜虫、一个可以强加善意的工具人。

当达里欧不愿再面对旁人的虚伪时，他自作主张地带着被大家可怜的安迪跳上火车，奔赴遥远的海边小镇萨拉且纳塔，向他多年不归的爸爸寻求一个不告而别的答案。

著者：[意大利] 加百列·葛利马　　　　译者：亚比

《北极熊探险小队：冰原奇遇》

斯黛拉作为首个女性探险家，第一次加入到了极地冒险的旅程中。在旅途中她结识了另外三个同龄的孩子。因为意外，孩子们和成年探险家们分开，斯黛拉和朋友们一同经历了重重精彩的冒险，见识到了众多神奇的生物和奇幻的景象，最终抵达了极地的中心，并在这里得知了自己的身世，并且获得了冰雪魔法能力。靠着斯黛拉的能力，他们最终化险为夷，成功返回，四个伙伴之间也结下了深厚的友谊。

著者：[英] 艾丽克丝·贝尔　　　　译者：张悠然

《北极熊探险小队：勇闯黑冰桥》

斯黛拉一行人因为偷走飞艇、把人变成青蛙等罪名被审判庭剥夺了斯黛拉以及她的父亲菲利克斯的冒险家身份。然而同行者中的狼语者谢伊却因为他的宠物影狼被咬伤，面临着变成怪物的危险，而藏着解决咒语的魔法书此时却在黑冰桥另一端的一个名叫收藏家的人手中。此外，豆比尼的爸爸也在探索黑冰桥时失踪。因此，小伙伴们有了不得不前往黑冰桥的理由。一场新的冒险即将开始。

著者：[英] 艾丽克丝·贝尔　　　　译者：钟元楷

《北极熊探险小队：女巫山历险》

在成功探索冰原之后，斯黛拉得知了自己的身世，成为了一名罕见的冰雪公主。而她的养父菲利克斯为了保护她被一只大鸟抓到了女巫山上。根据传闻，女巫山上住着许多邪恶女巫，是冒险者的禁地。但为了拯救父亲，斯黛拉还是召集了伙伴们，利用偷来的飞艇前往女巫山。经过了一系列有惊无险的冒险之后，斯黛拉等人发现，原来一切都只是一个误会，所谓的"邪恶女巫"甚至曾是她的保姆。但当他们返回时，他们将要为旅途中违反的禁令付出代价。

著者：[英] 艾丽克丝·贝尔　　　　译者：郑凯云

小岛童书

光尘
LUXOPUS

出版统筹	慕云五　马海宽	主编：李秋玥
项目监制	上官小倍	
产品经理	辜香蓓　王利飒　高锋　毕婷	
营销推广	王柏迪　彭晓晓	
书目设计	李晓红	

小 红 书 号
257196660